Boca sellada

Simonetta Agnello Hornby

Boca sellada

Traducción de
Carlos Gumpert

Círculo de Lectores

A la memoria de Mr. Peckham

AGRADECIMIENTOS

Hablábamos de un posible futuro mío como escritora.

–Tres es un bonito número –dijo Alberto Rollo, bajo la insistente lluvia del invierno palermitano, y pasó después a otro asunto.

Aquellas discretas palabras fueron determinantes en mi decisión de llevar a su conclusión, con *Boca sellada,* la trilogía siciliana que empecé con *La Mennulara* y proseguí con *La tía marquesa.* Le estoy inmensamente agradecida por ello, así como por la disponibilidad –generosa y aparentemente sin límites– que me dispensaron Giovanna Salvia y él en los intensos meses dedicados a la redacción de esta novela. Trabajar con ellos es una alegría y un privilegio.

Quiero dar las gracias además a Gianmarco Tomasello y a Nico Panno, jóvenes empresarios palermitanos, que me hicieron de guías en mi inolvidable visita al molino y a la fábrica de pasta Tomasello, en Casteldaccia, contestando detalladamente y con paciencia a todas mis preguntas.

Gracias por último a Giuseppe Cucchiara, maestro relojero reparador de relojes antiguos y modernos, por sus concienzudas descripciones de los mecanismos y de los artilugios a los que con tanta pasión y sabiduría se dedica.

Los personajes que aparecen en esta novela son fruto exclusivamente de la fantasía de la autora. Cualquier referencia a acontecimientos o personas reales debe considerarse como puramente casual.

Primera parte

Mečtam i godam net vozrata;
Ne obnovlju duši moej...

(Los sueños y los años no regresan jamás;
no renovaré mi alma.)

A. S. PUSHKIN, *Eugenio Oneguin*, IV, XVI

1
El cumpleaños de un paterfamilias satisfecho.
«La fábrica y la familia, sus auténticas pasiones.»

El perro arañaba la puerta acristalada. El sol caía sobre las ramas de los árboles y se reflejaba incandescente en sus hojas; un haz de luz horadaba el centro hasta alcanzar la plata del aparador de la pared.

Tito se limpió las manchitas de salsa de la boca. Se pasaba una y otra vez el borde de la servilleta por los labios apretados, como si se diera un masaje; después extendió el cuadrado de lino sobre las piernas y lo alisó con la palma de las manos.

Su hijo Santi estaba enfrente de él, al otro extremo de la mesa, como en las sesiones del consejo de administración de la fábrica de pasta: les bastaba una ojeada para entenderse al vuelo. A la derecha del hijo, la tía. Tito recorría con la mirada a cada uno de sus cinco nietecitos. Algún día, ellos también participarían en esas sesiones junto a él: en el fondo aún era joven, cumplía sólo sesenta años.

–¿En qué piensas, abuelo? –le preguntó Titino, siempre alerta.

–En que estoy muy contento –respondió y, dirigiéndose a los demás, añadió–: ¡Me gustaría que brindáramos con agua, todos juntos, pequeños y mayores!

–¡Pero si los niños no se han terminado la pasta aún!

Mariola, su mujer, meneó la cabeza, apresurándose con todo a servir la bebida. Después, con un gesto, dio la señal. Con el vaso levantado, Tito aguardó a que todos estuvieran listos. Dirigió su mirada hacia la tía y dijo:

–¡Brindemos por la tía y por la abuela, a quienes debo el mejor regalo de este cumpleaños: mi familia!

Hubo un entrechocar general de vasos, que repitieron varias veces para contentar a los más pequeños, fascinados por aquel nuevo juego. Agotado por el esfuerzo de tanto brindis, Tito repartió tímidas sonrisas y se enfrascó después de nuevo en sus agradables pensamientos.

Comía en aquella mesa desde que aprendió a apañárselas con el cuchillo y el tenedor, con su padre a un lado y la tía y él en el lado contrario, bajo el resplandor de la enorme araña de hierro forjado de diez brazos. Tito se sentía cohibido, encerrados como estaban entre los enormes candelabros a un lado –comensales inmóviles– y el centro de mesa de plata al otro. Con el tiempo se había acostumbrado a ello. Cada día, al final de la mañana, comenzaba a degustar por anticipado aquel momento de intimidad familiar. Los platos siempre eran una sorpresa, aunque sabía que por lo general la tía ordenaba preparar lo que a él le gustaba –su padre le obligaba a probar de todo y a terminarse lo que se había servido– y que a menudo iba más allá: cada vez que su padre le reprendía, ella le procuraba sus platos preferidos. Tito estaba seguro de que así, tácitamente, la tía expresaba su desaprobación respecto a la severidad de su hermano y ofrecía consuelo a su sobrino.

La tía le estaba diciendo algo a Sandra y no se percataba de que la estaban observando; con un ligero suspiro, Tito se lanzó sobre los salmonetes a la livornesa, que le encantaban. Se metió en la boca un bocado abundante. La carne firme del pescado fresquísimo combinaba a la perfección con el condimento de tomate con cebolla; cada sabor quedaba diferenciado, incluso el del perejil esparcido generosamente al final de la cocción. También su mujer lo mimaba en la mesa. Tito la miró: ella tampoco le hacía caso, estaba ayudando a la pequeña Daniela a comer el pescado con el tenedor. Los salmonetes de los niños se habían limpiado en la cocina, pero Mariola temía que hubiera quedado alguna espina. Vera, caprichosa, avanzaba muy lentamente, a pequeños bocados. Sandra comía con desgana, escuchando la conversación de los adultos, curiosa. Marò hablaba con ímpetu, con la boca llena. Daniela pedía en voz alta más pescado. Titino mantenía los ojos fijos en el plato, muy compungido.

Tito les atribuía mentalmente a cada uno de ellos un apodo, inspirándose en las distintas variedades de pasta que ilustraba el prospecto de papel satinado que el director comercial de la fábrica acababa de confeccionar: había setenta tipos. Tendrían que preparar otro sobre los procedimientos de fabricación y desecación de la pasta: los mercados extranjeros solicitaban información acerca del proceso de producción para planear sus estrategias de difusión comercial. Tenía que hablarlo con Santi al día siguiente.

–¿Tú también te quedas embelesado con estos hijos y nietos nuestros tan guapos? –le preguntó de repente Mariola.

–La verdad es que estaba pensando en el nuevo prospecto de la fábrica y en lo bien que ha quedado. ¡Le he dado a cada nieto el nombre de una variedad de pasta y me parece que he acertado con todos! Titino, a quien le gustan los coches antiguos del abuelo –dijo pasándole un brazo por los hombros–, es (¿qué otra cosa podría ser?) Ruedas.

–Y Marò, ¿qué pasta es? –le apremió el niño.

–Marò, la charlatana, es Lengüitas. Y Daniela, que es la más pequeña, Lenguas de pájaro. Vera, que come como una hormiguita, se llama Bocaditos. Sandra, que está siempre con las orejas tiesas cuando nosotros los mayores hablamos..., ¡Orejitas!

La tía no conseguía entenderlos bien, pero Santi le susurraba cada apodo, que todos recibían entre gritos y carcajadas; y ella se reía feliz, con la mirada fija en su sobrino.

–¡Quién hubiera dicho que tu padre tenía un sentido de la observación tan agudo! –le susurró a Santi.

–¡La fábrica y la familia, sus auténticas pasiones! –apuntó él, y dijo después en voz alta–: Papá, me apuesto algo a que para nosotros también hay nombres.

–Desde luego, pero a vosotros sólo os voy a dar los números del catálogo.

Con la boca medio llena de pescado, Antonio levantó la mano:

–¡A mí exclúyeme, yo ni siquiera me acuerdo de los catálogos de mis clientes!

–¡Lo mismo digo! –se apresuró a añadir su otro yerno, Piero.

Y empezó una suerte de tómbola, en la que Tito le daba a cada uno un número que ellos interpretaban al vuelo, entre la hilaridad general:

–Mariola, cincuenta y seis...

–¡Dedalitos!

–Elisa, treinta y tres...

–¡Ganchitos!

–Santi, treinta y cinco...

–¡Macarrones rayados!

La tía se había erguido en su silla con las muñecas apoyadas en el mantel, dispuesta ella también a participar en el juego. Tito vaciló. Un leve parpadeo de Santi y la tómbola prosiguió:

–Tía Rachele, cuarenta...

–¡Anillitos! –gritó ella, tan vivaz como una niña. Después le susurró a Santi–: ¡La memoria me sigue funcionando bien!

Sólo quedaba una. Y Teresa, la hija mayor, no supo qué contestar cuando su padre le dijo:

–¡Treinta y nueve!

«Está en el consejo de administración y no conoce la pasta que fabrica...», rezongó para sus adentros Tito, y cerró el carrusel con un suspiro, dejando a Teresa con su número desnudo, sin nombre. Mariola estaba a punto de intervenir, pero no hubo necesidad: en aquel momento Sonia, la criada, hizo su entrada triunfal en el comedor con la tarta sobre una bandeja de plata.

–Y yo ¿qué pasta soy? –murmuró Vanna, sentada a la derecha de su suegro.

–Tú eres la veintisiete.

–¿Y qué tengo que ver yo con los Cabellos de ángel? ¡Si los llevo cortísimos! –objetó ella.

–Es mi pasta preferida, pero no se lo digas a nadie. –Y sus miradas se entrecruzaron risueñas.

Era una calurosa tarde de principios de mayo; estaban tomando café en el jardín, con chocolatinas y galletas de almendra, dada la ocasión. Cómodamente sentado en una butaca, Tito seguía somnoliento y casi hipnotizado por la deslumbrante floración de las mimosas que ondeaban, con la nariz invadida por las fragancias de la tierra.

–¿Ya le has contado a tu abuelo los deberes que tienes? –dijo Vanna, y con manos amorosas empujó a su hijo hacia Tito.

–La maestra quiere que cada uno de nosotros escriba la historia de su familia. Tenemos que hacer, nos ha dicho, nuestro árbol genealógico. –Titino, orgulloso, silabeaba las palabras–. ¿Me ayudas, abuelo? –Y enumeraba todo lo que le hacía falta–: Nombres, fechas de nacimiento, fotografías... –Tito se puso rígido mientras el niño proseguía–: ... dibujos, cartas...

Una rabia sorda acabó con el bienestar de antes.

–Ya veremos –dijo apoyando su mano, con todo su peso, sobre el hombro de su nieto preferido–. Ahora vete a jugar con tus primitas.

Pero Titino no se movió. Estaba a punto de romper a llorar.

Vanna hizo una mueca imperceptible. Santi, que los estaba observando, intervino con tono conciliador:

–Papá, ¿qué te cuesta?, basta con alguna vieja fotografía...

Silencio. Como de costumbre fue Mariola quien resolvió la situación; mientras se llevaba a su nieto, le iba diciendo:

–Vamos a por la caja de las fotografías. Mañana nos las miraremos todas, ¡te saldrán unos deberes estupendos!

Tito estaba listo para el paseo de después del café. Avanzó unos cuantos pasos y se dio la vuelta. Nadie hacía ademán de seguirlo. Los demás picoteaban chocolatinas y hablaban en voz baja y de mala gana, sin hacerle caso. Era como si una niebla hubiera caído sobre su familia, clavándolos a todos en sus respectivos asientos. Tito los miraba uno por uno.

Teresa se dio cuenta e intentó ablandarlo:

–¿Te ha gustado la tarta? La encargué en el Picadilly Bar.

Tito bajó la mirada en señal de distraído asentimiento.

–Me gustaría encargar allí los pasteles para la fiesta de la primera comunión de Sandra, tienen una pastelería excepcional, aunque claro, ¡es carísima! –proseguía mientras tanto Teresa, y repetía–: ¡Carísima, realmente carísima! –dirigiéndose a los demás.

La conversación se reanudó, pero el buen humor se había disipado.

–La decoración de fruta y nata era magnífica, aunque claro, con esos precios, faltaría más... –comentó Vanna.

–Esto es sólo el preámbulo... Querrá que papá le dé dinero –le bisbiseaba entre tanto Elisa a Antonio.

–¡Ya vale, es el cumpleaños de tu padre! –le contestó secamente él.

–¡Ésa consigue todo lo que quiere con sus zalamerías! –insistió Elisa, ácida, y buscó los ojos de Santi.

Él le lanzó una mirada furiosa.

Piero les había oído.

–Teresa, date prisa, tenemos que irnos: ¡tengo que escribir una sentencia para mañana! –le dijo imperioso a su mujer.

Las familias de los hijos se habían marchado. Tito y Mariola se quedaron solos con la tía, adormilada en un sillón de mimbre.

–Titino sólo tiene ocho años –dijo Mariola–. Son deberes importantes para él. Podemos hacerlo, no nos cuesta nada.

–Ahí se ve la podredumbre de este país, en que nadie se ocupa de sus propios asuntos. En el colegio ya no se enseña a leer ni a escribir: ¡nos hemos convertido en un pueblo de analfabetos y tenemos los gobernantes que nos merecemos! ¡Hasta Manuel, ese indio que zapa el jardín, habla italiano mejor que el guarda! –dijo Tito en voz alta.

–Tu padre decía que Manuel era maestro de escuela en Goa, y que la tía le había enseñado a cuidar de sus plantas, algo que por lo demás aún sigue haciendo. Hasta le traía semillas de la India. Y tú lo tratas como a un jornalero. Trabaja mucho en casa, pero tú no te das cuenta... –le reprobaba Mariola–. Si oyeras a Dana, en cambio..., ¡esa cernícala ha aprendido el dialecto de la familia para la que trabajaba antes!

Tito permaneció en silencio. Después añadió, sin ninguna entonación especial:

–La tía se está quedando dormida. Haz que la lleven a su habitación. Yo, mientras tanto, voy a comprobar que se haya regado el rosal como es debido.

Llamaron a la rumana, quien ayudó a la tía a levantarse. Desde lejos, Tito observaba las pantorrillas y los muslos robustos de Dana, inclinada sobre su tía, y espiaba bajo la minifalda. Su malhumor se atenuó y continuó con la inspección del jardín.

Sonia le pasó el teléfono.

–Me llamo Dante Attanasio. No nos conocemos –dijo una voz sin acento.

–Dígame.

–Mi madre era compañera de internado de su tía Rachele. He venido a Sicilia para hacer un reportaje fotográfico, he alquilado una casa aquí cerca. –Tito permanecía a la defensiva y callado. El otro prosiguió–: Estoy buscando alquerías típicas y capillas barrocas. Me gustaría conocerle, si no fuera una molestia.

Tito se sentía hostigado y para quitárselo de encima, sin pensárselo mucho, sugirió:

–Mañana en el Picadilly Bar, en el paseo principal, a las once.

–Me reconocerá, iré cargado con el material fotográfico. Hasta mañana.

Tito volvió a la inspección de los bancales, molesto

porque lo habían cogido por sorpresa y por haber cedido al atrevimiento de aquel hombre. Ahora todo le parecía digno de reproche: los geranios no se habían podado como era debido, los bancales de los cactus estaban empapados, los cántaros de los rosales secos, los jazmines sedientos. Tomó la decisión de ordenar que instalaran un sistema de riego automático, pero ni siquiera esa idea le resultó grata: su jardín estaría patas arriba durante semanas.

Mariola se había ido a acostar. Tito paseaba saboreando el rito nocturno del último cigarro. Planificaba el sistema de riego y se percataba de otros trabajos por hacer: alinear los ladrillos del paseo, enderezar los asientos de piedra, alargar el parral. Se volvió para contemplar el palacete henchido de orgullo. Había sido enlucido el año anterior y había recuperado su color ocre original: la luna llena lo acariciaba y resaltaba los arabescos de los azulejos esmaltados, que punteaban las siluetas de puertas y ventanas para reunirse después en un dibujo que recordaba la forma de una colmena ante la ventana –casi una tronera– de la Habitación de Nuddu, en lo alto de la pequeña torre. Tito seguía el fluido dibujo de la barandilla de hierro forjado y no se cansaba de admirar la elegancia de la arquitectura modernista.

En la tercera planta, las ventanas de la habitación de Dana estaban entreabiertas. Tiró al suelo la colilla del cigarro y enfiló con agilidad hacia la escalera de servicio.

Tito completó la celebración de su cumpleaños entre las ásperas sábanas de la rumana.

2
Un encuentro poco usual.
«No he tenido un verdadero padre: soy hijo ilegítimo...»

Tito había abandonado el palacete a los veintiún años, cuando se casó. Desde entonces y hasta que Elisa, su hija menor, cumplió dieciocho años, Mariola y él habían vivido en Palermo, para permitir que los chicos acudieran a buenos colegios y disfrutaran de todo lo que la ciudad ofrecía. Tito iba y venía al pueblo, que después de la guerra había crecido considerablemente. Bajo la guía de su padre, se encargaba de la gestión del patrimonio familiar: de las propiedades agrícolas e inmobiliarias y, por encima de todo, de la fábrica de pasta. Lo que les hacía distintos del resto de las familias pudientes de la provincia era su aislamiento respecto a los demás: recibían muy poco y no frecuentaban los lugares públicos, ni siquiera los restaurantes. Tito no había llegado a introducirse nunca en la vida social del pueblo, donde, pese a todo, se sentía a sus anchas. Aunque no aquella mañana, mientras se encaminaba hacia ese Picadilly Bar que jamás había pisado hasta entonces.

El Picadilly Bar –mesitas bajas y asientos de piel, música de fondo y fotografías en las paredes– era un lugar de encuentro para jóvenes. Nada más entrar, Tito se dio cuenta de que estaba fuera de lugar. Pidió un vaso de agua mineral y se quedó de pie en la barra: desentonando visiblemente con su traje gris y su corbata listada, sentía que todo el mundo le miraba.

Lo identificó enseguida. Alto, con el pelo claro y largo cayéndole por el cuello, sombrero de tela, camisa de lino abierta en el pecho, sahariana y cámaras fotográficas en bandolera, en cierta manera Dante Attanasio no desentonaba y se adecuaba de forma natural a la clientela del Picadilly Bar.

Dante le tuteó de inmediato, como si fueran viejos amigos. Hablaba mucho y era de conversación agradable, pero, sobre todo, se comportaba como si el lugareño fuera él: escogió el aperitivo y se anticipó a Tito en el momento de pagar la cuenta, avivando la turbación de éste, que le dejaba hacer, confuso. Trabajaba para una revista de viajes; había decidido pasar en Sicilia una larga temporada, entre descanso y trabajo, acompañado por una amiga rusa que se reuniría con ellos más tarde. Tito, fascinado por la jovialidad de aquel hombre y a la vez desinhibido por el alcohol, empezaba a relajarse.

Hacía tiempo que Dante quería visitar la isla. Su madre hablaba con frecuencia de Rachele. Habían sido grandes amigas y se habían escrito durante mucho tiempo; después, con la guerra, habían perdido el contacto. Su madre había llevado una vida muy movida y había vivido en varios continentes: trabajaba para el cine, era guionista.

–Creo que nunca volvió a tener ninguna amiga tan íntima –decía Dante–, y sé que deseaba entregarle a Rachele su epistolario. Lo encontré el año pasado, cuando murió, entre sus papeles.

Y ahora era él quien quería conocer a Rachele. Había encontrado a Tito gracias a un auténtico golpe de suerte: había llamado a tres personas que tenían su mismo apellido y al final el último le había encaminado hacia él.

Tito se estremeció ante la idea de que Dante les hubiera hablado de su tía y de su familia a sus homónimos.

Con todo, ese hombre le caía bien. Aceptó otro aperitivo, y de la tía se limitó a contar que no se había casado, que había vivido siempre con la familia y que no le gustaba hablar con desconocidos.

–Yo adoraba a mi madre –dijo Dante–, y quisiera cumplir con su último deseo. No he tenido un verdadero padre: soy hijo ilegítimo...

Tito no supo qué decir. En aquel momento, Irina entraba en el bar.

Era una de esas personas que con su mera presencia ya llenan por sí solas toda una habitación. Era decididamente hermosa, aunque su paso y la luminosidad que la rodeaba eran lo que más llamaba la atención. Llevaba una camiseta y unos pantalones, y habría podido desentonar ante las chicas, bastante más jóvenes que ella, muy maquilladas y vestidas a la moda, que abarrotaban el local. Pero las eclipsaba con su clase. El charloteo se atenuó y todas las miradas recayeron en ella. Los jóvenes volvieron a hablar después con un murmullo aunque no por mucho tiempo: la clientela del Picadilly Bar solía ser ruidosa.

–¿Es él el sobrino de la amiga de tu querida *maman*, el propietario de la torre de la que tanto me has hablado? –dijo Irina, mientras se sentaba.

Aturdido por la conversación con Dante, y esclavo de la gracia eslava de Irina, Tito prometió llevarles a Torrenuova al día siguiente.

A la hora de comer le contó a su mujer la cita a la que había acudido: era un hecho insólito, Tito se mantenía siempre a distancia de los desconocidos. Pero Mariola no sintió excesiva curiosidad. Llevaban casi cuarenta años casados y, como solía repetir a sus hijas, al cabo de los cinco primeros años de matrimonio ya no hay demasiados temas en común, aparte de los hijos; le escuchaba, por lo tanto, distraída. Sólo cuando Tito aludió a Irina se le desplegaron las antenas.

–¿No habrá sido esa rusa la cuidadora de tu madre? –aventuró.

–Pero ¿qué dices?, es una señora de verdad, una mujer hermosa, y muy respetable –contestó él.

Mariola se relajó, más tranquila.

Tito le había sido fiel a Mariola hasta hacía pocos meses y sin que ello representara sacrificio alguno, por más que su matrimonio llevara decenios apagado. Su padre le había inculcado la importancia de llevar una vida reservada. «Es necesario pasar inadvertidos y no dar que hablar, ni para bien ni para mal», le decía. La tía fue mucho más directa: «La mejor palabra es el silencio, y lo mejor que se puede hacer es no hacer nada». Tito sabía perfectamente que en una pequeña ciudad la infidelidad nunca es un secreto, pero sus tejemanejes con Dana –era ella quien insistía– no le preocupaban y apenas eran fuente de fugaces remordimientos: estaba convencido de que la rumana no tenía a quién contárselos y él se sentía muy orgulloso de su recobrada virilidad.

Irina había encendido su imaginación. Esa noche subió la escalera de servicio de dos en dos y, con el pensamiento fijo en ella, se arrojó con ímpetu sobre Dana. Pero no fue sólo eso lo que sorprendió a la rumana. Por lo general eran expeditivos y se mantenían en silencio. Él únicamente abría la boca para fijar los encuentros, y ella para sugerirle la manera de recompensar sus servicios: aludía a lo que deseaba y al precio. Tito le daba la suma requerida, aunque no siempre.

Mientras Dana volvía a vestirse, él tuvo un impulso repentino de curiosidad.

–¿A qué te dedicabas en tu país? –le preguntó.

–Trabajaba en un obrador de pastelería, se me dan muy bien las tartas y sé hacer muchos otros dulces... –contestó ella, y se tomó aquella pregunta como el preludio de una relación estable.

Se pasó las manos por el pelo suelto y, sin saber por qué, se lo peinó instintivamente formando un moño como el de la tía.

Mariola le esperaba despierta, en la cama. Pensaba en su familia y en Irina. Otra extranjera. Se sentía amenazada y quiso hacerle una advertencia.

–Has pasado mucho tiempo con la tía esta noche –observó.

Tito no contestó.

–Me preguntaba si la tía querrá conocer a ese fotógrafo. ¿Qué te ha dicho? –prosiguió Mariola.

–No lo hemos hablado. –Tito estaba adormilado.

–¡Con *todo* lo que has estado con ella!

–Ya sabes que cuando hay ruido oye mal, incluso con el aparato, y se olvida de las cosas. He tenido que volver a contarle, con todo detalle, lo que hablamos ayer en la fiesta.

–Si tú lo dices... –contestó Mariola resentida, y apagó la luz.

Entre las sábanas, Tito estaba inquieto. La idea de romper con Dana le resultaba molesta. Luchando contra el sueño, decidió pasar al ataque.

–La cuestión es que tú pasas demasiado tiempo con tus hijas y tus nietos, y estás poco con la tía. ¡Tengo que explicarle yo siempre las cosas, y no es tan sencillo! –soltó, sin volverse hacia su mujer.

–A ella le gusta hablar con su rumana –protestaba Mariola, ya en duermevela.

Tito no contestó.

–¡Y no es la única!

La voz de Mariola sonó esta vez aguda. Había dado en el blanco y había ganado con su última réplica; se colocó bien la almohada y cayó en el sueño de los justos.

3
Torrenuova.
«Es el sitio más sensual que he visto en mi vida.»

Desde la muerte de su hermano hacía dieciséis años, la tía, muy unida a él, se había negado a abandonar el palacete en el que vivía como una reclusa. Tito, respetuoso con la voluntad de su padre –«No dejes nunca sola a tu tía, tú y yo le debemos mucho»–, había renunciado desde entonces a las tradicionales vacaciones veraniegas en Torrenuova. No sin dejar de sentirlo, porque a esa casa le unían hermosos recuerdos. Pero la había reformado y el hecho de que sus hijos, por turnos, pasaran allí parte de las vacaciones lo consolaba.

Le gustaba enormemente Torrenuova. Los terrenos agrícolas eran una larga extensión de trigo que comenzaba en una cresta cortada a pico sobre el mar y proseguía, extendiéndose ondulada por el interior, hasta las laderas de las áridas y rocosas colinas. La casa englobaba la torre renacentista, construida sobre un promontorio cortado a pico entre dos ensenadas. Sobre éstas se levantaba una muralla de roca negra en la que crecían, colgando en el vacío desde las grietas, áridas retamas silvestres –con las raíces retorcidas en los salientes–, plantas de alcaparras y hierbajos varios. Toda la costa, hasta donde alcanzaba la vista, era parecida: una planicie amarilla que acababa en caída libre sobre minúsculas e inaccesibles ensenadas de arena blanca. La casa de Torrenuova dominaba la tierra, la arena y el mar.

Estaban en la terraza. Dante e Irina se habían desplazado hasta la balaustrada; Tito se había quedado a la sombra, bajo el emparrado.

El sol caía a plomo. Hacía calor y no corría ni un soplo de aire. El zumbido de las cigarras retumbaba. Ligeras e imperceptibles, las olas acariciaban la orilla.

Liso como una tabla y desierto, el mar estaba en su momento de esplendor. El litoral arenoso se perdía dulcemente bajo las aguas. Las bahías en forma de media luna, debajo de Torrenuova, parecían dos arcos iris incompletos, pincelados de colores tenues y maravillosos: aguamarina, verde claro, celeste, verde esmeralda. Después, el mar se volvía de un azul intenso durante un centenar de metros. Una franja de agua cristalina y transparente, celeste apenas, recorría toda la costa como una cinta resplandeciente: era el reflejo del cielo sobre el larguísimo banco de arena sumergida en el que encallaban los veleros enemigos. Aquel banco hacía inviolable la costa. Lejano, el mar volvía a ser aguamarina, verde azulado claro, azul oscuro y, en el horizonte, azul intenso: el mar de África. El cielo, límpido y alto, estaba libre de nubes.

Dante se había dado la vuelta. Se detuvo a pocos pasos de Tito y empezó a declamar con énfasis:

> Deja siempre vagar la fantasía,
> siempre está en otra parte el placer;
> y se deshace, con sólo rozarlo, dulce,
> como las burbujas cuando la lluvia bate;
> déjala pues vagar, a ella, la alada,
> por el pensamiento que delante aún se le extiende;
> abre de par en par las puertas en la jaula de la mente,
> y verás cómo se lanza volando hacia el cielo.

Después calló, con un último y melodramático gesto.

–Estaba en una de las cartas de Rachele –dijo como para justificarse.

–¡Muy bonita! –dijo Tito. Y añadió–: En el internado, un profesor me animaba a escribir poesías. Por desgracia, nunca se me dio tan bien como a ella. ¿Vamos al jardín?

Hay jardines maduros que no necesitan mantenimiento; en su abandono encuentran cierto equilibrio y asumen una identidad propia. Grandes muros de piedra protegían el jardín de Torrenuova de las arremetidas de los vientos y del adarce. Altos y lozanos, los pinos marítimos formaban una cortina fragante en el paseo principal –las plantas delicadas crecían bien bajo su sombra–, que terminaba en la rotonda de un quiosco. La estructura de hierro forjado estaba cubierta y sumergida por una masa de convólvulo. Del interior de la cúpula y de los arcos laterales colgaban en desorden sarmientos de campánulas violáceas. Algunos se habían retorcido en tupidas columnas de hojas y flores que se arrastraban por el suelo para deshacerse después en la podredumbre.

En otros tiempos, una parte del jardín había sido dividida, según un esquema geométrico, en veredas que separaban bancales de plantas distintas: había muchas cactáceas, que crecían en la aridez. No contentas con dominar su propio territorio, se habían desbordado y se propagaban por los bancales limítrofes, aplastando la vegetación baja y estrangulando los arbustos. Otras plantas las habían seguido, prepotentes y amenazadoras. Pero la guerra por la hegemonía se había resuelto con una tregua entre las familias vencedoras, cactus y agaves; de los bancales no quedaba rastro.

Aquellos gigantes verdes ceñidos en hostiles simbiosis e indistinguibles los unos de los otros formaban una enorme maraña, monstruoso testimonio de guerra y de paz. Las hojas muertas de los agaves seguían unidas aún a la planta, entremezcladas con las vivas. Tallos marchitos colgaban de los troncos de los cactus como astas clavadas en su pulpa. Había esqueletos de pájaros muertos, con plumas aún, empalados en sus púas.

Aquí y allá se adivinaban vestigios de las colonias de los primeros invasores. Fustos tubulares de cactus, constreñidos en una torre de atalaya desmoronada, se alzaban entre los agaves. Bolas de cactus de púas afiladas, aferradas unas sobre otras en forma de pirámide, permanecían compactas y envueltas por capas de telarañas, necrópolis de insectos.

Había vida en aquel infierno vegetal. Desde un tupido matorral crecía el tallo de la flor del agave lista para la muerte. Sus hojas eran carnosas y túrgidas aún de agua, algunas de color verde oscuro, otras jaspeadas de blanco, otras más con los bordes amarillos y el centro verde claro. Aplastados pero no exterminados, los áloes brotaban en cualquier lugar donde hallaran grietas y hendiduras; estaban en plena floración. Los racimos de pequeños lirios rojos, altos sobre los finos tallos, aunaban aquel conglomerado de espinas y púas en una belleza maravillosa.

–Lo mantenemos tal como estaba. Mi padre, tras retirarse del ejército, le dedicó mucho tiempo. Y ahora, una vez al año, mando arrancar las ramas secas de abajo –explicó Tito, y dejó que Dante e Irina deambularan por el jardín solos.

Los seguía de lejos, satisfecho por el silencio admirado de ambos.

Dante e Irina estaban ahora en el quiosco. Tito se acercó; los atisbó a través de las orlas del convólvulo. Irina le estaba dando la espalda a Dante. Ella dio un paso hacia atrás y se apoyó contra su hombro; se volvió para mirarlo y dijo:

–Es el sitio más sensual que he visto en mi vida.

Con el dedo índice recto como un lápiz, le acariciaba el cuello y le recorría después el borde de la camisa, abierta sobre el pecho. Él le cogió la mano y le abrió el resto de los dedos, uno a uno, después le dio un largo beso en la palma abierta.

–Estoy de acuerdo –dijo, cerrándosela después de nuevo, dedo tras dedo, muy lentamente.

Le cogió la otra muñeca y la rodeó con sus brazos nudosos, y permanecieron así, abrazados, moviéndose rítmicamente, con las manos de Dante entrelazadas sobre el bajo vientre de Irina como la hebilla de un cinturón.

Tito no conseguía despegar la mirada de ellos: enlazados, avanzaban ahora muy despacio hacia la húmeda oscuridad del interior del quiosco. Del terreno subía un olor penetrante a podrido, infecto. Tito tuvo que alejarse; vagó por el jardín, doliente y excitado.

Se encontró en un rincón a pleno sol. Las flores entumecidas de hibisco parecían jirones de tejido rojo que hubieran quedado enganchados en las ramas nudosas y casi carentes de hojas. Los troncos de las acacias se escamaban a causa de la aridez, pero las ramas seguían en flor. Tito se apoyó contra un árbol y miró hacia lo alto: rica y dorada, la cúpula de flores en copos se recortaba contra el cielo soleado.

El móvil estaba sonando.

–Sólo quería recordarte los deberes de Titino. ¿Pasamos esta tarde? –Era Vanna.

–Estoy en Torrenuova con unos invitados –dijo Tito, huraño.

–Ya lo sé. Dales recuerdos a Dante y a Irina.

Tito apretó los labios y cerró el puño, con fuerza, casi clavándose las uñas en la piel.

Dante se había acercado hasta él y lo observaba.

–No te lo tomes así. –Irina lo seguía, indolente–. Es sencillamente estupendo este lugar. Enhorabuena. ¿Puedo fotografiarlo?

A Tito le apasionaba la fotografía y había sacado imágenes del jardín a todas las horas del día. No se había atrevido a contarlo antes por temor a quedar como un bobo, pero dadas las circunstancias, animado por Dante, le enseñó sus sitios predilectos y se atrevió incluso a ofrecerle sugerencias. Dante parecía apreciarlo y él se sintió satisfecho.

En el camino de regreso, Irina dormitaba lánguida en el asiento trasero. Tito la miraba por el retrovisor. La deseó intensamente. Se avergonzó y dirigió la mirada hacia la campiña. Cuando volvió al retrovisor, había otro rostro en él y unos cabellos castaños recogidos en un moño deshecho por el viento. Él era un niño y en la caja del todoterreno de su padre estaba su tía, dando tumbos sobre el asiento y sujetándose a los costados. Sonreía, es más, quizá riera, con el pecho encerrado en el vestido de mariposas ceñido en la cintura y abotonado hasta el cuello. Él había sentido un hormigueo nuevo que tal vez ahora hubiera podido llamar deseo.

Tito volvió a contemplar la campiña. Ésa sí que era suya, y de no haber sido por su tía la tierra hubiera ido a parar a otras manos.

–¿Por qué Rachele nunca llegó a casarse?

Dante parecía leerle los pensamientos. No contestó.

–¿Qué ha hecho con su vida? –le apremiaba Dante.

–Ha vivido con nosotros y me ha criado. Creo que se ha sentido colmada –farfulló Tito.

–Una mujer pasional como la Rachele de mi madre hubiera sido una esposa perfecta. ¡Confío de verdad en que puedas presentármela! –exclamó Dante.

Tito se puso rígido.

–No pretendía ofenderte. Pero es que me gustaría mucho conocerla..., ¿crees que será posible?

–Será improbable, diría yo.

–Entonces quiero conocerte mejor a ti.

Tito inclinó la cabeza.

–Y a mí me gustaría mucho ver Torrenuova desde el mar, ¿crees que se podría? –preguntó Irina, tocándole un hombro.

–Lo haremos –prometió Tito–. Lo hablaré con mi hijo Santi. Es él el navegante de la familia.

Irina se acurrucó en el asiento y pareció adormilarse de nuevo.

Dante le hizo un guiño a Tito:

–Noto que Irina consigue todo lo que quiere de ti.

–Es una mujer fascinante.

–¡Tienes toda la razón, una eslava sensual es el mejor antídoto contra la vejez!

–Estoy convencido de ello –contestó Tito.

Después de comer, Tito le contó a Mariola la visita a Torrenuova.

–Torrenuova le ha gustado muchísimo a Dante: hasta ha recitado una poesía. E insiste en conocer a la tía.

–¿Crees que sería oportuno presentarles?

–¿Por qué me lo preguntas?

–Me parece que ese fotógrafo hace demasiadas preguntas.

–En cambio, a mí me parece un hombre discreto. Y tal vez a la tía le guste recordar sus años del internado.

–Si tú lo dices... –murmuró Mariola, meneando la cabeza.

4
Un sórdido amor.
«Son cosas de hace muchos años.»

–He visto al hijo de una compañera tuya del internado, Dante Attanasio –probó a decirle Tito después del telediario de la noche.

–Attanasio..., la conozco –murmuró la tía.

–Su madre ha muerto. Él es un hombre simpático, es fotógrafo y está aquí por cuestiones de trabajo. Le gustaría conocerte.

–Son cosas de hace muchos años –contestó la tía. Y cambió de tema.

Dana se estaba vistiendo otra vez e inició una conversación.

–¿Cómo es esa rusa que te has llevado de paseo hoy?

–¿Es que tienes espías? –preguntó Tito, a la defensiva.

–No, me lo ha dicho el subteniente.

–¿Qué subteniente?

–Ese que va a conseguirme el permiso de residencia, le pago todos los meses: nos controla todos los días, por teléfono. No tengo los papeles en regla, ¿no lo sabías?

Tito lo sospechaba, legalizar a alguien costaba dinero y Mariola estaba muy atenta a los gastos de la casa. Hizo ademán de marcharse, pero Dana no había terminado aún.

–La criada de Santi me ha dicho que mañana tu hijo se lleva en barco a la rusa. Debe de ser bonito...

–A mí el mar no me gusta –dijo él, decidido.

Pero Dana no cejaba. Sabía que lo había contentado más de una vez esa tarde.

–Pero Torrenuova sí que te gusta, ¿verdad? También le gusta a tu tía... ¿Por qué no la llevamos alguna vez?

–¡Qué sabrás tú de eso!

–Me lo contaba ella misma el otro día, que durante la guerra iba allí de paseo con su prometido. Leían poesías en la terraza que da al mar. Debe de ser precioso un sitio así.

Tito se volvió hacia ella, con mirada torva.

–¡Tú crees entender, pero no entiendes nada! ¡Nada! ¡Quién sabe lo que te habrá dicho! Tergiversas y te imaginas cosas. ¡Con todo lo que tenía que hacer durante la guerra mi tía como para leer poemas, sola o acompañada!

Se abrochó los pantalones y se marchó dando un portazo; Dana seguía medio desnuda, pero a él se le habían pasado las ganas.

Tito se encontró a Mariola despierta en la cama; estaba hojeando una revista de moda. Se sorprendió al verlo tan temprano.

–¿Qué tal está la tía?

–Bien. No quiere conocer a Dante.

–Ya me lo imaginaba.

Tito miró a su mujer. De joven había sido curvilínea y atractiva, con una cascada de cabellos castaños, muy rizados. Después, sus curvas se habían ensanchado, su rostro ágil había engordado y tenía una incipiente papada. Y sin embargo, Mariola se cuidaba: hasta iba al gimnasio, y al igual que sus hijas, se gastaba una fortuna en productos de belleza. Ahora, con el rostro untado de crema, parecía una pelota de goma.

«Intenta conservarse», pensó Tito, y sintió piedad por ella. Y por él también.

En plena noche se despertó pegajoso. Se levantó, cauto, y fue a lavarse. Tito se percató de que tenía sangre en la orina.

5
La degustación.
«¡Varones o hembras, qué más da, si total del ombligo para abajo pescado son!»

Desde hacía menos de un año, el pueblo ostentaba un nuevo hito en la provincia: un hotel de cinco estrellas construido con fondos de la Comunidad Europea, cuyo propietario era, a través del habitual testaferro, un influyente personaje político, según decían. El segundo jueves de cada mes el hotel ofrecía tarifas reducidas a entes locales o ciudadanos privados que quisieran organizar degustaciones de productos del lugar: era una de las iniciativas propuestas por Vanna, quien se encargaba de las relaciones públicas del hotel, y había obtenido un notable eco.

El director se mostraba entusiasmado; quería intervenir en los detalles de la organización e incluso obsequiar a los invitados con montajes y espectáculos escogidos personalmente por él. La última degustación, en abril, había sido de quesos de cabra, patrocinada por un ente público y por una revista de gastronomía. En aquella ocasión se habían oído balidos: una procesión de pastores –con sus inevitables pantorrilleras de piel de cabra, sandalias, gorras con sus colgantes y cornamusas– había entrado en los jardines con un pequeño rebaño. Algunos tocaban, otros ordeñaban a los animales y animaban al público a que probara la leche tibia y espumosa. Pero en determinado momento, asustadas por la multitud, dos cabras se habían escapado de los pastores: corrían por los senderos del jardín, brincaban sobre los bancales, pisoteaban lechos de flores, intentaban subirse a los olivos y mordisqueaban sus tiernas hojas volcando las urnas de terracota apoyadas contra los troncos. Una había llegado incluso –cómo, no se sabe– a la terraza de la degustación, y había provocado un enorme alboroto. El director se había divertido; los demás, puede que algo menos.

La degustación de aquel jueves era de vino y habían previsto un *tableau vivant* del *Baco* de Caravaggio, que una carreta siciliana tirada por un pony Shetland tendría que haber llevado a la terraza. El director se había rendido sólo al no poder encontrar a un joven florido y de pelo rizado que pudiera representar al dios del vino. Le había preguntado a Vanna si resultaría aceptable sustituirlo por una mujer, vistiéndola con un corpiño muy ajustado que le aplastara el pecho: tenía ya en su cabeza a la persona adecuada. La respuesta de Vanna fue rotunda: a los socios del Rotary no les habría hecho la menor gracia.

El director no había querido insistir, pero se había prometido a sí mismo conseguir algo mejor para la degustación del mes de junio: frutos del mar. Encontraría unas sirenitas, le había dicho, y había añadido en tono de desafío:

–¡Varones o hembras, qué más da, si total del ombligo para abajo pescado son!

Habían colocado las mesas adamascadas bajo amplios toldos blancos, la terraza estaba ya llena de invitados y los rotarianos se entremezclaban con los escasos clientes del hotel que habían sido invitados a la degustación.

Hacía poco que admitían a mujeres y Teresa había sido una de las primeras socias: era Santi quien la había persuadido para dar el paso –ella ya formaba parte del consejo de administración de la fábrica– y ahora permanecía a su lado, protector. Vestidos de oscuro, con sus distintivos en el ojal, los socios no parecían mostrar especial interés por los vinos que les eran ofrecidos. Preferían atiborrarse de pizza, embutidos y quesos, así como de los omnipresentes fritos: croquetas de patata, *panelline*[1], flores de calabaza y brécol rebozados. En una región justamente orgullosa del salto de calidad que había experimentado su producción vinícola, la gente seguía prefiriendo comer a beber. Ataviados con costosa afectación, con trajes de marca y corbatas de firma, hombres de rostros sudorosos y rasgos vulgares rodeaban a Irina con los ojos ávidos de sexo y poder. La media de edad rondaba los sesenta, y para hombres así –y no sólo para hombres así– una mujer fascinante y extranjera suponía una atracción todavía rara e irresistible. Ella escuchaba los cumplidos carentes de *savoir-faire* y de vez en cuando dejaba vagar la vista entre los camareros, erguidos, en una fila compacta, detrás de las mesas. Ésos sí que eran chicos guapos: entallados con sus ceñidos uniformes azul marino, recubiertos de cordones dorados con doble hilera de botones de latón reluciente, parecían oficiales de la marina del país de las maravillas. Ellos le devolvían la mirada con la misma concupiscencia leve y descarada.

Dante, tras los saludos de rigor, se había retirado a un rincón de la terraza. En el horizonte, un barco pesquero navegaba en línea recta, como una hoja seca transportada por la corriente. La estela turbaba la calma del mar, liso y azul. El cielo refulgía. Él percibía la esencia de una isla: certeza de sus confines, vulnerabilidad y compacta soledad.

Santi estaba apoyado en la barandilla. Seguía la ruta del pesquero con la mirada, en silencio.

1. Raviolis de polenta o harina de garbanzos. *(N. del T.)*

–No te he dicho aún que mi curiosidad por vuestra tierra se debe también a mi institutriz: era la Mademoiselle de Rachele. Hablaba con nostalgia del mar del sur y del palacete: los echaba mucho de menos. –Dante había hablado sin apartar los ojos del mar.

–Qué extraña coincidencia, ese encuentro en el internado entre tu madre y la tía...

–Qué va. Antes que para vosotros, Mademoiselle había trabajado para una prima lejana de mi madre, una condesa rusa, cuya familia fue masacrada durante la Revolución. Fue ella quien aconsejó el internado para Rachele, el mismo al que asistían las chicas de mi familia: era americano, con un planteamiento progresista. Aunque me sorprende que la sugerencia de Mademoiselle fuera aceptada por tu bisabuelo. He oído decir que era fascista, y un hombre muy apegado a las tradiciones.

–Tal vez no se diera cuenta de cómo estaban las cosas.

Teresa se había acercado y había oído la conversación.

–No creo. La tía me contó que su padre sentía mucha estima por Mademoiselle. Pasaron años juntos, mientras ella estaba en Roma, y se había convertido en parte de la familia. Yo creía que los dejó para jubilarse, para regresar con los suyos. Qué raro que no se quedara cuidando de papá, y en cambio se fuera con vosotros...

–Tal vez no supiera... –comentó Santi sin darse la vuelta.

–Vuestro padre y yo somos casi coetáneos –murmuró Dante.

–No te olvides de que papá era hijo de una mujer casada, su embarazo hubo de ser mantenido en secreto –precisó Teresa. Y añadió–: Me lo ha contado la tía.

–Con ese maldito árbol genealógico, me he preguntado muchas veces por el nacimiento de papá, y por el motivo por el que acabó quedándose con su padre, en vez de que lo dieran en adopción. –Santi ahora se había dado la vuelta y la miraba, intentando comprender.

–Tras la muerte del abuelo, se lo pregunté a la tía –añadió Teresa–. Me dijo: «Mi hermano hizo que me aprendiera de memoria lo que había que decirle a Tito, si es que alguna vez nos lo preguntaba. Y ahora yo te lo digo a ti, para que te lo aprendas tú también. *Tu padre vivió un profundo amor por una mujer que no podía pertenecerle: todo fue absolutamente secreto. Ella consintió en entregarte a él a condición de poder amamantarte hasta los tres meses*».

–¿Cuál era, en todo eso, el papel de Rachele? –Dante no se había movido, pero escuchaba atentamente.

Teresa prosiguió:

–Yo también se lo pregunté, y la tía me dijo que Mademoiselle, tras la muerte de su padre, se la había llevado a las montañas; debió de ser una conmoción terrible. Más tarde, el abuelo le pidió que le ayudara con el recién nacido, y ella aceptó. Creo que a Mademoiselle la cosa no debió de hacerle demasiada gracia: probablemente para la tía había deseado una vida completamente suya, con matrimonio e hijos...

Vanna se acercó hasta ellos buscando a su cuñada: quería presentarle a algunos invitados de fuera.

Absorto, Santi siguió a su mujer y a su hermana, hasta que desaparecieron entre la gente. Se había levantado, entre tanto, una brisa que hizo que le entraran ganas de abrocharse la camisa blanca abierta en el pecho. Se apartó el mechón castaño que le había caído sobre los ojos. De tez oscura y bien proporcionada, Santi era un hombre seductor.

–¿Te han fotografiado alguna vez? –le preguntó Dante.

–Para el pasaporte –contestó él, sarcástico–, pero eso no cuenta.

–Hace tiempo hacía retratos, me hubiera gustado fotografiar tu perfil.

–¿He perdido esa oportunidad? –dijo con un guiño de cejas sedosas.

–Sí, ésa sí.

Al igual que Santi, Dante estaba ahora apoyado en la barandilla, dando la espalda al panorama. Seguía siendo un hombre apuesto, con el cuerpo robusto, la piel bronceada, los rasgos decididos.

–Yo solamente fotografío estatuas –dijo Santi–, nunca seres vivos. El monumento de la existencia me aburre.

–¡Cuéntamelo!

Estuvieron hablando –con los ojos vagando sobre la multitud; los de Santi, verdes, haciendo gestos ocasionales dirigidos a algún conocido– sin cruzar nunca sus miradas.

6
Comida familiar.
«¿Por qué no se casó tu tía con su novio?»

Tito se había despertado de mal humor. La noche anterior Dana le había exasperado. Mientras la manoseaba, le había preguntado: «¿Por qué no se casó tu tía con su novio?». Él había seguido manoseándola, sin contestarle. Entonces Dana había insistido: la tía había vivido un flechazo con un militar, amigo de su hermano. En ese momento Tito se había enfurecido y le había cantado las cuarenta. Ella se había defendido bien: la suya era una pregunta sincera y sin ánimo de ofender, sentía cariño por la tía y siempre había sido discreta: «Irina sí que pregunta un montón de cosas, pero yo bien calladita que estoy». Dana se consideraba definitivamente parte de la familia.

Cada mañana, después de llevar a Titino al colegio, Santi se acercaba a ver a su padre para comentarle la jornada de trabajo en la fábrica de pasta. Por eso, Tito aguardaba su visita y deambulaba por la casa. Su hijo se estaba retrasando ligeramente, lo que le provocaba cierta irritación: la puntualidad era una característica familiar que le fue inculcada por su padre y que él había transmitido a sus dos hijos mayores. Con Elisa no había habido nada que hacer.

Sonó el teléfono. Santi se disculpaba, había habido un grave problema en la fábrica: el sobrecalentamiento de una caldera. Los dispositivos de seguridad no conseguían apagar el quemador. Desde principios de mes, la fábrica estaba en funcionamiento día y noche para poder completar las entregas a un cliente sueco. El director técnico había tenido sus dudas sobre el funcionamiento de los termostatos y había solicitado ya con urgencia la intervención del servicio de mantenimiento de la empresa alemana que había instalado la caldera; entre tanto, se había quedado en la fábrica para controlar la situación. A medianoche, Santi recibe una llamada: se hacía necesario intervenir de inmediato. Santi se había reunido con él. Allí estaban ya otros empleados y los escasos técnicos especializados de los que disponía el pueblo. En constante comunicación con los técnicos alemanes a través de internet y guiados por ellos, el director técnico y su equipo habían conseguido apagar el quemador de la caldera, aislarla de las demás y organizar el sistema de modo que no se bloqueara la producción: una operación compleja, difícil y arriesgada. Ya había un técnico en un avión que llegaría a última hora de la tarde.

–Voy inmediatamente. ¡Tendrías que haberme llamado! –gritó Tito.

–Te estoy informando en tu condición de presidente de la fábrica, pero el problema es mío. Soy el director gerente, y lo estoy resolviendo –le contestó su hijo.

Santi lo estaba esperando ante la puerta de las oficinas de la administración. En cuanto se bajó del coche, Tito hizo ademán de encaminarse al almacén, la entrada a la fábrica, pero él lo previno: quería hablarle en su despacho, a solas, antes.

Mientras esperaban a que el café estuviera listo, empapado de sudor y sin perder su flema, Santi hablaba con sus colaboradores, manejaba rápidamente el teclado del ordenador, consultaba el correo electrónico y examinaba las fichas que una silenciosa secretaria le dejaba sobre la mesa. Tito bramaba.

Los ojos enrojecidos de Santi estaban clavados en la pantalla:

–El director comercial y el encargado del almacén no se han movido de aquí desde el alba: si la caldera vuelve a ponerse en funcionamiento en un plazo de cinco días, podremos hacer frente a todos los pedidos de los nuevos mercados. Nuestras reservas de producto semiacabado seco son suficientes para satisfacer buena parte de las entregas al resto de los clientes. Estamos pidiendo aplazamientos –totales o parciales–, especificando, como alternativa, nuestra disponibilidad de pastas de tipo parecido: no debería haber problemas. Lo que más temíamos era una explosión: nuestra producción hubiera quedado interrumpida durante semanas, por no hablar de la intervención de los organismos públicos o de la mala publicidad en la prensa, aparte de los heridos, que hubieran podido serlo de gravedad. El director técnico se ha comportado heroicamente, y no te exagero. Deberías felicitarle personalmente.

–Pero ¿es que tienes ya alguna explicación para lo sucedido? –Tito había levantado la voz, el café se desbordó de la taza que le habían ofrecido–. Excluyo un sabotaje. ¡De modo que seguro que ha habido alguna intervención de alguien del personal no cualificado en los dispositivos de seguridad, o un fallo de mantenimiento, o una falta de control de las fichas! ¡O todo a la vez! ¿Es que no lo entiendes?

–No ha habido tiempo para el peritaje, pero tenemos algunas pistas. Ya te iré contando.

Santi estaba casi seguro de que un trabajador poco de fiar, a cuyo despido se había opuesto Tito por ser hijo de un antiguo y leal empleado, había cometido varios errores, a pesar de que durante el año anterior había asistido a un curso de reciclaje. Pero antes de tomar medidas en lo que a él se refería, era necesario comprobar las fichas en las que había registrado las operaciones de mantenimiento de la caldera, obtener datos seguros para discutirlos después.

Padre e hijo se encaminaron hacia el edificio principal. Los empleados, con sus monos verdes con el logotipo de la fábrica en el pecho, trabajaban como si nada hubiera ocurrido. Tito y Santi, sin embargo, intuían por la concentración con la que ejecutaban sus tareas, por los silencios y por los guiños de los ojos, que todos eran conscientes del riesgo que habían corrido y de que debían poner todo su empeño en mantener el ritmo de la producción y respetar los plazos de entrega.

Tito notaba también algo más: los saludos deferentes, los más afectuosos incluso, se reservaban para su hijo, no para él. En la zona de desecación, un empleado anciano se le acercó y, mirándolo fijamente, le dijo:

–Señor director, su hijo se ha comportado de maravilla; su señor padre, que en paz descanse, estaría orgulloso de él. ¡Enhorabuena!

Tito no fue capaz de reprimir una mueca. Y ésa había sido la tónica en las demás secciones.

Estaban fuera otra vez. Santi acompañaba a su padre al coche. Tito hubiera querido quedarse en la fábrica, en realidad no dejaba de sentirla como un apéndice de su propio ser. Pero no protestó, habría sido inútil. En aquel momento se abrió la verja eléctrica y entró en el patio una furgoneta con el letrero PICADILLY BAR. ENTREGAS A DOMICILIO.

–¿De modo que celebras los daños? –preguntó Tito, sarcástico.

–Celebramos la emergencia –rectificó Santi, secamente–. Esta noche hemos llamado al personal destinado a las calderas y a otros obreros. Gracias al boca a boca, se han presentado muchos más, incluso aquellos a quienes no habíamos llamado. Hemos trabajado como unos desgraciados. Le he pedido a todo el mundo que la cosa no salga de aquí: la competencia no está esperando ocasión mejor para robarnos la clientela. Estamos cansados, y el aire huele a siroco: ¡los helados del Picadilly Bar son una óptima inversión!

Tito arrancó. Santi levantó un brazo en señal de saludo y añadió:

–Nos vemos a la hora de comer. ¡No le digas nada a mamá, por favor!

Tito estaba otra vez en casa, lívido de rabia. Se olvidó incluso de que era el día en el que generalmente daba cuerda a los relojes. Se dejó caer en un sillón y cogió el periódico. No era capaz de leer. Las palabras no tenían sentido. La explosión de una caldera: la pesadilla de las fábricas de pasta. Un desastre. De la que se habían librado. Santi se había comportado extraordinariamente bien, tenía razón aquel empleado anciano. Él sabía que su hijo era muy hábil, y le había cedido las riendas para poder llevar una vida más tranquila y dedicarse sólo a sus aficiones. Pero ¿cuáles eran sus aficiones? Le parecía como si nada valiera la pena, en comparación con su fábrica.

Se sentía vacío, como el cascarón de un caracol muerto, con el cuerpo viscoso disuelto en la cavidad de la concha. Superfluo.

Sonia interrumpió sus meditaciones: el señor Attanasio le llamaba por teléfono.

–Dile que ya le llamaré yo.

Desde su encuentro, dos semanas atrás, Dante le telefoneaba a menudo. Le pedía información sobre los lugares que podía fotografiar –quería la opinión de un «indígena», como lo definía entre risas– y después hablaban de otras cosas, largo y tendido. A Tito le gustaban mucho esas conversaciones, le fascinaban. Atraído por la cultura de Dante y por su vitalidad, alimentaba con respecto a él una auténtica admiración. Tal vez incluso algo de celos. Por más que él tuviera todo lo que un hombre puede desear y llevara una vida que los demás tenían buenos motivos para envidiar: una infancia serena, una mujer estupenda, tres preciosos hijos y cinco nietos. Era pudiente y las ganancias de la fábrica y del resto de sus rentas le permitían dedicarse a sus pasiones: los coches de época y la relojería. Tenía incluso una hembra, por más que pasajera e intrigante. De repente, sin embargo, todo eso ya no le bastaba. Le parecía trivial, casi insoportable, humillante. Se sentía insatisfecho, y ya no se comprendía a sí mismo.

Sonia apareció en el salón con el aspirador. Tito salió y se dirigió hacia las cocheras, instaladas en las antiguas caballerizas. Allí guardaba sus coches de época, cada uno en su propio box; había uno que estaba equipado incluso para efectuar reparaciones. El chasis del Fiat 508B estaba sobre los caballetes encima del foso. Los frenos mecánicos se habían aflojado y la frenada era demasiado larga: había que desmontarlos para regularlos. Tito entró en el foso y se puso manos a la obra, metódico, empleando herramientas antiguas, poco a poco. Era un trabajo largo y fatigoso. Realizaba algunas pausas y añoraba los viejos tiempos, cuando era capaz de desmontar las maquinarias de la fábrica; entonces entendía incluso de calderas. Aquella mañana, en cambio, no había abierto la boca mientras el director técnico le explicaba su intervención: no por admiración, sino porque le costaba seguirlo. Definitivamente, no era más que un viejo, capaz sólo de jugar con las cosas viejas: coches de época y relojes antiguos.

Titino estaba buscando a su abuelo y entró en el garaje. Tito veía sus piececitos y sus piernas gráciles al borde del foso. Dejó la llave inglesa y levantó sus ojos cansados. No le quedaban energías para irritarse. Miraba a su nieto, nervioso y enardecido, muy guapo con su uniforme escolar cuya camisa blanca hacía resaltar su tez bronceada y sus ojos claros. ¡Era lo que le faltaba: el árbol genealógico!

–El chapista me trajo ayer el Augusta: lo han barnizado por entero. Vamos a verlo –dijo, y salió del foso.

El Augusta resaltaba majestuoso en su box, con su carrocería bicolor –crema y beis– reluciente, que aún olía a pintura. Tito abrió la portezuela. Los mullidos asientos de piel clara, el salpicadero de raíz clara y el volante de radios eran irresistibles: Titino saltó al puesto del conductor y, sentado al borde del asiento, se agarró al volante.

Encendía y apagaba los faros, levantaba las palancas de los intermitentes y se asomaba por la ventanilla para comprobar que parpadeaban, ponía en marcha el limpiaparabrisas, apretaba los pedales, sacudía la palanca de cambios. Tito disfrutaba al ver tanta admiración en su nieto.

–¿Es todo tuyo, abuelo?

–Ahora sí. Pertenecía a un primo de tu bisabuelo. Cuando estalló la guerra, lo trajo aquí y aquí se quedó. ¿Sabes lo que hacía yo cuando era pequeño? Pues rajaba la piel de los asientos, arañaba la pintura con un destornillador, le quitaba los faros; acabé por destrozarlo. Y ya ves, de mayor, me dedico a reconstruirlo.

–¿Está también ese primo del bisabuelo en el árbol genealógico?

–Lo podemos meter –suspiró Tito–, junto a todos los demás hombres de la familia.

–Junto a los papás y a las mamás –le corrigió Titino.

–Ahora encendamos el motor.

Y Tito se deslizó en el asiento de al lado del pequeño.

Manuel los interrumpió: los estaban esperando en la mesa.

Cogido de la mano de su abuelo, Titino parloteaba camino de casa.

–¿Y no te castigaba tu mamá cuando rajabas los asientos del coche?

–Yo no tuve mamá.

–¿Y quién cuidaba de ti?

–La tía.

–¿Como si fuera tu mamá?

–No, como una tía, como una buena tía.

–Ya lo entiendo. ¿Era como cuando mi mamá estaba en el hospital y yo dormía en casa de tía Elisa?

–Exacto.

–Yo tenía miedo de que no volviera a casa.

–Pero volvió, y ahora todo está arreglado. Recuérdalo, Titino, las cosas siempre acaban por arreglarse, siempre –decía Tito, y era como si se lo estuviera diciendo a sí mismo mientras entraban en el comedor, donde los estaban esperando ya todos los demás, sentados a la mesa.

Tito prefería la compañía de su nuera a la de sus hijas. Vanna no era tan chismosa y tenía menos ínfulas. La conocía desde que, con quince años, se convirtió en la novia de Santi: era como una tercera hija. Compañeros de universidad, habían pasado juntos un año de estudios en el extranjero. Después de la licenciatura, mientras él estudiaba en Estados Unidos su máster en dirección de empresas, ella empezó a trabajar en Palermo para una sociedad que organizaba congresos. Pero renunció a este empleo de buena gana para seguir a su marido cuando Santi realizó unas prácticas en una gran empresa de Italia central, y tampoco se había quejado cuando él quiso regresar para estar cerca de Elisa y dirigir la fábrica de la familia. En el edificio que la familia tenía en el pueblo, Vanna había sabido montar un piso bonito y acogedor, y se había integrado con la gente del lugar sin hacer ostentación de su posición social. El año anterior había sufrido un enorme disgusto: su segundo embarazo había acabado mal, pero ella no había cedido a la autoconmiseración y se había concentrado en su trabajo en el hotel.

En la mesa, Vanna aligeraba la tensión entre padre e hijo hablando de la próxima reunión de coches de época y de Dante e Irina, a quienes había conocido algunas semanas antes. Contaba, riéndose, que Dante había creído que su apellido de soltera era el de Santi y que por lo tanto le había pasado desapercibido su parentesco con Tito.

–Se ve que a Irina le hacen falta dinero y amistades útiles. Le gustaría organizar viajes a Sicilia para millonarios rusos y sigue todas las pistas. Es incansable –decía Vanna–, cada mañana acude a nuestro centro de *fitness* y se queda deambulando por ahí hasta las doce, charlando con quien le sale al paso. Pregunta de todo y a todos. Apunta direcciones, deja caer que acepta invitaciones a casa de quien sea y distribuye sus tarjetas de visita como si fueran octavillas. Y lo mejor es que consigue lo que se propone: el mes que viene dará un concierto benéfico en los jardines del hotel. Después se marchará a Palermo, invitada por el príncipe de Sciali.

–Es una aventurera –intervino Santi–, pero actúa abiertamente, con naturalidad. Y sabe cómo apañárselas.

–No comprendo su relación con el fotógrafo –apuntó Mariola.

–Son compañeros de viaje, y después, si te he visto no me acuerdo: es el mundo de hoy, así funciona ahora –dijo su hijo, y después, dirigiéndose a su padre, preguntó–: ¿Por qué no los invitáis alguna vez?

–Podría ser... –aventuró Tito.

–Son gente sin pretensiones y mamá es una excelente cocinera. Deberías hacerlo, parece una descortesía intencionada. Nosotros ya les hemos invitado, y Piero y Teresa también, más de una vez...

Tito tuvo que reprimirse para no gritarle a Santi que no le parecía oportuno que le diera consejos también sobre cómo comportarse, ni tampoco que lo tratara como «presidente» de la fábrica, tal como había hecho por la mañana. El dueño de la fábrica era él, solamente él, Tito. El *dueño*. ¡Los demás, Santi incluido, eran simples empleados, y por si fuera poco, muy bien pagados! Tito ensartaba las patatas golpeando con la punta del tenedor en el plato. Después levantó la mirada hacia la lámpara de hierro forjado, negra, pesada. De repente, le pareció como si los arabescos de los diez brazos representaran pajarracos con las alas desplegadas. «¡Buitres, más que buitres!» Tito mordió rabiosamente un trozo de pan.

–Si tu padre está de acuerdo..., a mí me parece bien –dijo Mariola, que a sus hijos no sabía negarles nada.

Las hijas se presentaron después de la comida, a la hora del café. Elisa venía cargada de paquetes: Antonio, representante de ropa, acababa de recibir los fulares de un conocido diseñador y ella había traído una docena para enseñárselos a las mujeres de la casa. Mariola se ofreció a regalarles uno a cada una y se retiraron al salón para escogerlos. Tito seguía a sus hijas con el rabillo del ojo. Algo no iba bien: Elisa estaba nerviosa, Teresa parecía especialmente afligida.

–Estoy intentando convencer a papá para que invite a cenar a Dante y a Irina –dijo Santi más tarde, mientras tomaban el café todos juntos.

–¡Ésos se cuelan por todas partes, como la mala hierba! –Elisa se echó hacia atrás con una mano el mechón que le caía sobre la frente, como hacía siempre que se mostraba contrariada–. A mí no me gustan nada. Esa gente quiere algo de nosotros, aunque no consigo entender qué. Dante muestra una curiosidad casi morbosa por la tía, e Irina se ha infiltrado entre las criadas extracomunitarias, evidentemente con el fin de saber algo más sobre las familias para las que trabajan: en caso contrario, ¿a qué vienen esas confianzas, ella que tantos aires se da de gran artista y de mujer de mundo? Ha estado asediando a mi rumana con preguntas acerca de nosotros. La verdad es que os tienen camelados a todos.

–Te equivocas. Dante no oculta en absoluto sus deseos de conocer a la compañera de colegio de su madre: y es muy normal. En cuanto a Irina, será curiosa, pero yo no tomaría como oro colado todo lo que cuenta tu criada –rebatió su hermano.

–¡Ésa te ha hechizado a ti también! ¡Te gusta, admítelo! –chilló Elisa. Pero Santi estaba hablando con su madre y no le hizo caso.

–Irina es una pianista muy buena –objetó Teresa.

–¿Y tú qué sabes? ¿Acaso ha tocado en exclusiva para ti? –Elisa también acometía contra ella.

–Cuando vio nuestro piano, se puso a tocar. Estábamos todos encantados, incluso Piero. Viene a casa y se ejercita cada día para el concierto que dará en el hotel –insistió su hermana.

–¡Pues anda que entendéis vosotros mucho de música! Seguro que tu marido no le habrá quitado los ojos de encima, ¿es que no te has dado cuenta? –Elisa había levantado la voz en tono desafiante, ahora empleaba ambas manos para apartarse el pelo de la frente.

Teresa no contestó.

–Voy a dar cuerda a los relojes –dijo Tito levantándose.

Titino lo imitó: quería enseñarles el Augusta a sus padres. Mariola se quedó a solas con sus hijas.

Teresa, con la cabeza gacha, acariciaba los flecos de su fular nuevo.

–¿Es que tampoco te diste cuenta el otro día, en la piscina del hotel? ¡Cómo la miraba Piero, menudo! –insistía Elisa, inclinándose hacia ella.

–No es la única que desea a los maridos ajenos.

La voz de Teresa era queda; sus ojos continuaban fijos en los arabescos cobrizos de la seda y sus dedos separaban los largos flecos, relucientes y resbaladizos, con movimientos repetitivos, como los de una principiante que se ejercita ante el piano.

Elisa se levantó de golpe. Estampó un beso en la frente de su madre, lanzó un «adiós» a su hermana y se marchó contoneándose, mientras el bolso se le balanceaba en el hombro.

7
Un inoportuno arrebato de gratitud.
«Son preciosos esos fulares de tu hija; Irina también tiene uno.»

Tito estaba dando cuerda a los relojes –tenía más de treinta, entre relojes de mesa, de pared y de péndulo, esparcidos por el palacete–, una tarea que por lo general le satisfacía y que requería toda su concentración. Arrastraba consigo una robusta silla de nogal y se subía a ella sujetando con fuerza la vieja caja de cartón en la que su padre guardaba llaves, manivelas y destornilladores –cada llave con su cinta particular, desteñida y deshilachada por los años–. Tito buscaba en el mazo la llave adecuada, abría la caja e introducía la manivela en el perno. La giraba y escuchaba el mecanismo. Comprobaba los pesos y los péndulos, y seguía después el tictac de los segundos, con la mirada fija en su reloj de pulsera. Cuando todo estaba en orden y sincronizado, se bajaba de la silla, listo para encargarse de otro.

Pero aquella tarde pensamientos umbríos le vagaban por la cabeza: no era capaz de concentrarse.

Oyó el taconeo de Mariola en el salón.

–Teresa no me convence. ¿Qué le pasa?

–¿Te has dado cuenta tú también? –dijo ella, y añadió–: Lloraba, a solas conmigo. Piero ha solicitado un traslado al Tribunal de Pistoia, a partir de septiembre.

Tito estaba dándole vueltas a la manivela de una péndola antigua. Se detuvo a mitad del giro, con la mano en alto.

–¿Qué demonios ha ocurrido? –preguntó con voz ronca, y bajó de la silla a toda prisa.

–El magistrado encargado de la investigación ha completado sus indagaciones acerca del escándalo de los fondos comunitarios en el Instituto para la Formación Juvenil: el proceso empezará en septiembre. Es embarazoso para Piero. Ha recibido amenazas y está asustado. Quiere el traslado de inmediato.

–¡Menudo imbécil! –ululó Tito y seguidamente guardó silencio.

Mariola lo miraba con aire serio. Él se dejó caer en la silla, con la caja de cartón sobre las piernas, los brazos colgando, desconsolado: una hija lejana era una hija perdida.

–Cuando acabes con las péndolas, si quieres saber algo más, vente a la habitación. Necesito tumbarme. –Y Mariola se marchó.

Tito estaba demasiado tenso para lo delicado de su tarea. Hubiera estrangulado a ese yerno mujeriego. Y sin embargo, en su momento le había parecido una boda cómoda y satisfactoria. Además, Piero y Teresa iban a quedarse en el pueblo: el tribunal, en la capital de la provincia, se hallaba a sólo media hora de allí. Se decía de él que importunaba a sus colegas universitarias, a las que acompañaba en coche cuando volvía al pueblo para pasar el fin de semana, pero Tito no había dado importancia a los chismorreos: «Cosas de jóvenes», había pensado. Lo cierto, con todo, es que Piero se había revelado como un marido exigente y fastidioso. Todo tenía que ser como a él le gustaba. Enamorada y dócil, Teresa había permitido que la dominara y, tal vez, que tuviera otras mujeres. Sin embargo, Piero tenía sus aspectos positivos: seguía de cerca la educación de las niñas, quería a su manera a Teresa y tenía fama de ser un juez correcto y diligente.

Tito sabía muy poco de las familias de sus hijos. Mariola hablaba de ello muy a menudo y en exceso, de modo que él había adquirido la costumbre de no escucharla. Cuando se reunió con ella en el dormitorio, la encontró en camisón, tumbada en la cama. Ella, sin levantar la cabeza de los almohadones, le repitió lo que sostenía haberle contado ya. En el pasado, Piero había tenido una historia con una pariente lejana, contratada en el instituto que estaba siendo investigado por la judicatura: apropiación de fondos comunitarios, falseamiento de balances, cursos inexistentes y estudiantes imaginarios. Los dirigentes –los auténticos responsables– tenían quienes les protegieran. La muchacha, pobre de solemnidad y sometida a investigación, le había pedido a Piero que interviniera en el tribunal; se habían vuelto a ver y de allí habían nacido los chismorreos. La familia de ella, probablemente instigada por terceros –enemigos de Piero–, amenazaba con un escándalo. E incluso con algo peor.

Mariola concluyó:

–El juez que investiga es honrado, como honrado es también nuestro yerno, en su trabajo. Piero no tiene quien lo proteja. Por eso está asustado. Quiere marcharse, y así perderemos a una hija y a nuestras nietas. ¡Quién va a irse hasta la Toscana!

–Tienen que marcharse, tal vez sea lo mejor. Hay mucha gente que tiene a sus hijos lejos: hasta ahora nosotros hemos tenido mucha suerte. –Tito se había repuesto; era lapidario en sus decisiones y conseguía aplacar siempre las emotivas reacciones de Mariola–: Les ayudaremos.

–A Teresa le preocupa perder su trabajo en la fábrica –añadió ella.

–Ya me encargaré yo de eso. Podrá trabajar a distancia; y además vendrá a menudo, a mis expensas, para las reuniones del consejo de administración –concluyó Tito, seco: no había nada más que discutir.

Pero después preguntó:

–¿Por qué la tenía tomada Elisa con ella, hoy?

Mariola suspiró y empezó a untarse las manos de crema. Farfullaba cosas incoherentes y se masajeaba los dedos, eludiendo la pregunta:

–Antonio no gana mucho. Le haría falta una mujer parsimoniosa, que supiera llevar la casa y a los hijos. Él es muy tolerante, pero Elisa le monta una detrás de otra.

–¡Lo que quiero saber es qué pasa entre las hermanas! –repitió Tito, impaciente.

–Cosas antiguas ya, de cuando Elisa volvió al pueblo y se decía que Piero se la comía con los ojos, en la playa...

Mariola era consciente de no poder esquivar la cuestión, pero no acababa de concretarla.

Tito meneó la cabeza. Ella continuó:

–La verdad es que ya te lo había contado, pero tú no me hiciste caso, al contrario, me reprochaste mis «malos pensamientos». En cualquier caso eran miradas y nada más, Santi me lo ha asegurado. Y además, ella tenía por aquel entonces veinte años y muchos problemas. No hubo nada malo en todo aquello.

–¿Nada malo en un hombre hecho y derecho que molesta a su joven cuñada con problemas de drogas?

–No, Piero no... Nuestra hija, era ella...

Tito no supo qué más decir.

–Hasta luego –rezongó, y se marchó, cerrando la puerta tras de sí muy despacio.

El resto de la tarde todo se complicó. Se había roto la segadora nueva. *Zorro*, el perro, se había clavado una espina en la pata y Tito no había sido capaz de quitársela. Ahora la pata estaba hinchada y el perro gañía. Tito tuvo que llamar al veterinario, que le dijo que se pasara por la consulta al final del día.

Zorro era un perro bastardo, adoptado por Tito hacía un año. Se lo habían encontrado cuando era un cachorro, una mañana, delante de la verja: un regalo de Navidad que se había vuelto una carga, quizás, abandonado por alguna familia que se marchaba de vacaciones. No era la primera vez. En lugar de entregárselo al guardián para que hiciera lo oportuno –buscarle un amo o meterlo en un saco y arrojarlo al mar–, Tito quiso quedarse con él. Le había cogido cariño, era un perrillo inteligentísimo y obediente.

Al veterinario, padre de un compañero de Titino, le gustaba mucho su trabajo: era evidente por la atención y la dulzura con las que examinaba la pata de *Zorro.* No tardó en quitarle la espina.

–¿Qué tal sus achaques? –le preguntó Tito.

El otro se encogió de hombros y buscó la complicidad:

–Ningún achaque, no. Y además, en estos días, si vuelvo a casa un poco más tarde, nadie se da ni cuenta. Mi mujer y mi hijo están liados con el árbol genealógico: tienen que entregarlo dentro de dos semanas. Para nosotros es una pesadilla, tenemos pocas fotografías de la familia: mi madre ha tenido que pedírselas a un primo nuestro que vive en Modica. ¡Para ustedes, en cambio, será como un juego!

Tito se ensombreció. Mientras conducía hacia casa, se repetía:

–¡Un juego! ¡Llámalo juego!

¡Jack-in-the-box! ¿Por qué se le venía eso a la cabeza? ¿Por qué se le aparecía delante aquel estúpido payaso? ¿Por qué ahora? Jack-in-the-box. Titino tenía uno. Se había roto. Él se lo había arreglado y ahora bastaba con apretar un botón para que, ¡pumba!, saliera aquella cara, aquella cara-carcajada, aquella cara demente, aquella pesadilla. ¡Jack-in-the-box! No era el de Titino. Éste era un payaso maligno que salía a relucir a su gusto. Éste estaba oculto en la oscuridad. Era una alarma. Era su paranoia. Suya, y de nadie más.

Tito intentaba concentrarse en la conducción, en *Zorro*, dolorido aún, pero no lo conseguía. No se reconocía a sí mismo: él, que con buenas razones se consideraba un hombre racional, él, que dejaba a un lado y olvidaba incluso las cosas desagradables y las que no podían cambiarse, estaba obsesionado por un juego.

La tía estaba contenta. Tito no quiso hablarle de Teresa ni tampoco de la fábrica: la situación, por lo demás, estaba bajo control.

–Hoy hemos dado un paseo por el jardín, ¡está todo florecido! –estaba diciendo ella, y le describía las plantas.

–La de historias que me has contado sobre tu jardín, de cuando eras joven.

La voz gutural de Dana venía de detrás del sillón de la tía y la interrumpió, dejándole la frase a medias. No le correspondía a ella entrometerse en las conversaciones de los amos, y Tito le dirigió una mirada de reproche. Dana, sin embargo, no lo miraba. Sentada con las piernas abiertas, se estiraba la camiseta de tal forma que enseñaba el sujetador y, con los ojos clavados en el televisor, se mordía los labios carnosos y se los humedecía con la punta de la lengua, acariciándose el cuello y el pecho hasta el borde del escote, sólo con el dedo índice: un gesto que de repente a Tito le recordó el de Irina en el pecho de Dante, junto al quiosco.

Dana le pareció irresistible y ya no fue capaz de pensar en otra cosa. Apenas tuvo tiempo para apresurarse a despedirse de la tía. Aquella noche la rumana se deslizó hacia abajo y empleó las manos: lenta, continua, controlada, incesante, en un crescendo magnífico. Cuando acabó, le dijo:

–Son preciosos esos fulares de tu hija; Irina también tiene uno.

En un inoportuno arrebato de generosidad, Tito le dijo a Dana que fuera a la boutique donde los vendían y que eligiera uno, el más bonito, sin preocuparse por el precio.

8
Las conversaciones de la tía.
«Sobre todo, pero únicamente si es amor de verdad.»

La tía se encontraba en el jardín, con Dana. Estaban tomándose una limonada.

–La han preparado con nuestros limones, los de la cáscara verde: tienen un sabor fuerte. Los plantamos cuando Tito cumplió un año. Mi hermano me preguntó qué regalo quería hacerle al niño y yo escogí cinco árboles: un limón, un naranjo, un mandarino, un limero y un bergamoto: un campo de cítricos tan pequeño como él, para que crecieran juntos. Quería enseñarle a reconocer el azahar, a recolectar los frutos y tal vez a realizar injertos. Pero Tito, al crecer, prefirió otra clase de juegos.

–¿Te gustaban las plantas?

–Es una pasión que me transmitió Mademoiselle. Su primer trabajo fue en casa de una familia en Inglaterra: enseñaba francés a los hijos y, entre tanto, aprendía inglés. Ella era bilingüe, hablaba también alemán: así son los suizos. Era también muy estudiosa e inteligente. Hubiera llegado a ser un gran profesor de haber nacido hombre, pero por entonces las mujeres no podían asistir a la universidad: una injusticia. Y fue en Inglaterra donde aprendió el amor por las plantas.

»Yo vivo aquí desde que nació Tito: éste es mi mundo. Me gustaba dedicarme al jardín. Trabajaba la tierra, plantaba, zapaba, pero a escondidas: por aquí las mujeres no hacen esa clase de trabajos, y a mi hermano le molestaba.

–Yo también sé muchos idiomas: además del italiano, hablo ruso y eslovaco –observó Dana–, y en mi país las mujeres hacen toda clase de trabajos.

–Ahora aquí también –le contestó la tía no sin hastío. Después retomó el hilo de sus recuerdos–. Él me protegía, a su manera; creía que de eso yo no entendía demasiado, pero luego tuvo que cambiar de opinión. –Se rió–. Una vez me regaló un montón de hortensias rosas, por equivocación: yo las quería azules. Le sentó muy mal, y quería arrancarlas. Le dije que lo dejara, que ya me encargaría yo: puse en el terreno una sustancia que cambiaba el color de las flores, ya no recuerdo el nombre, potasio, me parece, y al año siguiente florecieron con un hermoso color azul.

–¿Y él qué te dijo?

–«Tratándose de ti, tendría que habérmelo esperado: cuando se te mete algo en la cabeza, consigues cambiarlo todo, incluso a ti misma.» Eso fue lo que me dijo.

–¿Y qué significa eso?

–Significa lo que significa: que para todo se encuentra una solución, si se quiere.

–¿Para el amor también? –preguntó Dana, esperanzada.

–Sobre todo, pero únicamente si es amor de verdad.

La rumana se llevó a la cocina la bandeja con los vasos vacíos.

La tía había dejado sobre la mesita de al lado del sillón el libro que estaba leyendo; la esperaba.

–¿Qué estás leyendo?

–La biografía de una mujer que tuvo un matrimonio difícil: es interesante.

–Y tú, ¿cómo es que no te has casado?

–Hubo uno que me quería. A mi padre le hubiera hecho de lo más feliz, y lo intentó todo para persuadirme.

Pero yo lo rechazaba. Le pidió ayuda a mi hermano: sabía perfectamente que a él no le hubiera negado nada.

–¿Y tú en cambio se lo negaste?

–No hizo falta. Comprendió que a ése yo no lo amaba.

La tía volvió a coger el libro y bajó la mirada, pero ya no siguió pasando las páginas.

9
Dante toma la iniciativa.
«Yo tampoco tuve madre, mejor dicho, no sé quién es.»

No volvió a hablarse de invitar a Dante y a Irina. Absorbida por las vicisitudes de su hija mayor, Mariola descuidaba incluso a la tía –quien se pasaba tardes enteras con Dana en el jardín–. La rumana se estaba volviendo cada vez más entrometida: apostrofaba a Manuel y a Sonia –e incluso al guardián– con aires de dueña; muy golosa, se servía chocolatinas y pasteles sin esperar a que se los ofrecieran; no solamente escuchaba las conversaciones de sus señores, sino que incluso se inmiscuía y pedía explicaciones cuando no comprendía algo. Mariola lo soportaba todo; bien aceptada por la tía, Dana le daba la oportunidad de dedicarse completamente a sus hijas. Pero era consciente de que aquella mujer había puesto sus ojos en Tito, y se mantenía atenta.

La cuestión de la caldera se había resuelto por fin: Santi seguía pasando por el palacete cada mañana, le hablaba a su padre de la fábrica, pero no le pedía consejos. Tito lo notaba, y su reacción consistía en dedicarse obsesivamente a los relojes –que limpiaba, desmontaba y volvía a montar a la perfección, aunque no se retrasaran más que algunos segundos– y a Dana.

Pensaba a menudo en Dante y en Irina. Le habían introducido en un mundo desconocido para él y en una sensualidad refinada y difícil de emular. Irina era el detonante erótico del deseo –Tito había memorizado sus gestos, sus movimientos, hasta sus olores– y su simple recuerdo bastaba para enardecerle. Dana era el eslabón entre la realidad virtual y la realidad carnal. Dúctil y astuta observadora, la rumana lo secundaba en sus fantasías. Tito exigía cada vez más y más a menudo: se reunían casi cada día, y a veces en varias ocasiones. Él había dejado de preocuparse y era menos cauto: recuperaba así cuanto no había tenido de joven.

Deseaba volver a ver a Dante, pero no estaba listo, aún no. Hablaban por teléfono, a menudo, y siempre por iniciativa del otro. Eran como dos escolares, cada uno con sus proyectos: Dante tenía las fotografías; Tito, el sexo. Al acabar sus tareas se reunirían para intercambiar experiencias y obtener algo el uno del otro.

Al final fue Dante quien dio el primer paso para invitarlo a comer.

–Espero no ofenderte con una propuesta presuntuosa. Hemos descubierto una casa rural, Los Dos Faisanes. Preparan unas berenjenas rellenas de queso de oveja y menta como las que tu tía describía a mi madre. A Irina y a mí nos gustaría invitaros, nos encantaría conocer a Mariola.

–¡Pero si nos corresponde a nosotros! –dijo Tito.

–¿Os vendría bien mañana para el almuerzo?

–Imposible... Nosotros comemos siempre en casa, sin excepciones. Venid vosotros a cenar, una de estas noches. Lo hablaré con Mariola.

–Me apetece verte. ¿Por qué no te acercas a última hora de la tarde? Estoy solo.

Tito asintió. Le habían pillado a contrapié; le gustaba, el juego proseguía.

Tito había escogido ropa adecuada al estilo de Dante: pantalones ligeros, un jersey claro –regalo de Santi– y zapatos de sport, con cordones. Dante llevaba unas chinelas marroquíes y un caftán blanco que le llegaba hasta los pies. Alto, con el pelo caído sobre la frente y largo en la nuca, parecía un vate. Se miraron y se echaron a reír.

–Eso no lo has sacado de tu armario, ¿verdad? –dijo Dante–. A mí me divierte vestirme de manera distinta: me busco a mí mismo, pero sin ansia, ya estoy acostumbrado.

Había alquilado un modesto chalecito sobre una colina desde la que se disfrutaba de unas bonitas vistas del pueblo y, más al fondo, del mar. Había colgado de las paredes telas de diseño oriental: los sillones estaban cubiertos por sencillas telas de algodón blanco. Dos grandes jarrones de cerámica, sobre la mesa, estaban repletos de mimosas, suaves bolitas amarillas cubrían libros, periódicos y CD. «É un facile vangelo» de *Madama Butterfly* llenaba la habitación. Dante le ofreció a Tito un cóctel de melocotón y limón mezclado con curasao, y él, abstemio, aceptó: con Dante se sentía dispuesto a nuevas experiencias. Le hubiera gustado hablarle de Irina, pero su anfitrión tenía otras cosas en la cabeza.

–Háblame de tus hijos.

–Son más locuaces que yo. Yo les he dado afecto, una guía, tolerancia. Teresa es sensata y devota, es la hija con la que sabes que puedes contar. Santi ha sido desde siempre un pequeño cabeza de familia, y estoy muy orgulloso de él. Pero Elisa nos dio muchos quebraderos de cabeza en la universidad. Santi supo enderezarla... –Tito no añadió nada más.

–¿Te has preguntado alguna vez el porqué? –le apremió Dante.

–Pensándolo bien, la muerte de mi padre cambió la vida de los chicos. Elisa no estaba preparada, o no era lo bastante madura para aceptar el cambio –contestó Tito–. Por aquel entonces vivíamos en Palermo. Viajábamos mucho, los llevábamos a esquiar y de vacaciones a capitales europeas.

»Cuando Elisa empezó la universidad, Mariola y yo nos mudamos al palacete, definitivamente, y ya no hemos vuelto a movernos desde entonces. Los chicos venían a vernos en vacaciones y los fines de semana, como hace la mayoría, pero Elisa no consiguió ambientarse ni aquí ni allá. Tenía unas pésimas amistades... Después se enamoró de Antonio...

–Los veo a menudo en el hotel. Teresa transmite una sensación de placidez, pero es muy decidida. Se ve que no desiste con facilidad. Elisa es impetuosa, pasional. Me gusta pensar que tus hijas representan los dos aspectos de la personalidad de Rachele.

–Elisa tiene una buena cabeza, es una pena que la use poco. Teresa siempre ha estado muy unida a la tía, y en cierto modo se le parece, pero no tiene su inteligencia. La tía nos sigue dando, todavía hoy, opiniones que te dejan de piedra.

–¿Tal vez sea Santi quien más se le parece? –aventuró Dante.

–Podría ser. Santi me recuerda mucho a mi padre. Él y la tía eran muy parecidos, incluso físicamente.

–Cuéntame algo de tu abuelo.

–¿Del abuelo?

Tito dijo que no había mucho que contar, no lo había conocido. Era fascista y fue podestà del pueblo. No tuvo una vida dichosa: su primera mujer murió al poco de casarse, en la epidemia de cólera de 1911; y la abuela, tras el nacimiento de la tía. Él no volvió a casarse: se cogió a un ama de llaves suiza para sus hijos. Tenía olfato para los negocios: Torrenuova y el palacete los compró por una nadería poco antes de casarse y con una parte de la rica dote de la abuela fundó la fábrica de pasta.

–El abuelo debía de tener un carácter difícil: rompió

con la familia de mi abuela (cuestiones de herencia, supongo) y en definitiva, no sé mucho más.

–Teresa y Santi saben más que tú. –Dante estaba de pie y dijo de repente–: La tía habla con ellos, ¿lo sabías?

–La tía ha sido como una abuela para mis hijos. Yo también le cuento a Titino historias de la familia que Santi desconoce –replicó Tito.

–¿No sientes curiosidad? –le insistía Dante. Medía la habitación dando grandes pasos y gesticulaba mientras hablaba–: Yo, de mi padre, ni siquiera sé el nombre. Siempre ha despertado mi curiosidad: me pregunto quién sería, de qué familia provendría, por qué me trajo al mundo, por qué no quiso amarme, por qué me abandonó. ¡Jamás he dejado de buscarlo! –Se detuvo y dijo, mirando a Tito–: He pasado revista a todos los hombres de los que hablaba mi madre, pero cada vez que le preguntaba por mi padre, ¡me topaba con un muro! Llegué a pensar incluso que yo podría ser hijo de tu padre: ella negaba haberlo conocido, y eso me hacía sospechar.

–¿De mi padre?

–¡No hay nada más plausible que un apasionamiento juvenil y romántico, que se excedió más de lo previsto, por un oficial, hermano de la mejor amiga! Y él además era un hombre muy apuesto, por lo menos en las fotografías. Me las ha enseñado Titino. Ocupa el lugar de honor en el árbol genealógico.

Tito estaba carcomido por la rabia. Tal vez Dante supiera algo. Preguntó dónde estaba el baño y se refrescó la cara para calmarse.

–Enséñame tus fotografías –dijo, con brusquedad, al volver.

Dante se las enseñó en la pantalla del ordenador. Las imágenes pasaban una tras otra y Tito disfrutaba escuchando a su amigo.

–Irina se marchará a Palermo, tras su concierto, a principios de junio. A mí me gustaría hacer alguna excursión por el interior. ¿Por qué no me acompañas? –preguntó Dante.

Tito contestó impulsivamente «sí», y se calló de inmediato. Era como si hubiera dado su consentimiento a una proposición transgresiva.

Cuando se marchaba, se volvió hacia Dante, que se había quedado en el umbral, y dijo:

–Yo tampoco tuve madre, mejor dicho, no sé quién es.

–Pero en tu caso hubo una tía.

10
Huéspedes en el palacete.
«A papá le hacía falta un amigo: parecían dos novios.»

En el palacete, la comida del mediodía, la más fuerte, era sagrada: solamente la familia. Hijos y nietos eran huéspedes frecuentes y muy bienvenidos; no hacía falta invitación. También la cena tenía lugar siempre y exclusivamente entre ellos. Cenaban frugalmente, solos. Sonia ponía la mesa y dejaba las verduras cocidas sobre el aparador, tapadas con un plato para que se mantuvieran tibias; volvería para recogerlo todo al día siguiente. Mariola llevaba a la mesa el pan y el resto de los platos: quesos, ensaladas, jamón y las sobras de la comida. El menú apenas variaba de una estación a otra. Era una costumbre de casa: el padre y la tía de Tito siempre lo habían hecho así.

Después de cenar, Mariola se ponía a ver la televisión en el dormitorio y daba las buenas noches a cada uno de sus hijos y nietos. Después bordaba o hacía punto, según las estaciones: había siempre algo en proyecto para los niños. Tito se iba a la segunda planta, donde vivía la tía, y charlaban de las cosas del día; después subía a la Habitación de Nuddu, en la torrecilla: era su refugio. Allí se dedicaba a sus cosas: arreglaba los mecanismos de los relojes, ordenaba las fotografías, hojeaba revistas de coches de época.

Las mujeres de la casa estaban como enloquecidas por la visita de Dante e Irina. Con todo, la preparación de la comida –«¿A esa gente le gustará el ajo?», «¡Lo mejor será no añadir guindilla!», «¿Ponemos vino de Marsala o no?», «¡El sabor de las anchoas quizá no les guste!»–, la elección del servicio de platos, de la cristalería y del mantel no fue nada en comparación con la del vestuario.

A juzgar por la deferencia que le demostraban sus hijos, se diría que Mariola era una madre autoritaria; en realidad los chicos se limitaban a seguir con ella el ejemplo de su padre, un hijo devoto y respetuoso: lo que dice un padre es una orden. Con el paso de los años, entre la madre y las hijas se había instaurado una relación de subordinación invertida en las cuestiones relativas al aspecto externo, al que atribuían una enorme importancia: a las tres les encantaba la ropa. Eran Elisa y Teresa quienes le hacían sugerencias a Mariola y quienes daban la opinión definitiva: las compras, además, las hacían casi siempre juntas, tanto en el pueblo como cuando renovaban su vestuario de temporada, con motivo de algún viaje. Y no solamente porque la madre pagara por ellas también. Con ocasión de aquella velada, escogieron para ella un traje de chaqueta que no la estilizaba, con un top por debajo de marcado escote.

Irina se presentó sin joya alguna: tenía un ligero bronceado y estaba sencillamente radiante. Mientras Santi le enseñaba un cuadro de Locajorno, Mariola admiraba el cuello largo y el perfecto *décolleté* de Irina. Su mano se deslizó por la cadena del grueso colgante de ágata y oro que se había puesto, regalo de Tito por Navidad. Estaba suelta. Mariola bajó la mirada: el colgante se le había enganchado entre los senos. Se tragó lágrimas de humillación y prosiguió con sus tareas de señora de la casa.

Dante quiso visitar todas las habitaciones de la zona noble. Los cumplidos de los invitados supusieron un consuelo nada despreciable para Mariola, quien de recién casada había detestado las paredes revestidas de paneles, el papel pintado de dibujos oscuros, las vidrieras multicolores que dejaban pasar escasamente la luz, los duros sillones, los techos con frescos de estilo floreal y los muebles a medida y encajados en el zócalo. Le hubiera gustado cambiar la decoración y refrescar un poco las paredes, pero jamás se atrevió a proponérselo a su suegro ni tampoco a su marido. Mariola era muy respetuosa con las propiedades de Tito y sabía que de sus padres no había recibido más que una modesta herencia.

El palacete había sido diseñado por un famoso arquitecto modernista, al igual que el mobiliario y la decoración: el propietario original había caído en bancarrota a causa de esa extravagancia, y la casa se había conservado intacta más tarde por fortuitas y trágicas circunstancias. El abuelo de Tito lo compró para su primera mujer y con finalidad de lucro: pretendía parcelar la franja de terreno que lo unía al pueblo, parte de un grandioso jardín que no llegó a existir. Su segunda mujer no quiso vivir allí y la casa permaneció deshabitada. Mademoiselle, a quien le gustaba mucho nadar, insistía para que fueran por lo menos en los meses estivales. Durante la guerra se refugiaron allí y acogieron con ellos a las monjas de San Vicenzo. Tras el nacimiento de Tito, la tía se mudó definitivamente al palacete y quiso dejarlo tal y como estaba. Cuando el estilo *liberty* se puso otra vez de moda, Tito supervisó personalmente la restauración.

–¡Es una joya! –le dijo Dante–. No me atrevo a pedirte que me dejes fotografiarlo...

–¡Ya lo he fotografiado por entero yo! –contestó él, muy orgulloso.

Dante e Irina sabían cómo mostrarse agradables: ella les pidió la receta del falso magro[1] y de los calabacines rellenos; él fue capaz de conseguir que Mariola sonriera un par de veces. Y, por otra parte, era el que más hablaba, seguido por Santi y Vanna. Antonio, un buen hombre de gustos sencillos, se entretenía escuchando; de vez en cuando decía lo que se le venía a la cabeza. Elisa, taciturna, lanzaba largas miradas a Irina y a su hermana, que discutían animadamente sobre su traslado a la Toscana; después fijaba la mirada en su cuñado. Piero habló muy poco. Sus ojos entrecerrados convergían furtivos en el cuerpo de Irina, como la aguja de una brújula.

Los invitados abandonaron el palacete ya entrada la noche. La velada había sido todo un éxito y le había confirmado a Tito que entre Dante y él existía una auténtica afinidad: se hacían guiños, se reían por las mismas cosas, como si se hubieran puesto de acuerdo, y conversaban animadamente. Como le dijo Santi a Vanna al día siguiente:

–A papá le hacía falta un amigo: parecían dos novios.

Mariola no se tenía en pie del sueño y se marchó enseguida a la cama. Tito fumaba en el jardín, mientras. Su familia se había convertido en gente del montón: desmañados, palurdos, carentes de estímulos intelectuales. Muy distintos respecto a las generaciones precedentes.

No era capaz de resignarse. Su abuelo había sido una personalidad política, respetado en la provincia y bien introducido en distintos círculos: sus dos bodas habían sido por todo lo alto. Su padre, tras obtener el título de

1. Típico plato palermitano de carne rellena de tortilla y pan rallado, servido en lonchas finas y frías. *(N. del T.)*

bachiller, había emprendido con éxito la carrera militar. Su tía había estudiado en un internado excelente. En el invierno, la familia vivía en Palermo y frecuentaba la buena sociedad. Tenían también una casa en Roma.

Él, en cambio, había sido educado de manera distinta: en casa hasta los once años –prisionero en el palacete–, y después en un internado mediocre, en la isla. Tito era consciente de haber heredado el estilo señorial de su padre y las buenas maneras de su tía, sólo que nunca había tenido ocasión de emplearlos con sus iguales: en su casa no se recibían visitas y él no había trabado amistad con nadie ni en el internado ni en la universidad, ni tampoco después.

Lamentaba no haberse visto impelido a llevar una mayor vida en sociedad: pero su nacimiento representaba una desventaja social y su padre no quería que nadie pudiera humillarlo jamás. Tito envidiaba a Dante, que no se avergonzaba de ser hijo ilegítimo. Pero él, gota a gota, había absorbido los orgullosos temores de su padre y ahora era demasiado tarde para emular a Dante y sacudirse de encima aquel deshonor.

Tito, sin embargo, no quería que sus nietos crecieran como palurdos y que sus hijos se avillanaran. Él, a pesar de su edad, sentía deseos de nuevas experiencias y estaba dispuesto a cambiar. Dante era como un soplo de aire fresco.

Arrojó la colilla del cigarro al bancal y se encaminó hacia la casa.

Las persianas de Dana estaban cerradas. Las de la tía estaban entreabiertas, a ella le gustaba que entrara un hilo de luz en la habitación. Tito se preguntó por qué la tía, extrovertida y vivacísima según los relatos de Dana, se encerró a sus veintidós años en el palacete y por qué su padre la secundó, arrastrándole al mismo tiempo a él a lo que ahora le parecía un báratro social.

Cuando entró en su habitación, Mariola dormía profundamente, con la luz encendida. Ni siquiera se había desmaquillado. Tito vio los finos churretes de rímel que le orlaban las mejillas regordetas.

Con una mirada piadosa y no carente de afecto, Tito se metió debajo de las sábanas.

11

Caritas y amor.

«Total, la fe, quien la tiene suya es, y quien no la tiene no la tendrá nunca.»

Dana estaba charlando con la tía mientras la ayudaba a cambiarse para dormir.

Ahora le prestaba mucha atención, sobre todo cuando se mostraba confusa: era el momento de las confidencias. Había sido Irina quien se lo había aconsejado. «Extraña mujer, esa Irina –pensaba Dana–, aunque en el fondo, buena persona.» Nada más llegar al pueblo, se había puesto en contacto con todas ellas, las inmigrantes del Este. Cuando se reunían, el jueves por la tarde, era una de ellas: otra mujer en busca del bienestar y huyendo de la pobreza. A ella también le había tocado padecer hambre en Moscú, en los años ochenta, con un hijo a su cargo. Irina les contaba, como si fuera una novela, cómo llegó a ser la compañera de un millonario moscovita más joven que ella, que había hecho su fortuna con los yacimientos de gas. Juntos habían llevado una vida de lujo desenfrenado. Dos años atrás, sin embargo, él la abandonó para casarse con una chiquilla de Kíev.

–El matrimonio, eso es lo que hay que perseguir: a los hombres se les atrapa con el sexo y la astucia –decía Irina–. Con vuestro trabajo, tenéis la oportunidad de conocer bien tanto a los hombres como a sus familias: escuchad y recordad. Os será útil en el momento oportuno.

La rumana ponía en práctica los consejos de Irina y,

alentada por las ganas de Tito, soñaba con convertirse en su mujer.

–Teresa no hace más que pensar en la fiesta de la primera comunión de Sandra. En mis tiempos, nos limitábamos a una celebración familiar. Ahora cuando comulgan son casi unos adolescentes: dicen que así lo entienden mejor, pero a mí me parece que se ha convertido en algo excesivo... Un traje, una recepción enorme, grandes regalos: ¡como una boda!

Dana apartó el rosario de encima de la mesilla para dejar el vaso de agua. La tía no la perdía de vista.

–Total, la fe, quien la tiene suya es, y quien no la tiene no la tendrá nunca –suspiró cuando se metió bajo las sábanas, ajustándoselas sobre el pecho.

–¿Y tú la tienes?

–Yo creo en un Dios. He nacido aquí y soy católica. Si hubiera nacido en Suiza, sería protestante como Mademoiselle. Su padre era un cura casado: son cosas de allí. Algunos protestantes hasta reconocen el divorcio.

–¿Y tú qué piensas de ellos? –preguntó Dana.

–¿Y qué quieres que piense? El matrimonio debería ser indisoluble, sobre todo cuando hay hijos... Sin embargo, cuando uno se enamora de verdad, no hay nada que hacer: es más fuerte que todo lo demás, incluso que la familia, que la sociedad, que la ley, hasta que la fe. Pero es una desgracia, como cuando a uno le cae encima un rayo...

–¿Y Tito tiene fe?

–Supongo que sí... ¡Cuando le viene bien a él, como les pasa a casi todos! –Y la tía le echó a Dana una mirada aviesa.

–He conocido a dos monjas en Cáritas –prosiguió al cabo de un momento la rumana–. Fueron ellas las que me invitaron. Nunca había conocido a nadie así: ¿son buenas personas?

–Ayudan a los necesitados y trabajan: dan clases, curan a los enfermos, cuidan a los niños en el orfanato. Hacen dulces también, y los venden: por lo menos por estas tierras. Ya no quedan muchas. Yo conocí a una, durante la guerra..., una persona generosa, que quería muchísimo a los niños... Bueno, cada una tiene su propia historia.

–Donde yo vivo, no hay monjas. En el orfanato, a mi hijo lo trataban muy mal, lo saqué de allí y se lo confié a una pariente... Le mando dinero cada mes.

La tía la estaba mirando, como si quisiera decirle algo, pero se contuvo. Dana esperó; después ella cerró los párpados y pareció adormilarse.

Tenía dieciocho años, era el año 1938. Tras acabar el colegio se había quedado en Roma con Mademoiselle, para asistir a un curso de taquigrafía y dactilografía. Las sanciones económicas contra Italia habían desencadenado, además de la penuria en materias primas y de la autarquía, una reacción violenta contra la cultura de los países enemigos. La gente confiaba en el fascismo y estaba orgullosa del imperio en África oriental. También su hermano Gaspare era así, había luchado en la toma de Addis Abeba. Su padre creía en un radiante futuro para la Italia fascista y, en agosto del año anterior, la había llevado incluso a Castelvetrano para la celebración de la victoria de los Azzurri en las maniobras con simulacro de combate, en presencia del Duce: allí había sido testigo directo del histerismo colectivo de la multitud. A Mademoiselle y a ella no les entraba en la cabeza todo aquello. El Duce les parecía un engreído y consideraban una estupidez las circulares del Partido Fascista. Cuando se promulgaron las leyes raciales, a Rachele no le cupo ya la menor duda acerca del fascismo: era el enemigo. Pero no dijo ni media palabra, ni siquiera a Mademoiselle; ninguna de las dos quería mostrarse desleal ante los hombres de la familia. Gaspare estaba en Etiopía y hacía tiempo que no lo veía. Notaba que él no le hacía reproche alguno cuando le copiaba en las cartas fragmentos de poesías extranjeras; más audaz cada día, ella nunca dejaba de reproducir alguna, con la esperanza de despertar su espíritu.

Débil se elevaba la voz de Rachele:

A pesar de todo su amor,
muy a su pesar, y contra lo mejor de él,
sentía un placer voluptuoso ante el dolor de ella,
dulce y nuevo. Su pasión...

Hizo una pausa y echó una mirada opaca a su alrededor. Después volvió a empezar:

... su pasión, crecida en crueldad,
adquirió un tinte feroz y sanguinario,
cuanto resulta posible en la frente de quien carece de venas
oscuras y listas para henchirse.

Pero Dana ya se había ido, y en cualquier caso, no hubiera entendido gran cosa.

En mayo del año siguiente, Italia firmó el Pacto de Acero con Alemania. La guerra se hacía inevitable, incluso a los ojos de su padre: hizo que volviera a casa, y tuvo que interrumpir sus estudios. Atormentada ante la idea de ver a su hermano involucrado en otra guerra, bastante peor que la de África, y triste por haber abandonado Roma, en Palermo no se encontraba a gusto. Salía con algunos jóvenes, pero eran muy distintos. Provincianos. Mojigatos. Viéndola infeliz y poco proclive a dejarse involucrar en las actividades del Fascio,

Mademoiselle le sugirió que se inscribiera en un curso de enfermera.

Acudía a ayudar a las monjas de San Vicenzo, esas que iban vestidas de azul, con el velo blanco, almidonado y ancho. Las puntas de aquel velo eran como alas y parecían ángeles. Se ocupaban de las mujeres –que tenían heridas propias de hembras: padres y madres violentos, violaciones, incestos, abortos mal realizados, nacimientos clandestinos– y de los niños abandonados.

Estaba inquieta. La realidad le parecía cruel. No le gustaba la actitud del nuevo Papa. Su fe vacilaba. No quería hablar de ello con los curas –no tenía un confesor– y prefería dirigirse a la madre superiora, sor Maria Assunta. Aquella mujer de mediana edad, de inteligencia vivaz y de maneras sencillas y directas, emanaba un extraordinario halo de serenidad y compasión; nunca expresaba opiniones negativas y procuraba encontrar algo bueno y hermoso en todo. «Cuanto peor es el mundo, mayor debe ser la fe: nos sustenta. Y el amor: hacia Dios, hacia los hombres y hacia nosotros mismos. Es necesario aceptar los dolores y lo que nos parece injusto: en eso la fe es una gran ayuda», le decía ella.

Y se sentía atormentada.

–Sería un consuelo poder confesarme con usted..., ¿por qué las monjas no pueden oír en confesión?

–Es necesario aceptar eso también: solamente los hombres acceden al sacerdocio, como los apóstoles... Pero yo estoy dispuesta a escucharte y a darte algún consejo, si es que soy capaz de ello.

Se sentía desolada por la miseria humana que veía cada día ante sus propios ojos. Le parecía como si el mundo careciera por completo de sentido. Dudaba de las nociones y de los principios que le habían sido inculcados como certezas. Una vez acogieron a una niña de doce años, embarazada: estaba enferma, decía su madre. Se sabía que el padre violaba a las hijas: después las hacían abortar o las recluían hasta el parto, y volvían a llevárselas a casa, dejando a los recién nacidos en el orfanato. La niña no quería separarse del recién nacido y clamaba para quedarse en el convento con su hijo. Pero la madre había vuelto para llevársela: ya se ha curado, decía.

–Sor Maria Assunta, ¿por qué no se la han quedado en el convento?

–Es el peor lado de mi trabajo: devolver una joven madre a una familia malsana, arrebatándole a su hijo. Pero me he visto obligada, no hay alternativa.

–¡Pues habrá que buscar una solución!

–No siempre se encuentra. Una vez, con tal de mantener juntos a una madre y a su hijo, me excedí, ¡pero no me arrepiento en absoluto! Un hombre casado y de buena posición había abusado de su jovencísima sobrina, quien, embarazada, se negaba a abortar: quería tener el niño. Se nos ocurrió que podíamos hacer pasar a la madre por una educanda y al niño por un expósito; después, los tíos lo adoptarían y ella se iría a vivir con ellos, para ayudarles a cuidar del pequeño. Una solución arriesgada e imperfecta, pero la única posible: madre e hijo siguen hoy juntos.

Al día siguiente, Dana, mientras ayudaba a la tía a vestirse, retomó la conversación de la noche anterior:

–Una amiga mía se ha enamorado de uno de aquí, un hombre casado que quiere separarse de su mujer. Dice que fue un flechazo. A mí eso no me ha ocurrido nunca. ¿Y a ti?

La tía le daba la espalda y estaba mirando por la ventana; era el momento de los recuerdos en voz alta y de las poesías. Ese día le llevó mucho tiempo abrocharse el jersey que Dana le ofrecía.

–Alemania había invadido Polonia. La atmósfera era amenazadora, inquietante, amarga. El miedo no nos abandonaba nunca. Nos faltaban muchas cosas superfluas, pero no lo pasábamos mal. La fábrica seguía funcionando. Mi padre era una persona influyente y obtenía incluso lo que no estaba a disposición de los demás.

»Me veía con mis amigas por las tardes. Bailábamos, cuando había chicos, y había muchos por aquel entonces. Uno de esos jóvenes me cortejaba. Había muchos enamoramientos: a mí me parecía un efecto de la precariedad de la vida.

»El regimiento de mi hermano había llegado a nuestra ciudad, y le esperábamos aquella tarde. Habíamos invitado a varias personas para celebrarlo. En casa guardábamos algunos manjares para las ocasiones especiales. Había hojas de cola de pescado y yo había preparado para él gelatina de café; hasta había conseguido un poco de nata para montar, espumándola con una cucharita del borde del recipiente, era leche grasienta de vacas de montaña.

»Enfrente de nuestra casa había una plaza a la que daban varias tiendas. Me asomé a la terraza. No tenía ojos más que para los soldados; en cuanto divisaba a uno, me ponía nerviosa. Después, se metía por una perpendicular o entraba en una tienda y yo quedaba decepcionada. Me embargaba la impaciencia; al cabo de un rato perdí la esperanza de verlo, aunque seguía mirando a los soldados que pasaban.

»Fue entonces cuando me fijé en dos oficiales; eran de la misma complexión y altura y estaban cruzando la plaza caminando al unísono. Tenían un bonito porte. Parecía como si no tuvieran prisa y despertaron mi curiosidad. Saludaban a conocidos, se reían, gesticulaban, sin perder el paso. La visera de la gorra ocultaba sus rostros. Empecé a notar las diferencias entre ambos. Uno caminaba algo envarado, rígido. El paso del otro, en cambio, me llamó la atención: rítmico, decidido, viril. Me provocaba un extraño hormigueo. No tuve ojos más que para él, olvidando a quien aguardaba. Aguzaba la vista y me desplazaba siguiendo la balaustrada para poder apreciar los rasgos de aquel oficial. Pero no conseguí verles la cara a ninguno de los dos.

»Una pareja anciana se había acercado a ellos y estaban hablando. Quien más me interesaba estaba de espaldas: de anchos hombros, la chaqueta del uniforme se ajustaba a su espalda erguida, modelando su fina cintura. Desplazaba el peso del cuerpo de una pierna a otra, doblando ligeramente la que no le servía de apoyo: movimientos pequeños, lánguidos como un balanceo, que traicionaban su impaciencia por quitarse de encima a aquellos inoportunos. Aceptaba lo ineluctable de la situación: estaba prisionero, como el leopardo que había visto años atrás en el circo..., acurrucado sobre un alto cilindro, con las patas una junto a la otra, mantenía alto el hocico y miraba la fusta, indómito. Lo sentía semejante a mí.

»Después apoyó los pies en el suelo y se irguió; parecía más alto. Se inclinaba con la reverencia de la despedida. Era todo él músculos y me hubiera gustado tocárselos. Lo sentía fuerte; energía pura. Los dos reemprendieron su camino, sincronizados. Y él parecía estar riéndose. Yo seguía el movimiento de sus brazos y de sus manos que iban acompañando su charla; era como si acariciara el aire. La cadencia jactanciosa y el impulso de las piernas me hacían enloquecer a cada paso. Me desvivía por saber quién era.

»Venían derechos hacia el edificio en el que yo vivía. Me asomé a la balaustrada para verlos hasta el final. De repente, cambiaron de dirección y se metieron por un lateral. Me sentí vacía. Volví a ver pasar a los peatones, buscando de mala gana a mi hermano entre los oficiales. No sé cuánto tiempo estuve así.

»Después sonó el timbre de casa. Eran esos dos: me habían comprado pasteles de almendra.

–¿Y tú qué hiciste?

–Los miré y temblé.

–¿Que temblaste? ¿Es eso un flechazo?

–Exactamente. Y siempre ocurría lo mismo más tarde: temblaba al mirarlo.

–¿Y él?

–Él no sabía nada.

–¿Qué hacías tú para darle a entender que te gustaba?

–No quería que se diera cuenta.

–Si a mí me gusta uno, yo hago de todo para dárselo a entender...

La tía le lanzó una mirada confusa y ya no volvió a hablar.

Después se puso a rebuscar en su bolso –lo llevaba siempre consigo, como si estuviera lista para salir– y sacó del monedero cincuenta euros.

–Para tu hijo –susurró, poniéndole el billete en la mano.

Dana creyó que la tía se había convertido en su aliada.

12
Se consolida una amistad.
«El sexo es el motor del mundo.»

Tito no había sido el único en abrir las puertas de su casa a Dante y a Irina. Las invitaciones se sucedían.

Irina no había estado de brazos cruzados: Vanna y el director del hotel le habían presentado a mucha gente y mucha gente se le había revelado útil; el primer teniente de alcalde se había puesto a su total disposición y las criadas de Europa del Este empleadas en el hotel seguían desvelándole indiscreciones muy útiles sobre las familias para las que habían trabajado. Irina demostraba gran habilidad para obtener favores.

Gracias a ella, Dante había podido fotografiar iglesias cerradas desde hacía decenios, conventos de clausura, alquerías inaccesibles y casas particulares. Su álbum iba llenándose rápidamente y él se veía con bastante tiempo libre a su disposición. De ese modo, invitaba a Tito a dar largos paseos todas las tardes, cuando no había ni un alma por ahí: hombres y animales dormían la siesta. A Dante le gustaba imaginarse que esa incipiente amistad entre ellos, hombres de mediana edad, se parecía a la que unió en la adolescencia a su madre y a Rachele.

Tito era hombre de pocas palabras. Las elegía con atención. Asimismo, sabía escuchar. Dante, en cambio, hablaba sin parar de todo lo que se le pasaba por la cabeza y hacía muchas preguntas. Aunque a veces, simplemente, se quedaban mirando en silencio el paisaje.

–¿Tú nadabas aquí de niño? –preguntó Dante, mirando la playa que acariciaban olas adormiladas por el calor.

–Jamás, el mar se miraba y nada más. Y además, estando solo, no me hubiera divertido. Aprendí a nadar en el internado, y no muy bien. A mis hijos, en cambio, les encanta la playa. Tenemos el barco de vela y la lancha fueraborda en un puerto de por aquí cerca, para no dar que hablar.

–¿Hablar de qué? Si todo el mundo sabe que sois gente de posibles.

–Exacto, por eso es más necesario que nunca no dar que hablar.

–¿Y tú sueles ir en barco?

–Prefiero disfrutar del mar desde la orilla.

–¿Con qué te entretienes?

–Hay muchas cosas que me gustan: la fábrica de pasta, el campo, el jardín, los coches de época, los relojes, las casas... –Con una tímida sonrisa, Tito añadió–: Y me divierte mucho hacer fotos.

–¿Tienes amigos?

–A decir verdad, no, nadie. Buenos conocidos, eso sí, algunos. Pero estamos acostumbrados a estar en familia, y a hablar poco de nosotros mismos y de los demás. Me gusta la tía: la memoria a corto plazo se le va debilitando, pero no deja de ser una persona interesante y aguda. Analiza las situaciones, da consejos. Cuando se empeña en algo, no ceja.

–¿Es una característica suya o de toda la familia, eso de hablar poco de uno mismo?

–Somos gente reservada. Quien no se fía de los demás, tampoco lo hace de sus familiares.

–Yo, en cambio, soy muy abierto –repuso Dante. Él no sabía mucho de su familia: eran judíos y muchos de sus parientes fueron deportados a campos de concentración, tal vez incluso su padre–. No tengo raíces, no tengo casa. No tengo nada. No vivo mal, de mi trabajo, y hago lo que me apetece, sin pensar en el futuro. Me siento un ciudadano del mundo. Sin embargo, echo en falta la familia. Tal vez la echara en falta mi madre también, y de ahí su gran interés por localizar a Rachele, que para ella era como una hermana.

Caminaban por el campo. Tito estaba muy atento: vigilaba la floración de los olivos y la carga de los almendros, y dejaba hablar a Dante. Éste se imaginaba a Rachele como una gran lectora de poesías, en la soledad del palacete. Tito asintió.

–De joven, efectivamente, estaba siempre con algún libro entre manos.

–¿Y no le preguntaste nunca lo que estaba leyendo?

–No me gusta hacer preguntas, ya te lo he dicho. Y además, yo leía poco.

A su paso, una lagartija escondida debajo de una piedra del poyete se alejó deslizándose. Apoyadas en la misma piedra, dos mariposítas blancas se estaban acoplando. Atemorizadas, levantaron el vuelo –sin separarse– y permanecieron suspendidas; después volvieron a la piedra. No habían interrumpido el rito de la fecundación.

–A mí el sexo me gusta –dijo Dante–. ¿Tú no hubieras preferido que Mariola tuviera más experiencia?

–No se me había ocurrido: desde luego, a toro pasado, lo hubiera preferido. ¡Para ambos!

–El sexo es el motor del mundo –dijo Dante–, es un tópico estupendo. –Después prosiguió en voz baja–: Irina, en cambio, se excede, pero eso forma parte de su estrategia de supervivencia y de goce.

–¿Y no te molesta?

–En absoluto, no es mi mujer.

La tía estaba tomándose una manzanilla que le había servido Dana con cara de pocos amigos. Desde que daba esos largos paseos con Dante, Tito la estaba descuidando: se notaba las piernas cansadas y por las tardes se le pasaban las ganas de la rumana.

–He hecho amistad con el hijo de tu amiga, Marta Attanasio, esa con la que hablabas de poesías –dijo Tito, de un tirón–. ¿Cuál era tu poeta preferido?

La tía se mostraba incierta; vacilaba.

> Oh, Soledad, si juntos debemos morar,
> que no sea en el loco acervo de las oscuras casas;
> vente conmigo a la cima –observatorio natural...

empezó a recitar, con voz estridente, Dana.

–¡Si hasta yo me la sé de memoria! La repites sin equivocarte, una palabra detrás de otra, siempre las mismas, todas las mañanas mientras la ayudo a vestirse y usted mira por la ventana. ¡John Keats, me lo has dicho tú! –insistió Dana.

–Qué vieja soy... –murmuraba la tía y la miraba atónita.

Erguida contra el respaldo, con los brazos cruzados y el cuello derecho, se deshizo en lágrimas y no dijo nada más.

13
Las difíciles relaciones entre hermano y hermanas.
«Nunca pensé que fueras tan codicioso.»

El coche se metió en el patio y frenó bruscamente junto a una columna de palés, bloqueando el acceso a uno de los almacenes. Sin importarle que pudieran observarla, Elisa bajó del coche arrastrando consigo un enorme paquete plano envuelto. Uno de los empleados salía del edificio enlucido de rosa y la saludó con deferencia, bajo la mirada divertida del conductor de un camión que había seguido la maniobra de aparcamiento.

Elisa era de una despreocupación tal que parecía arrogante. La pintura, a la que se había entregado con vengativa inconsciencia tras dar a luz a su segundo hijo, era su vía de escape. No se le daba mal, pero siempre le faltaba algo: tenía talento, pero no la diligencia suficiente; y era como si su inteligencia se bloqueara en ocasiones. Su marido y su hermano la protegían y eso exasperaba sus ansias de independencia. Se le veía por el afán con el que se pasaba la mano por la frente y se retorcía el mechón, cuando estaba nerviosa.

–Elisa, ¿tú por aquí?

–¿Es que ni siquiera puedo traerle un regalo a mi hermano? –exclamó ella, poniéndose de inmediato a la defensiva. Rasgó el plástico de protección y dijo, orgullosa–: Es el cuadro que te gustaba. Quedará estupendamente en la pared de detrás del escritorio, perfectamente a la vista de todo aquel que entre.

Era un acrílico, de color ocre y marrón. Entre la red de pinceladas que lo cruzaban de arriba abajo, se entreveían dos cuerpos desnudos tumbados en una playa; Elisa tenía la mano ágil y cierto sentido del color.

–Es muy bonito, gracias. Sin embargo, prefiero colocarlo en mi casa, en el salón.

–¡Ya veo que nadie dice nunca la verdad en esta familia!

–¿Es que quieres que nos oigan? ¡Aquí estamos trabajando! Es precioso, pero no estoy muy convencido de que nuestros clientes sepan apreciar el arte moderno... –dijo Santi, en voz baja.

–¿Lo ves? ¡En cuanto escarbas un poco, eres un conformista como los demás, mucho peor, un hipócrita! ¡Hipócrita! ¡Y no me eches en cara todo lo que has hecho por mí: ya me las hubiera apañado por mi cuenta, si me hubieras dejado hacer lo que quería!

–¡Pero si yo no te he dicho nunca nada, sólo que te quiero mucho!

Elisa se dejó caer sobre uno de los sofás de piel clara. Agarraba con desmaña los cojines apoyados en las esquinas del sofá, los sacudía rabiosa y los golpeaba con la palma abierta, como si quisiera esponjarlos, para arrojarlos después a su sitio, henchidos.

Santi estaba firmando la correspondencia, pero la seguía con el rabillo del ojo.

Ahora, con los brazos apoyados sobre el escritorio, Elisa le gritaba:

–¿Dónde está Teresa? ¿Dónde narices está? ¡A ver lo que nos dice ésa, de mi cuadro!

–Cálmate, no sé si está en la oficina. –Santi apartó el teclado y sugirió con tono conciliador–: ¿Tomamos un café? Tengo galletas de almendra...

Mientras manipulaba la cafetera cromada, Elisa zumbaba a su alrededor.

–Estará organizando la mudanza, ¡faltaría más! ¡Yo, en cambio, estaba encadenada a la silla, prisionera en un despacho, esperando las llamadas de los demás!

–Tú tienes que estar a disposición de los clientes, ¡trabajas como relaciones públicas! A propósito, ¿cuándo piensas volver? No te lo pregunto sólo por mí: el director administrativo necesita saberlo, para incluirte o no en el organigrama del personal en la próxima reunión.

–¡Nunca! ¡Nunca más! ¡Yo lo que quiero es el puesto de Teresa cuando se vaya! ¡Y su sueldo también!

–No va contigo. –Santi se mostraba glacial.

–¡Eres como los demás! ¡Todos contra mí! –Elisa estaba gritando, la tacita de café le temblaba entre las manos y unos borrones oscuros manchaban el suelo de mármol de color crema.

–¡Qué bonito! ¿Dónde vamos a colgarlo? –Teresa había entrado y se había situado delante del cuadro. Se masajeaba la barbilla y el cuello, y decía–: La pared de al lado de la puerta está vacía, ¡quedaría muy bien allí!

–¡Menudo peloteo! ¡Pero si hasta le has puesto a tu hija el nombre de mamá! ¡Eres una pelota!

Elisa escupió estas palabras y se apartó junto a la ventana. Miraba hacia fuera y volvía a mirar hacia dentro después, con el pelo rizado agitándose a cada movimiento.

Después se lanzó contra el cuadro, se lo arrancó de las manos a Teresa y lo arrojó al suelo. El cristal se resquebrajó, pero el marco lo mantuvo firme.

–¡Ya está bien, por favor! –dijo Santi, con el pañuelo de papel con el que había limpiado las salpicaduras de café todavía entre los dedos.

–¡Está loca! –Y Teresa se escabulló por la puerta interna.

Elisa quiso lanzarse tras ella, pero su hermano la tenía sujeta por un brazo. Elisa estalló en lágrimas.

–A Antonio le está presionando el banco, los clientes no le pagan. No sabe cómo resolver la situación: es un desastre. Quiero hipotecar la casa de la playa... –Entre tanto, había dejado de llorar–. Papá ha conservado el usufructo. ¿Podrías hablarle tú?

–Pensémoslo, y ya decidiremos. ¿Sigues yendo a la psicóloga?

–¿Y quién me la paga?

–Ya me encargo yo. Tú vete a verla y no te preocupes por nada más.

–Pero mi cuadro, ¿tú lo quieres?

–Sí, es precioso.

Elisa recogió el bolso. Se detuvo delante de la puerta.

–¡Te mato si lo cuelgas donde dice ella! ¡Te juro que te mato!

Santi estaba llevando el procedimiento de control de calidad al responsable del laboratorio, en el otro extremo de las instalaciones, un modo discreto de afianzar su presencia como propietario en la fábrica. Se encontró con Teresa, y ella se le acercó.

–Quisiera hablarte. ¿Tienes un minuto?

–Acompáñame.

Santi respondía atento al saludo de los empleados encargados de la elaboración de la pasta, que vestían un mono blanco –y no verde como el resto de los trabajadores– ya sin quejarse: una batalla ganada. Muchos lo llamaban por su nombre: habían sido compañeros suyos de juegos, como sus padres lo fueron del suyo. Teresa sonreía apenas: cuando eran pequeños, el padre sólo se llevaba a la fábrica a su hijo varón y ella se quedaba en casa con su madre; eso le causaba disgusto, entonces, y no lo había olvidado.

Santi levantaba las tapas de las empastadoras de la primera mezcla: las dos palas metálicas formaban el conglomerado y de allí emanaba un fresco aroma a gluten.

–Huélelo, es el aroma de la pasta, embriaga. Y eso que no es más que agua y harina.

A Teresa no le gustaba.

–Piero quiere saber si voy a conservar mi puesto en el consejo de administración. ¿Qué dice papá?

–No hemos hablado de eso. Yo también quiero saberlo: ya no somos una empresa familiar, y yo tengo que rendir cuentas y dar explicaciones a mi equipo. Me avergüenza no poder finalizar los diagramas empresariales debido a esta incertidumbre. Mis directores no están acostumbrados al nepotismo, porque de eso se trata, y es otro asunto del que me gustaría hablar con papá. Quiero la mayoría de la cuota de participación.

Estaban bajando por las escaleras interiores, solos. Teresa habló con decisión:

–En definitiva, que quieres la parte del león. Por una vez tengo que darle la razón a Elisa, lo había predicho.

–Tú deberías saber mejor que nadie que no es cierto. Soy un directivo, tengo un máster, he trabajado en otros sitios. Sé dirigir la fábrica, y lo hago bien. Me dejo la piel en ella. Tú tienes una licenciatura de letras y trabajas como contable a media jornada, cuando te viene bien. El trabajo no te interesa. ¡Ni siquiera te lees el prospecto, como se vio en el cumpleaños de papá!

Junto a una ventana se amontonaban grandes trozos tubulares de masa grisácea, con una costra recién formada: era la sémola que habían sacado de la máquina averiada, ya ácida y maloliente. Santi se detuvo junto a la pasta rancia. Bastó con que frunciera las cejas ante el responsable y un empleado se apresuró de inmediato a meterla en grandes sacos; se vendería como alimento para cerdos.

Se quedaron otra vez solos.

–Piero me quiere y es un buen padre. Para mí es muy importante. Cuando se casó conmigo sabía que éramos ricos. Quiero la propiedad total de la casa de la playa y un buen piso en la Toscana.

Estaban en la planta baja. Colocadas en orden contra la pared, las máquinas extrusionadoras de pasta corta, limpias y listas para el uso: grandes círculos de bronce, con orificios según un diseño geométrico para producir las distintas variedades que salían de la fábrica.

–¿Te acuerdas? –dijo Santi, y añadió después–: Son las mismas de cuando éramos niños: todavía aguantan... Me parecían escudos aqueos, o cartografías del cielo nocturno.

–Entonces, ¿qué?, ¿me apoyarás? Quiero que papá haga una donación.

–Pero tendrías que dimitir del consejo de administración.

Estaban fabricando macarrones cortos y rayados, en la confección vertical. Los macarrones salían de las máquinas y eran seccionados por las cuchillas, rapidísimas, a la medida exigida; después caían desde lo alto y daban vueltas en el cilindro como granizo gigante y ligero.

Teresa se quedó mirándolo:

–Tienes razón: quédate con la fábrica, yo prefiero el dinero.

–No eres la única: también Elisa lo prefiere. Pero no tenemos liquidez suficiente, y ella ha de recibir el mismo trato que tú.

Pasaron por el secadero sin detenerse: en esa zona hacía muchísimo calor. El empleado que lo vigilaba se había alejado; el hedor sedimentado del sudor, acre y harinoso, permanecía tenaz en el sitio de aquel hombre. Los dos hermanos fruncieron la nariz y aceleraron.

–¿Y tú qué trato has de recibir? ¿Como el nuestro o mejor que el nuestro?

Santi se detuvo de repente y contestó con dureza:

–En lo que atañe al resto de los bienes familiares, como el vuestro, y según la ley: a partes iguales. Pero en lo que atañe a la fábrica, eso es otra cuestión: proporcionalmente a mi contribución y a mi capacidad. Al final será mía. Vosotras dos trabajáis aquí porque sois las hijas del dueño. He hecho de todo para estimularos, sobre todo a ti. Si fuera justo, tendría que despediros.

Alargó el paso: estaban en la sección de empaquetado. Santi subía ahora por la escalerilla de hierro que llevaba a la balanza multicabezas, su preferida. Era una nueva máquina de metal en forma de embudo, reluciente y hermosa, como una fuente. Los macarrones ya desecados subían a través de un tubo neumático y manaban, en lo alto, de la boca central para caer en cascada en las catorce cabezas colocadas en dos círculos alrededor del tubo –fauces plateadas de una planta carnívora–. Cuando se alcanzaba el peso deseado, las cabezas se cerraban automáticamente y la pasta pasaba al empaquetado. El sonido sordo y continuo de los macarrones mientras caían se alternaba con el ruido metálico de las cabezas –abre, cierra; abre, cierra– y tenía un ritmo hipnótico.

Teresa seguía a duras penas detrás de su hermano.

–Nunca pensé que fueras tan codicioso.

–Si lo planteas en esos términos, tampoco lo creía yo de ti. Pero nos queremos y encontraremos una solución para esto también.

Santi miró el reloj: tenía que ir a recoger a Titino al colegio y era ya tarde. Cruzó el almacén casi a la carrera, serpenteando entre los montones de pasta embalada y ya en palés, lista para ser almacenada.

14
Dana y la fábrica de pasta.

«Eso es lo que significa cuando decís que la fábrica pertenece a la familia: que la pasta os sale a todos gratis.»

–Santi le ha regalado diez kilos de pasta a Nadia, la hija de Sonia, que trabaja en su casa. Ayer estuvimos comiendo un buen plato de pasta en su casa, ¡estaba riquísima! –Dana hablaba a la tía mientras la peinaba.

–Nuestra pasta siempre ha sido de la mejor calidad: agua, harina de primera clase, buena elaboración y desecación lenta. Ése es el secreto. –La tía se quedó pensando después en las palabras de Dana y preguntó–: ¿Es que era el cumpleaños de Nadia?

–No. Era porque, desde que la fábrica funciona con una sola caldera, Santi sale de casa temprano por la mañana: ella tiene que llegar antes para llevarse a Titino al colegio. –Dana le estaba haciendo una bonita trenza, muy suelta, y la tía se sentía charlatana.

–Y Vanna, ¿qué hace?

–Sale de casa a primera hora de la mañana para su cita con el analista..., parece ser que es muy importante...

Dana le colocó la última horquilla en la trenza, que había enrollado en un suave moño ajustado a la nuca. La tía se miraba complacida y Dana pasó rápidamente a la pregunta que le oprimía el corazón:

–¿De quién es realmente la fábrica?

–La fábrica es de nuestra familia.

–Pero ¿quién es el dueño? ¿Tito o su hijo?

–Ya te lo he dicho, la fábrica pertenece a nuestra familia. Primero fue de mi padre, después pasó a mi hermano y ahora es de Tito. Alguna vez será de Santi, pero pertenece a toda la familia. Ya te lo he dicho.

–¿A los pequeñines también?

–¡Claro, a ellos también!

La tía se estaba echando agua de colonia en el pelo y después en el dorso de las manos, y se las frotaba para que se absorbiera.

–Pero ¿quién es el que manda en la fábrica? Tito habla como si la fábrica fuera toda de él, y Santi igual... Vamos, que no se sabe quién es el jefe –insistía Dana–. Si Santi le quiere hacer otro regalo a Nadia, ¿le tiene que pedir permiso a Tito o qué?

–¡Claro que no, Santi puede hacer todos los regalos que quiera, y a quien quiera..., y Tito también!

–¿Y las hermanas y sus maridos? ¿Ésos también pueden regalar pasta o no?

–No, ellos no.

–Pero si son hijas de Tito...

La tía guardaba silencio.

–Y qué pasa, ¿es porque son mujeres? –Dana no cejaba–. Pues no somos todos iguales, varones y hembras..., ¡si hasta tú lo dices! Entonces, ¡tú tampoco puedes regalar pasta de la fábrica!

–¡Pues naturalmente que puedo! ¡Soy la hermana del padre de Tito! –dijo la tía, altanera, y se quedó mirando por la ventana.

–Y Teresa y Elisa, ¿es que no son hermanas del hijo de Tito? –Dana acabó la frase de mala gana, sabía perfectamente que no iba a recibir respuesta: la tía estaba decidida a no hacerle caso.

Pero no tardó en volver a intentarlo.

–¿Es verdad que es solamente Santi quien manda en la fábrica?

–Claro, para eso es el consejero delegado. Tiene que mandar.

–Entonces Tito es el dueño pero no manda nada. Y Santi, que es el que manda, no es el dueño. Y los demás pueden comerse la pasta, pero no pueden regalarla.

–No te has enterado de nada, la fábrica es de nuestra familia –remachó la tía, irritada. Después añadió–: Pero ¿y a ti qué más te da? Ve a coger el periódico, que aún no lo he leído.

Todas las mañanas, ella leía el periódico de arriba abajo; Gaspare venía a saludarla antes de irse al trabajo y ella le refería los titulares de los diarios y le resumía los artículos que le interesaban: no hacía falta que él se lo pidiera, se entendían al vuelo y razonaban de la misma manera. Gaspare se dedicaba en cuerpo y alma a la fábrica de pasta. Por aquel entonces no había consejo de administración: su hermano se lo contaba todo y lo discutían, antes de tomar una decisión juntos. En los turbulentos años de la primera posguerra, ella hubiera querido venderlo todo y buscarse una vida mejor para Tito y para todos en Sudamérica. Otros lo hacían.

«No deberías pedirme eso –le dijo él–. La fábrica, aunque sea indirectamente, nos viene de nuestra madre. Es un bien que hay que legarle a Tito y debe seguir en nuestra familia. Yo no me siento capaz de empezar de nuevo con otro trabajo. Y además, no te olvides de que acabaré quedándome ciego.»

Ella había apoyado la decisión de su hermano con la misma pasión; era como si también conociera cada una de las piezas de la maquinaria, a cada empleado, a cada proveedor, a cada cliente.

Gaspare dirigía al personal como si se tratara de un ejército; una tarea nada sencilla, pero lo había logrado. Exigía mucho de los empleados, y los trataba bien. En los años cincuenta, la fábrica pasó por momentos difíciles. Otros, recién llegados, recibían subsidios y obtenían ventajosos contratos. Con grandes sacrificios –todas sus rentas servían para cubrir las pérdidas y subvencionar las inversiones– evitaron las reducciones de personal, y en los años que siguieron se habían visto recompensados: sus empleados, leales y capacitados, contribuyeron en buena medida al éxito de la empresa.

Cuando Tito se marchó al internado, a principios de los años cincuenta, se advertían los primeros indicios de recuperación en la economía italiana. Gaspare se sentía preparado para conquistar nuevos mercados: creyó en ello y fue de los primeros en modernizar la producción manteniendo la calidad de sus productos. Iban a la vanguardia. Rachele temió sentirse sola sin la compañía de Tito. En cambio, no dispuso ni de un solo momento libre, con todo lo que tenía que hacer para Gaspare, quien veía cada vez menos. Le leía los documentos de trabajo y la correspondencia, escribía también para él, y hasta se habían inventado un lenguaje propio de palabras abreviadas, inspirándose en la taquigrafía que ella había aprendido en Roma, lo que les permitía comunicarse rápidamente.

Con el mayor bienestar, pudieron disfrutar de vacaciones en la península y hasta de cruceros de lujo: ella cambiaba el palacete por los estrechos confines de un barco y conocía así el mundo exterior, una vez más desde lejos; pero ya se había acostumbrado.

En los últimos años de su vida, Gaspare perdió el entusiasmo. Llegó el momento de pasarle las riendas a Tito. Fue ella quien animó tanto al padre como al hijo: la fábrica necesitaba un solo dueño, y que estuviera presente. Tito debía trasladarse al pueblo y así se hizo. La fábrica de pasta se convirtió en una de las mayores del sur de

Italia. Ahora era el turno de Santi, pero Rachele se sentía ansiosa. Había un no sé qué de melancólico y vulnerable en ese joven que ella no era capaz de entender del todo. En cuanto a Tito, lo veía turbado y se sentía responsable por ello.

Teresa le había traído a su tía como obsequio las fotografías de recuerdo de las niñas con sus compañeras de clase.

–Santi me ha dicho ciertas cosas que me han herido –le dijo–, palabras de esas que no se olvidan: me ha dicho que trabajo sólo por ser hija de papá, que si dependiera de él, me despediría. ¿Te das cuenta de quién manda en la fábrica? Estoy en el consejo de administración, pero todo lo deciden entre ellos dos, por la mañana, cuando Santi pasa por el palacete. ¡Yo ya no entiendo nada, a veces ni siquiera sé si somos ricos o pobres!

Dana había escuchado con atención e intervino:

–Yo sí sé cómo están las cosas, me lo ha dicho tu tía: quien posee no manda y quien manda no posee. Es como el comunismo: nos decían que el pueblo lo poseía todo, pero nosotros no teníamos nada. Lo único cierto es que vosotros, los tres hijos, pasta podéis comer cuanta queráis, pero sólo Santi puede regalarla a quien él quiera. Eso es lo que significa cuando decís que la fábrica pertenece a la familia: que la pasta os sale a todos gratis.

A partir de ese momento, Dana empezó a albergar dudas acerca de la posición económica de Tito y llegó a la conclusión de que un marido funcionario regional, con una buena jubilación, sería una inversión más segura: eso era a lo que aspiraba su amiga.

15
Una insólita lección de fotografía.
«No, esta vez es cosa mía.»

Mariola estaba sola con Santi en el jardín, después de comer.

–Con todo el jaleo que hay con lo de Piero, sólo me faltaba tener que preocuparme por tu padre. Está cada vez más raro –decía Mariola, y dejó la tacita de café sobre la mesa de arrabio.

Tito se había ido con Vanna y Titino a ver el Bentley, ya puesto a punto para el certamen de coches de época que se celebraría a mediados del verano.

–¿A qué te refieres?

–A nada, que me parece distinto... por la noche, en la cama... Antes nunca se acostaba antes de que yo me quedara dormida...

–Siempre ha sido así, papá es un noctámbulo –cortó él–. ¿Es que ahora, en cambio, se queda dormido antes que tú?

–No, se viene a la cama y lee.

–¿Y es eso lo que te preocupa? Vanna y yo leemos siempre un rato, antes de quedarnos dormidos.

–Pero hasta ahora no lo hacía.

–La gente cambia al envejecer.

–Debe de ser la influencia de ese Dante. No me convence, se cree un intelectual...

–Dante es amigo mío. Si quieres criticarlo, hazlo delante de otro –soltó Santi. Después se apresuró a añadir, contrito–: Perdona, mamá. Tenemos otras preocupaciones más serias: Teresa se marchará lejos... Elisa quiere ocupar su sitio en la fábrica.

–Te escucho. –Olvidándose de su marido, ahora Mariola quería saber.

–Me siento a disgusto. En parte es por culpa de papá: se comporta cada vez más como un tirano, incluso en la empresa. Yo no puedo ayudarle. Soy el consejero delegado sólo nominalmente y cuando a él le viene bien. Quisiera automatizar la confección y el embalaje pero él no es partidario. Sé que la fábrica será mía en el futuro, pero no es suficiente...

Mariola le recordó que cuando su abuelo empezó a perder la vista, su padre había modernizado la fábrica y la había ampliado. Fue una decisión arriesgada y un enorme sacrificio: él vivía en el palacete y ella permanecía sola en Palermo, con los niños.

–Fue nuestra salvación: otros se vieron obligados a cerrar. Tu padre sólo pensaba en vosotros, en vuestro futuro... Volvía tarde por la noche, cuando ya estabais durmiendo, y no todos los días, para veros por la mañana, antes de que os fuerais al colegio.

Ella hubiera preferido mudarse al palacete, o a la casa del pueblo, pero el abuelo no quiso que se sacrificaran por él, tenían que quedarse en Palermo, pensar en lo mejor para los chicos.

–A decir verdad, para mí hubiera supuesto la felicidad: vivir con mi marido y mis hijos, fuera donde fuese, y hubiera sido lo mejor para todos. Tal vez Elisa no se nos habría desmandado..., quién sabe... –murmuró.

–Lo sé, pero papá nos humilla a los tres. Depender de él es como tener colgada del cuello una rueda de molino. Ha llegado el momento de que nos ceda la responsabilidad de administrar lo que está destinado a ser nuestro. A mí me gustaría aclarar mi posición de una vez por todas. Estoy pensando seriamente en cambiar de trabajo...

–¿Crees que encontrarías algo mejor? –se insolentó su madre, ofendida.

–Una gran empresa del norte está pensando en abrir una fábrica de pasta. Les hace falta alguien con mi experiencia y mis contactos. Aprecian mi valía –dijo Santi, y se la quedó mirando, con los ojos firmes.

El «chico», a sus treinta y seis años, se había hecho un hombre, un cabeza de familia muy decidido.

–¿Quieres que le diga algo a tu padre? –Era la táctica que empleaban para ablandar a Tito.

–No, esta vez es cosa mía.

Los demás, entre tanto, ya habían vuelto. Vanna cruzó su mirada con la de su marido y le brindó una sonrisa. A Santi se le encogió el corazón.

–Perdona el retraso. Titino no conseguía colocar las fotos en el árbol genealógico, con el ordenador, y hemos cenado tarde. He traído mis fotografías –dijo Santi sentándose en el sofá de Dante.

Dante empezó a mirarlas de inmediato.

–Interesante, muy interesante –murmuraba. Eran en blanco y negro: manos, pies, glúteos, cuellos, ingles, muslos, pantorrillas, torsos. Ni un rostro, ni una extremidad completa, ni una figura entera–. De manera que todo empezó cuando estabas en Boston para hacer tu máster en dirección de empresas y fuiste a ver por casualidad una exposición fotográfica..., fue una revelación. Una iluminación, diría yo. Pero ¿dónde encuentras estas estatuas tan extraordinarias?

–Por todas partes, basta con que mires a tu alrededor: en las fuentes, en las plazas, en los palacios antiguos y modernos... Italia está llena de estatuas.

–Se reconoce el talento, auténtico talento. Y eso que eres un autodidacta: ¿cómo es que no compartes este hobby con tu padre?

–Papá es un solitario. Hace sus fotografías él solo,

plantas, paisajes y edificios, y luego se las revela él mismo en la Habitación de Nuddu.

–¿Eso qué es? –preguntó Dante.

–Un desván, en la torrecilla que se levanta sobre el techo del palacete. Es un pequeño apartamento, a mitad de la escalera hay incluso un baño y una cocinita, que nunca se reformaron. Era el refugio de mi abuelo, y mi padre lo ha dejado tal cual. La tía me contó que se llama así porque a papá, de niño, no le daban permiso para entrar. El abuelo le decía: «Es la Habitación de Nuddu, la habitación de nadie, sólo yo puedo entrar». Ahora papá la usa como despacho y laboratorio: en la bovedilla ha instalado una cámara oscura con todas sus bandejas y tendederos. Se encierra allí cuando tiene algo de tiempo, y no le agradan las visitas. Hay incluso una cama en la alcoba, para la siesta de después de comer.

Dante seleccionó algunas fotografías y las dejó sobre la mesa. Inclinados, hombro con hombro, los dos hombres las examinaban. Dante enseñaba y hablaba, hablaba; el joven absorbía. El uno respiraba el aliento tibio del otro.

De repente, Dante recogió a toda prisa las fotografías y se apartó de Santi.

Apoyado en la pared, las apretaba contra su pecho, sujetas entre las manos y en completo desorden, como si fueran un escudo.

Miraba a Santi. Santi le devolvía la mirada.

–¿Vanna lo sabe?

Santi no contestó de inmediato. Después dijo, con decisión:

–Yo quiero a mi mujer, a mi hijo, a la familia..., esto es distinto. Un instinto oculto, fuerte ahora, irrenunciable...

Dante asintió. Seguían mirándose.

Santi se movió. Le quitó las fotografías de las manos a Dante, muy lentamente. Éste se lo permitía, los nudillos de las manos del joven le rozaban el pecho, ligeros. Ahora Santi las tenía todas y retrocedía, con los ojos clavados en los suyos.

Dante extendió el brazo por la pared, hasta alcanzar el interruptor.

El cielo estrellado invadió la habitación: alto, azul oscuro, aterciopelado. Las constelaciones eran clarísimas; la Vía Láctea, un resplandor de polvillo dorado. El salón se fusionó con el jardín al otro lado de la cristalera. Las hojas carnosas del enorme agave bajo la ventana parecían de plata; las púas de las que estaban más cercanas al muro, dobladas y aplastadas contra el cristal, eran como los dientes de una sierra. Una salamanquesa se había encaramado a la ventana. Estaba inmóvil, con las ventosas de los dedos pegadas al cristal: un dragón en miniatura. Las ramas de la acacia se recortaban rotundas contra el cielo y las cimas de las colinas; las hojas desflecaban el escenario nocturno como un telón abierto sobre el mar negro y desierto. Todo estaba en silencio.

Dante se acercó a la ventana y echó las cortinas. Dejó que un fino rayo de luz cayera sobre las mimosas del centro de la mesa, para reflejarse después en las paredes. El resto estaba a oscuras.

Santi se había desabrochado la camisa.

16
Una familia deshecha.
«¡Loca, voy a volverme loca!»

Elisa se iba a marchar a Palermo durante un par de días, con ocasión del *vernissage* de la exposición: las niñas se quedarían con sus abuelos. Tito la observaba desde el otro extremo de la mesa. El pelo le caía sobre los hombros, enroscado como flecos de una toalla de holanda arrugada. Aparentaba menos de los treinta años que tenía y era muy atractiva.

–Expongo mis mejores trabajos. Espero que por lo menos haya algún comprador. Aquí no consigo vender nada –decía. Después se dirigió a su padre–: Antonio ha perdido un cliente importante. Necesita representar otros productos. La gente no compra ya objetos de marca, se contenta con falsificaciones chinas sin ningún pudor. Nos vendría bien ganar algo más.

–¿No has pensado en ampliar tu media jornada en la fábrica? Tu idea de hacer una pasta de tomates secos era interesante. Piensa en nuevos proyectos, en paquetes regalo, y lo hablamos –contestó Tito.

–Sí, papá, ya sé que podría, claro que sí..., y tú seguro que tendrías algo que criticar a mis sugerencias: que si las etiquetas no te gustan, que si los tarros no son los adecuados... ¡Por no hablar de lo demás! Al final, eres tú el que decides siempre. –Elisa dejó el tenedor y empezó a retorcerse un rizo–. ¡A Teresa sí que la dejas actuar! Yo podría ocupar su puesto cuando se vaya, eso sí que me gustaría. ¡Con lo que gana! –Había interpretado la sugerencia de su padre como un reproche.

–Pero qué dices, ¡con lo bien que pintas! Y además, a ti las cuentas no te gustan –intervino Mariola.

–Teresa seguirá con su trabajo a distancia.

–¡Y seguro que hasta le subís el sueldo! ¡No ha puesto un pie allí y ya se está quejando de lo cara que está la vida en la Toscana! ¡Mi sueldo sigue siendo el mismo que hace dos años! –Elisa estaba gritando, con los codos sobre la mesa y el tenedor en la mano como si fuera una lanza.

–El suyo también –precisó Tito.

–Pero no el de su marido. Los jueces están demasiado bien pagados para lo que hacen. ¡Basta, se me han quitado las ganas de comer!

Elisa dejó caer con fuerza el tenedor sobre el plato de ensalada –no la había tocado–. Silabeando sus palabras, dijo en voz alta:

–¡Necesito algo que sea mío, mío, *mío*! ¡Loca, voy a volverme loca!

Y observó la reacción de los demás. Su madre se estaba sirviendo más patatas, los niños seguían comiendo con apetito, su padre era impenetrable.

–Quisiera abrir una galería-boutique. Las he visto en otras ciudades. Cuadros y ropa, zapatos, bolsos... Antonio podría ayudarme. ¿Qué te parece, papá? –prosiguió con tono conciliador.

Elisa saltaba de la mansedumbre al incipiente histerismo, la verdad es que no sabía cómo controlar sus propias reacciones. Y por eso calló: era la técnica que había aprendido en el centro de rehabilitación en el que Santi la había convencido para que se aislara durante el periodo más dramático de su adicción.

Tito escogía del plato las patatas fritas más crujientes y se las ofrecía a Vera, sentada frente a él, una a una, susurrando:

–¡Ten, tesorito, cómetelas!

A Elisa le bastó con oír ese «tesorito», el diminutivo con el que su padre se dirigía a ella cuando era pequeña, para dejarse llevar.

–¡Papá, contesta! ¿Es que no me oyes? ¡Contesta! –Ahora estaba chillando–. He oído decir que quieres montarle un negocio a Teresa, ¡y ni siquiera se ha mudado! ¿No será verdad? ¡Por ella harías de todo, es tu preferida! Pero yo ya no me voy a quedar callada, desde luego que no.

La madre le estaba dando de comer a Daniela. Elisa miró a su alrededor: nadie le hacía caso, de modo que se levantó de la mesa y corrió al jardín.

Las niñas no dejaban de picotear las patatas fritas y acabaron con todas las que había. Mariola siguió a Elisa con el rabillo del ojo: avanzaba a grandes pasos por el paseo, después se apoyó contra una columna de la marquesina y se volvió a mirarlos, enfurruñada.

–¿Te parece bonito lo que has conseguido? –le reprochó Mariola a Tito–. Las niñas no le han hecho el menor caso: ¡imagínate el infierno por el que deben pasar esas criaturas cuando están solas!

–¡Pero si ni le he contestado! –protestó él.

–Ése es precisamente tu defecto: no hablas. Tienes que hablar con tus hijos, discutirlo con ellos, con papel y lápiz, e ir después al notario. Santi será el siguiente en darte quebraderos de cabeza –profetizó Mariola.

Por la tarde, Teresa estaba en el palacete con sus hijas y Titino, para echarle una mano a su madre con las hijas pequeñas de Elisa. Los primitos jugaban en la zona del jardín donde estaban los toboganes y los columpios, vigilados por Manuel y Sonia. Madre e hija habían aprovechado para subir a la habitación de Mariola y escoger la ropa usada que iban a enviar a la feria benéfica que se celebraría en la parroquia a final de mes.

–Acaba de llamarme Elisa, sigue de viaje –decía Teresa–, ¡es que no me deja en paz! Me acusa de haberle arruinado su carrera, ya me dirás cuál, y hasta la tiene tomada conmigo por nuestro traslado, ¡como si hubiera sido idea nuestra! Siempre ha sido muy celosa, pero es que ahora parece obsesionada por nuestra marcha. Incluso Piero se ha dado cuenta.

–¿Qué tal está Piero? –le preguntó su madre, mientras revolvía en el cajón de las bufandas.

–El trabajo lo distrae de las porquerías de quienes lo acusan injustamente. Hasta mi hermana carga contra él. –Teresa se detuvo, con los brazos cargados de abrigos. Después murmuró, con amargura, como hablando consigo misma–: ¡Yo estaba allí, en el fueraborda! ¡Fue ella la que insistió en venir con nosotros, no Piero! ¡Estaba sola con los dos, cómo quieres que no lo viera! Tuve ganas de tirarme por la borda... Piero aceleraba, cogía todas las olas, ¡con los ojos clavados en mi hermana, medio desnuda en la proa! Cómo se movía, la puñetera, a cada salto... Te juro que fue ella. ¡Fue ella quien lo provocó!

Teresa lloraba quedamente y su madre no supo qué decir.

Entre tanto, Tito estaba tomando notas para la instalación del sistema de riego.

–He venido a recoger a Titino. Hemos sacado fotos al Augusta para sus deberes: ahora está jugando con las niñas. Mamá y Teresa están de morros, ¿qué ha pasado? –dijo Santi.

Tito apretujó la libreta entre sus manos y rompió el cartoncillo de detrás. Tenía la respiración agitada. Quería estar solo.

–Elisa ha montado una de sus escenas –contestó, taciturno.

–¿Y por qué esta vez?

Tito hizo una mueca y reanudó la marcha.

–¿Serán suficientes dos aspersores? –preguntó, deteniéndose junto a un bancal.

–No lo sé. Te aconsejo que encargues antes un proyecto: déjalo en manos de quien más experiencia tiene. Después lo discutiremos.

–¡Pedirán un montón de dinero! ¡Ésos sólo piensan en ganar dinero! ¡Ya sé yo lo que hay que hacer!

–Papá, no puedes seguir decidiéndolo todo siempre solo, sin escuchar las opiniones de los demás. –Santi hablaba mientras seguía a su padre–. Por esa razón has perdido buenos empleados en la fábrica. Tenemos un consejo de administración de verdad, con personas competentes, auténticos profesionales. Hazme caso, tienes que resignarte a delegar. En todos, en nosotros también. Elisa tendrá sus defectos, pero sus ideas son buenas.

Tito iba llenando la libreta de dibujos y anotaciones. La mano apretaba el lápiz con fuerza; la punta de grafito, comprimida contra el papel, casi lo rasgaba.

Estaban en la rosaleda.

–¿Será suficiente con cuatro aquí? –dijo Tito.

–Supongo que sí –contestó Santi.

Siguieron intercambiando monosílabos.

–¿Uno?

–Puede funcionar.

–¿Tres?

–Dos tal vez.

El trazado del sistema de riego había quedado completado.

Santi se detuvo delante de su padre.

–Somos adultos. Ya no queremos depender de ti, ni como jefe ni como padre generoso. Tenemos la suerte de vivir los tres en casas estupendas, y te lo debemos a ti.

También las barcas, la lancha fueraborda, los automóviles de época son tuyos. Siempre estás hablando de autonomía, pero esa autonomía, ¿dónde queda? No me faltan contactos, podría incluso irme a trabajar a otra parte. Tienes que decidirte.

–¿Es un chantaje?

–No. Sólo te estoy pidiendo que tengas confianza en mí y en mis hermanas.

–¿Tienes algo más que decirle a tu padre?

–Sí, una cosa más. Hijos ilegítimos hay muchos hoy en día. Tú estás obsesionado con eso de tu nacimiento... Crees que el poder es la base de tu respetabilidad. No es así. Se te estima por lo que eres: un hombre honrado y honorable. –Santi jamás se había atrevido a plantearle ese tema a su padre. Tragó saliva y prosiguió–: ¡Si supieras lo que ha llorado Titino porque no has querido ayudarlo! Él te adora. Dale un nombre a esa bendita bisabuela, y acabemos de una vez. Basta con un nombre cualquiera.

Tito le rehuyó y retomó su caminata, muy lentamente.

–Dante piensa lo mismo que yo –añadió Santi, tranquilo.

–¿Es que ahora se ha convertido en tu confidente?

Santi permaneció en silencio.

–¿De modo que hasta de mi nacimiento has hablado con él? –insistía Tito, sarcástico–. ¿No le habrás pedido también algún consejo sobre la donación?

–¡Basta! –Santi, lívido, hablaba en voz baja–. ¡Ya es suficiente! Fuiste tú quien le dijo a Dante que no sabías quién era tu madre, ¿o es que ya no te acuerdas?

Tito estaba quitando las hojas secas y las flores marchitas de los geranios. Al hacerlo, se llevaba también frondas vivas y verdes, arrancándolas de la planta. Dejaba una estela de destrucción alrededor de cada maceta: ramas quebradas, pétalos y flores enteras esparcidos por el suelo, junto a las hojas muertas.

–Tal vez te haya sugerido incluso un nombre adecuado para la bisabuela de Titino.

–Pues sí, ya que lo mencionas. ¿Quieres saberlo?

–¡No! –dijo Tito, con voz ronca–. Por mí, tanto vale el nombre de cualquier zorra, sea virgen o hembra casada, con tal de que esté muerta y no tenga herederos. ¡Encárgate tú!

17
Las golondrinas y la oscuridad.
«¿Cuántas veces tengo que decirte que no enciendas la luz, Rachele?»

Cenaban cansados y en silencio: cuidar de las niñas de Elisa había dejado exhausta a Mariola, e incluso a Tito, por más que se hubiera visto involucrado sólo de forma marginal. Él comía deprisa, quería acabar la limpieza del balancín de un reloj.

–Deberías hablar de negocios con Piero y Teresa –dijo Mariola de repente.

Tito se sirvió otra chuleta; habían sobrado del almuerzo y le gustaban mucho. La miró sorprendido.

–¿Negocios de Piero o míos?

–De tu hija. Necesita saber qué va a ocurrir con su trabajo y cuánto le pasaremos cada mes en la Toscana. Aquí tiene otras muchas ventajas. La incertidumbre hace que esté inquieta y tiene ya suficientes preocupaciones.

–Tienes razón. Pero hablaré sólo con ella, no es asunto de su marido. –Tito exprimió hasta el final medio limón sobre el rebozado de la chuleta, haciendo que saltaran incluso las semillas.

–Es asunto suyo, vaya si lo es, ése es el problema. Él también tiene que saberlo, y por ti. A Teresa podrías hacerle una donación; Elisa, como es lógico, debería recibir lo mismo. Y, además, tienes que pensar en Santi.

–No habías hablado nunca de donaciones. ¿Cómo es que se te ocurre ahora?

–Ya somos ancianos, nuestros hijos crecen. Necesitan autonomía. Las demás familias lo hacen, no es ninguna novedad. No debemos olvidar que los tiempos han cambiado y que los jóvenes muerden el freno.

Tito se bebió un vaso de agua de un solo trago y no contestó: lo que estaba diciendo Mariola era cierto.

–Mis hijos quieren una donación –le dijo Tito a su tía.

Dana estaba en la cocina preparando una manzanilla.

–Y tú ¿qué opinas? –le preguntó ella, con las pupilas fulminantes bajo sus párpados lacerados.

–Que no es el momento.

–Si no te parece bien, no cedas.

Dana entró con la bandeja y les sirvió, primero a la tía y después a Tito. Ahora estaban escuchando el telediario mientras saboreaban la bebida caliente. Tito notaba cómo le crecía la rabia contra sus hijos. La tía se adormeció.

Sentada a espaldas de la tía, Dana desplazó su silla para que Tito la viera entera. Él no podía dejar de pensar con resentimiento en sus hijos, y la miraba. Dana cruzaba las piernas, después cambiaba de posición, abriéndolas cada vez más; se acariciaba voluptuosa los muslos y las pantorrillas, con los ojos clavados en la pantalla. Le lanzó una mirada y se levantó para llevar la bandeja a la antecocina.

Tito se levantó del sillón de un salto y la poseyó mientras estaba inclinada sobre el fregadero enjuagando las tazas. Volvió a donde estaba su tía para desearle las buenas noches; el telediario aún no había terminado y ella ni se había dado cuenta de su ausencia: dormitaba y recordaba.

Había terminado de leerle un capítulo y, como tenía por costumbre, dejaba descansar la voz mientras vagaba con la mirada por el jardín, en la parte baja.

–He hablado con el notario; voy a hacerte la donación de Torrenuova. También he hecho testamento: la legítima a Tito, un legado a las monjas y el resto para ti, tal como habíamos acordado –decía Gaspare.

Ella no contestaba, absorta en las golondrinas. Habían abandonado los cables eléctricos y se habían reunido alrededor de la mesa del jardín. Estaban por todas partes: en el suelo, en los respaldos y en los asientos, sobre la mesa. Todo era un batir de alas, revoloteaban aquí y allá, y con sus picos puntiagudos recogían las migas de pan de su almuerzo.

–¿Qué es lo que llama tu atención ahí fuera?

Era siempre así, él intuía sus pensamientos.

–Las golondrinas picotean las sobras de nuestro almuerzo. Se han precipitado sobre la mesa, como las monjas que se refugiaron en el palacete en otros tiempos. Yo las espiaba desde lo alto, sin que me vieran. Parecían golondrinas, vestidas de azul y de negro, con sus tocas puntiagudas en la cabeza y los ojillos despiertos. Jugaban al escondite y a perseguirse, las más intrépidas llegaban a encaramarse a los árboles. En cuanto oían acercarse a la monja más anciana, volvían apresuradamente a bordar y entonaban el rosario y otros cantos religiosos. A veces los alternaban con las novenas de Navidad, que eran más alegres... Eran mi única compañía en aquel entonces.

Se había dado la vuelta hacia él: a sus sesenta años, Gaspare llevaba bien su edad. Al igual que el silencio es capaz de transmitir pensamientos, la mirada de quien no ve puede devolver otra mirada: él tenía los ojos fijos en ella. Ella lo estaba mirando y él lo sabía.

Gaspare buscó su mano. Se la estrechó.

–Sabía que ibas a sentirte sola... Mira que lo sentía.

–Tenía los libros que traía sor Maria Assunta; siempre hallaba entre sus páginas flores secas, hojas de laurel, de menta y de salvia. Y había mucho que hacer, yo también bordaba, ¡y a toda prisa!

–Venga, acompáñame hasta arriba, aún no somos tan viejos como para no ser capaces... –dijo él y le tendió el brazo.

Subían, ella delante y él detrás, con la mano de Gaspare apoyada ligera sobre el hombro de ella.

Ella abrió la puerta y apretó el interruptor.

–¿Cuántas veces tengo que decirte que no enciendas la luz, Rachele?

Segunda parte

Now it appears to me that almost any Man may like the spider spin from his own inwards his own airy Citadel –the points of leaves and twigs on which the spider begins her work are few, and she fills the air with a beautiful circuiting. Man should be content with as few points to tip with the fine Web of his Soul, and weave a tapestry empyrean full of symbols for his spiritual eye, of softness for his spiritual touch, of space for his wandering, of distinctness for his luxury. But the Minds of Mortals are so different and bent on such diverse journeys that it may at first appear impossible for any common taste and fellowship to exist between two or three under these suppositions. It is however quite the contrary.

(Ahora me parece que sería posible para cualquiera tejer, como la araña, desde su interior su propia aérea ciudadela –las puntas de las hojas y de las ramas sobre las que la araña se sostiene al principio de su tarea no son muchas, y sin embargo, ésta llena el aire con sus propias volutas circulares de exquisita belleza–. El hombre debería contentarse con sostenes igualmente escasos sobre los que prender la tela de su alma, y tejer un tapiz empíreo, una urdimbre de símbolos descifrables por el ojo espiritual, de dulzuras placenteras para el tacto espiritual, de espacio para su fantasear, de imágenes de exacta precisión para su disfrute. Pero tan variadas son las mentes de los mortales y consagradas a viajes tan diversos, que la existencia de una comunidad de gustos y de una afinidad entre dos o tres personas podría parecer en primera instancia del todo imposible, por más que sea verdad lo contrario.)

JOHN KEATS, *Carta a John Hamilton Reynolds*

18
Un paseo por el jardín.
«El verdadero amor quema por dentro y no se ve, ¿qué va a saber de eso una como tú?»

Paseaban por el jardín cogidas del brazo; a la tía le costaba apoyarse sobre la empuñadura de la caña de ébano.

–¡Ese bastón es demasiado alto! –observó Dana.

–Ya lo sé, pero me recuerda los últimos años de mi hermano, cuando le acompañaba al jardín como haces tú conmigo. A él también le hacía falta ayuda, tenía los ojos enfermos...

–¿Adónde ibais?

–Igual que nosotras, a la rosaleda –después añadió–: Y detrás del seto del bosque; ahora te llevo.

El jardín del palacete estaba rodeado de muros altos y sólidos como los de un penal, sin aberturas ni rejas. En el interior, había un segundo recinto que recorría todo el perímetro: un seto de boj, alto también y con estrechos pasos que lo cruzaban ocasionalmente. Algunos estaban bloqueados por macetas repletas de plumbago, otros estaban ocultos por las plantas de los bancales. El ancho pasillo entre la muralla cubierta por hiedra jaspeada y el verde seto de boj parecía el foso de un castillo medieval.

La tía guió a Dana hacia un paso oculto por un gran hibisco: la franja de terreno, un prado de tupidas y nervudas margaritas silvestres, era toda ella un juego de sombras y de sol. Las flores amarillas parecían esmaltadas.

Levantando el bastón, la tía iba explicando:

–Aquí estaba nuestro banco, un cómodo banco de madera, pero lo quitaron, estaba podrido. En aquel rincón, bajo la hiedra, había una mesita de piedra y dos asientos, ahora casi no se ven... –Calló, y miraba, desorientada–. Hace muchos años que no vengo por aquí, desde que él murió... Volvamos, estoy cansada.

–¿Os quedabais sentados con un muro delante, como en una cárcel, con la de bonitas plantas que teníais? –decía Dana, mientras le servía la limonada.

–Éste es un sitio muy especial: hay sol y sombra a todas horas. Yo le leía, hablábamos. Nos peleábamos y después hacíamos las paces.

–Yo también tengo un hermano, pero no nos llevamos bien. Él tiene siete años más que yo y nunca hemos sido muy amigos. Ahora vive en Milán.

–Mi hermano tenía también siete años más que yo.

–Pero tú le querías. Tienes su fotografía en la mesilla...

–Pues claro que le quería, aunque de niños no pasábamos mucho tiempo juntos. Yo estaba con Mademoiselle y él tenía su propia vida. Estudiaba en un internado. Pasábamos parte de las vacaciones aquí y en Torrenuova. Yo me marchaba con Mademoiselle, íbamos a visitar a la familia para la que había trabajado antes de venir con nosotros, y después, en agosto, volvíamos con nuestro padre: ellos dos salían juntos y yo me quedaba en casa.

–En resumen, que casi ni os conocíais..., ¡como mi hermano y yo! Él vivía con los abuelos.

–¡Eso no es verdad! –reaccionó la tía, molesta–. Él jugaba conmigo, tenía mucha paciencia... Me iba a visitar al internado, en Roma, con mi padre. Algunas veces hasta venía solo. Cuando era ya una muchacha, estuve sin verlo un año entero; él estaba en la Academia. Después vino a Roma y le dio por llevarme de paseo por la ciudad, a veces al teatro, a todas partes. Quería completar mi educación, pero yo no aprendía.

–¿No era bueno enseñándote?

–Sí que lo era, pero yo no lo escuchaba... Tenía los ojos oscuros como los de nuestra madre... –añadió, imprecisa. Mientras se tomaba la bebida, la tía continuó–: Él prefería la limonada áspera, como ésta. Teníamos los mismos gustos, incluso para la música. Me di cuenta yo, antes que él, de lo iguales que éramos... Nos gustaban las mismas personas, nos reíamos de las mismas cosas... Las chicas a las que conocía me caían bien; incluso aquellas a las que él miraba con buenos ojos acababan convirtiéndose en amigas mías...

Dana quería ponerse morena. Irina la había invitado al concierto que celebraría en el hotel la primera semana de junio y ella quería exhibir una tez dorada como la de la rusa. Hizo quitar los hierbajos y recuperó el rincón del banco de madera con dos sillas de plástico descolorido que le quitó al guarda. Cuando Mariola no estaba en casa, llevaba allí a la tía. El seto atenuaba las voces y nadie podía verlas: era un escondrijo perfecto.

Dana se quitaba la camiseta, se levantaba la falda para dejar las piernas al descubierto y se despatarraba al sol. La tía, sentada a la sombra, parecía contenta. De vez en cuando murmuraba algo para sí misma, como si le estuviera hablando a alguien.

«No tienes por qué preocuparte por mí. Tengo cosas que hacer, y tengo al niño que me hace compañía. Sé que, cuando regreses de los viajes, me los contarás. Será como si hubiera estado allí yo también; veré a través de tus palabras.»

«Yo estoy bien sola. Vengo aquí y leo en voz alta, como si estuvieras tú también. A veces me doy la vuelta: sólo entonces me doy cuenta de que no estás sentado a mi lado. Pero no me siento triste.»

«No quiero volver a oír que me excedo. No es verdad. No dejo de ser una tía, una tía poco indulgente y severa. Tal vez incluso demasiado. Tú, en cambio, tienes que mimarlo, el doble. Es pequeño y está solo. Abrázalo, besuquéalo entero. Sabes hacerlo, hazlo con él.»

Dana, como el resto de las inmigrantes, no tenía amigos en el pueblo: conocía las casas de la gente del lugar únicamente como criada. Las mujeres, en particular, la evitaban. Lo había aceptado como una característica de la gente de allí, pero ahora sabía que Irina era bienvenida en las casas de las familias más destacadas del pueblo, y ella estaba decidida a emularla. La cajera de la pizzería donde se reunía con sus amigas los domingos por la tarde, llevada por la glotonería, la había invitado el siguiente domingo para que le enseñara a cocinar un postre típico rumano –un primer paso, modesto pero significativo, hacia la meta establecida: la conquista de Tito–. Sudando mientras se cocía al sol, Dana fantaseaba sobre su propio futuro con él y no perdía ocasión para conocer a su elegido a través de las indicaciones de la tía.

–¿Cómo se comportaba Tito cuando estaba enamorado? –preguntaba.

La tía apretaba el ramito de margaritas amarillas que Dana había cogido.

–Estaba contento.

–Pero ¿qué le hacía a Mariola?

–Nada, ¿qué le iba a hacer?

–¿Qué regalos le compraba? ¿Se la llevaba de paseo, al cine?

La tía se enderezó en la silla. Dana, con los ojos ocultos tras las gafas de sol, tumbada sobre la silla con las piernas y los brazos abiertos, no era más que una superficie descompuesta de carne clara y enrojecida.

–El verdadero amor quema por dentro y no se ve, ¿qué va a saber de eso una como tú?

La tía no quiso volver a adentrarse en el seto de boj y el bronceado se añadió al resto de los sueños irrealizables de la rumana.

19
El concierto de Irina.
«Es como si estuvieran esperando otra horda a la que alimentar.»

El pueblo, y la provincia entera, estaban inmensamente orgullosos del nuevo hotel. Parecía como si a la excentricidad de los arquitectos no se le hubiera impuesto límite de gasto alguno: cinco torres de cinco plantas rematadas por cresterías de las que caían, en cascada, hiedras y pelargonios, dotadas todas ellas de ascensores que llevaban al enorme aparcamiento subterráneo, a las piscinas y a la playa, y con acceso directo al *fitness centre*, la sala de congresos, la piscina principal –un auténtico laguito circundado por palmeras maduras– y el teatro al aire libre, en medio de un enorme jardín escalonado que rodeaba el conjunto entero. Todo se había proyectado bajo el signo del juego entre lo cóncavo y lo convexo. Los balcones eran panzudos, las ventanas ovaladas y hasta las esquinas de las puertas estaban achaflanadas. Las terrazas que daban al mar tenían forma de media luna y veredas serpenteantes recorrían los jardines. El hotel tenía una característica propia: cada torre retomaba el estilo de los distintos pueblos que se habían sucedido en Sicilia en el transcurso de los siglos. La torre romana tenía sofás en forma de triclinio, sarcófagos que servían de mesitas y suelos con mosaicos inspirados en los dibujos de la Villa del Casale de Piazza Armerina. La torre sueva era el resultado de un compromiso: estaba inspirada en el castillo de Luis de Baviera y la decoración incluía armaduras y armas medievales. La francesa era toda ella de un florido rococó. La catalana –una audaz innovación, porque acerca de la dominación de los catalanes la gente lo desconocía casi todo–, tras encendidas discusiones, fue decorada inspirándose en Gaudí, de modo que el enlucido de color amaranto de las paredes, así como los asientos, los jarrones y las columnas, estaban cubiertos por fragmentos de cristales multicolores y trozos de azulejos. La torre española era la más sobria: copias de cuadros de El Greco y de Murillo engalanaban las paredes tapizadas de damasco y destacaban entre el mobiliario macizo, oscuro, ricamente tallado y apoyado sobre pies en forma de garra de león.

El enorme jardín descendente que llegaba hasta el mar parecía estar en su plena madurez. En él crecían árboles umbríos, altas palmeras, arbustos bien enraizados, tupidos matorrales y centenares de floridas plantas que llenaban los bancales, todos ellos procedentes de viveros especializados. Porticados dóricos cubiertos de jazmines flanqueaban las fuentecillas de inspiración islámica en los cruces de los senderos embaldosados con arabescos de cerámica. Ánforas, urnas y arquillos árabes, diseminados por los bancales, estaban sugestivamente iluminados por farolillos ocultos entre las plantas, mientras que en la terraza se encendían por la noche grandes lámparas de hierro con cristales multicolores. El teatro al aire libre, inspirado en un anfiteatro griego, se describía en el folleto del hotel como «una feliz comunión entre la Magna Grecia y el arte morisco español». Rodeado por quiosquillos de estilo árabe-normando coronados por cúpulas bermejas –llamadas *buvette*–, estaba iluminado únicamente por antorchas de gas, colgadas de medias columnas esparcidas por doquier, según las exigencias de la función.

Todo era de un pésimo gusto, en realidad. Pero el conjunto quedaba redimido por su magnífica posición, a pico sobre el mar, por la flora de los jardines y por su excelente cocina.

El concierto empezaba a las cinco y media. Una hora insólita, pero al atardecer la luz de las antorchas no hubiera bastado para la lectura de las partituras.

Era una cálida tarde de principios de junio: la atmósfera era apacible y en el jardín prevalecía la fragancia de nardos y jazmines. El anfiteatro estaba a rebosar. La entrada era gratuita e Irina no había pedido retribución alguna. Además de las autoridades y de los participantes habituales en los actos que Vanna organizaba en el hotel, la gente del pueblo había acudido en masa, los más pudientes y los menos, jóvenes y viejos, incluso familias al completo con niños. Irina les había rogado a las mujeres de Europa del Este que se pusieran sus trajes nacionales. A algunas hasta las ayudó a cosérselos.

Ella llevaba un traje de gasa, largo y drapeado, y en el cuello un espléndido collar de corales. Había escogido *El carnaval de los animales* de Saint-Saëns y *La danza del fuego* de Falla, música pegadiza y agradable incluso para los profanos. Tocó con pasión. Levantaba enfáticamente sus hermosos brazos desnudos, altísimos: a veces los dejaba caer bruscamente sobre el teclado, otras los bajaba con lentitud, haciéndolos girar; en ocasiones hacía guiños al público con una sonrisa seductora, otras parecía una santa Teresa en trance. Cada uno de sus movimientos hacía resaltar su magnífico cuerpo: distendía los brazos y arqueaba espalda y cuello, mostrando sus senos rotundos y su delgada silueta, después se curvaba sobre las teclas marcando sus hombros, sus muslos y sus glúteos, musculosos sin exceso; en sus labios, una sonrisa fija y deslumbrante como las de las bailarinas de ballet clásico. El concierto fue un éxito, el público estaba embelesado.

A Tito no le gustaba la música ni tampoco el exhibicionismo de Irina, a quien prefería admirar de cerca, con pocas personas a su alrededor. Se hubiera quedado dormido, de no haber sido por la incomodidad de los asientos. Escuchaba distraídamente y dejaba vagar la mirada. En los asientos de arriba, frente a ellos, estaba Dana. Le miraba fijamente. Cuando se dio cuenta, Tito no volvió a apartar los ojos del piano.

Mientras hacían cola para abandonar el anfiteatro, la rumana, abriéndose paso entre la gente, consiguió acercarse a Mariola.

–He llamado a casa: Sonia dice que la tía está contenta –dijo, y se echó hacia atrás, chocando con Tito, quien seguía a su mujer.

Prolongó hábilmente su contacto con el cuerpo de él. Después se separó, restregándose. Aunque sólo fuera un instante, Mariola lo vio.

El director del hotel había mostrado un enorme interés en que Tito y Mariola participaran en la recepción en honor de Irina, en la terraza principal, la romana. Tito había acabado por dar su consentimiento, a su pesar.

Estaba sentado a una mesa apartada y aguardaba a que Mariola volviera con un plato de rebozados. La terraza estaba abarrotada. En aquel momento, los invitados se agolpaban ruidosamente sobre las mesas de la *tablattè*. Tito reconocía a mucha gente, por lo general personas con las que mantenía relaciones de trabajo. Le parecía como si quisieran resarcirse del silencio impuesto en el concierto –el primero en el pueblo, si la memoria no le fallaba– hablando en voz alta, con frecuencia al mismo tiempo que sus interlocutores y sin dejar de masticar en ningún momento. Era un vocerío desagradable y él anhelaba el silencio de su desván, donde a esas horas solía encerrarse esperando la cena.

Hombres y mujeres gesticulaban, pugnando para dejarse ver y dándose aires. Los primeros que habían llegado a la *tablattè* estaban ya sentados y se lanzaban con glotonería sobre la montaña de comida con la que habían llenado su plato, pero ni siquiera ellos dejaban de hablar con la boca llena, entre un bocado y otro. «Qué gente más vulgar», pensaba Tito.

Había localizado a sus hijos y a sus yernos en medio de la multitud. Teresa estaba hablando con unas amigas enjoyadas y vestidas de lentejuelas. Circunspecta, vestida con sobriedad, parecía estar, sin embargo, en su salsa. Elisa estaba de un humor excelente, en el grupo de los más jóvenes. Ella también, como los demás, hacía de todo para llamar la atención, y mientras tanto no dejaba de vigilar al resto de los invitados: miradas fugaces pero penetrantes, que no perdían detalle de la *toilette*, un mensaje, una mirada. No muy lejos, Antonio reía a carcajadas con otros hombres; por sus miradas y por sus gestos, Tito se imaginó que estarían comentando las contorsiones de Irina sobre el piano. Piero estaba acompañado por el presidente del Tribunal y algunos colegas suyos; serio y taciturno, parecía sentirse incómodo. Santi conversaba con algunos empresarios; iba muy elegante, a diferencia de ellos. Le recordaba a su padre de joven. Tito se sentía satisfecho de él, aunque pensaba que con el tiempo acabaría siendo igual que todos los demás.

Dante estaba apoyado contra el estípite de una puerta interior. Él también observaba a Santi. Tito le hizo un gesto. Pero él no pareció darse cuenta.

Tres parejas de conocidos suyos se unieron a Tito y Mariola. Los hombres, todos más o menos de la misma edad, preferían concentrarse en la comida más que en la conversación: por eso habían escogido esa mesa. Mariola y el resto de las mujeres charlaban sin entusiasmo de hijos y nietos; tampoco ella parecía demasiado comunicativa. Él no le dio importancia.

La recepción –que la invitación describía como un *cocktail renforcé*– se había convertido, a instancias del director del hotel, en un auténtico banquete: entrantes fríos y calientes, primeros platos, carnes, pescados, verduras, fiambres y quesos, tartas, semifríos, gelatinas, helados, chocolatinas, pasteles variados y fruta, por no hablar de los vinos para los platos principales y el postre y de los espumosos. Tito era muy glotón e iba dando buena cuenta de las exquisiteces que se servían; se acercaba a elegir los platos antes de que Mariola se prestara a hacerlo por él, como hacían las demás mujeres, que conocían bien los gustos de sus maridos. No se había percatado de que ella, tras la primera vez, no había vuelto a ofrecerse para servirle ni tampoco que parecía estar cada vez más a disgusto. Tito, tras haber soportado todo el concierto y ahora también la compañía en la mesa, no estaba dispuesto a perderse los postres, y se había llenado el plato. Saboreó el último bocado de melón helado y le hizo un gesto a Mariola para que empezara a despedirse.

Mientras abandonaban la terraza, se detuvo para observar a los camareros, quienes, después de haber cambiado los manteles, seguían llenando la *tablattè* de bandejas rebosantes con todo tipo de manjares.

–Es como si estuvieran esperando otra horda a la que alimentar, pero ¿crees que todavía habrá alguien capaz de seguir comiendo?

–Vámonos, que me entran ganas de vomitar –dijo Mariola.

Tito le echó una mirada de reproche.

–Yo, en cuanto me he dado cuenta de qué clase de cena se trataba, me he servido de lo que me gustaba pero en pequeñas porciones, y ahora estoy estupendamente –después añadió–: Tú habrás comido demasiado.

20
La primera pelea en casi cuarenta años de matrimonio.
«La historia esa con la rumana tiene que terminar.»

Conducía Mariola, habían cogido su coche porque era más fácil de aparcar. Enfiló la carretera del litoral que llevaba al palacete, pero de repente desaceleró y acabó deteniéndose a pocos metros de la playa. Por encima del mar, el cielo era un fulgor de rojo; el palacete se entreveía en la distancia. La primera planta y la segunda, protegidas por los muros y por la tupida vegetación del jardín, podían distinguirse gracias a los cristales de las ventanas que reflejaban los últimos rayos de sol a través de los pinos marítimos. La brisa del maestral encrespaba el mar y las ráfagas húmedas de aire salado se mezclaban con el aroma de las dunas.

–¿Quieres pararte aquí? –preguntó Tito, encantado de poder disfrutar de aquel hermoso atardecer.

–Tenemos que hablar. –Mariola se volvió hacia él–. La historia esa con la rumana tiene que terminar.

–¿Qué historia?

–No te hagas el tonto. Lo sé yo y lo sabe mucha gente, que estás liado con ella desde hace meses.

Tito pensaba en cómo responder. Ella continuó, decidida:

–Los hombres sois así y tú me has sido fiel, o eso creo por lo menos, mucho tiempo. Podría tolerarte una aventura, aunque me doliera. Ésta, sin embargo, me da asco. Es un lío sórdido, y por si fuera poco te aprovechas de la inocencia de la tía, hasta puede que lo lleves a cabo ante sus mismas narices. Todo esto ha ido más allá de los límites de la decencia.

–¿A qué te refieres?

–Me refiero a que tienes que dejarlo, porque eres un mentecato y estoy segura de que todo esto acabará mal. Esa cerda quiere engatusarte, quiere convertirse en la dueña de mi casa. Y yo jamás se lo permitiré. No puedo despedirla sin contemplaciones, como os mereceríais, porque provocaría un escándalo y te crearía dificultades. Y además la tía la defendería. Pero tú, aunque sea a costa de irte de putas al pueblo, si es que sientes la necesidad, de ahora en adelante vas a dejarte de porquerías. ¿Te ha quedado claro?

–Te estás equivocando. Es una buena cuidadora y lo que quiere es volver a su país para abrir una pastelería, en cuanto logre reunir unos ahorros: yo le he estado dando algunos consejos, es cierto, pero nada más.

–¿Así que la estás ayudando a llenar la hucha? ¡Menudo imbécil! ¡Ésa te devorará vivo, anda que no es espabilada! Será tu ruina y la de tu familia. ¡Pues es lo único que nos faltaba, un escándalo! Voy a decirte otra cosa: ¡no eres el único! ¿A qué crees que se dedica con el subteniente ese que viene a recogerla los domingos? ¡Si hasta eres un cornudo! –concluyó Mariola, triunfante.

–¿Y tú qué sabes, es que te has dedicado a investigar?

–¡No te hagas el idiota! Temo por ti, y por nosotros. Ésa podría ser tu hija y te está tomando el pelo. Me preocupo por ti, con tu pasado...

–¿Qué pasado? ¡Yo siempre te he sido fiel!

–No, Tito, no estoy hablando de ti. Hablo del pasado de tu familia. Los hijos acaban comportándose como sus padres: yo no te traicionaría jamás, porque mi madre jamás lo hubiera hecho. Pero tu madre...

–¿Qué tienes que decir sobre mi madre? Era una señora y fue el gran amor de mi padre. No te atrevas a hablar de ella y mucho menos a hacer comparaciones obscenas y ofensivas: ¡no te lo perdonaría nunca!

Tito estaba furioso. Como si unas marionetas se estuvieran mofando de él en un crescendo ensordecedor, Tito se sentía enloquecer. Mariola proseguía:

–¿Y qué querías que te dijera tu padre? ¿Qué querías que le dijera a su hermana, que se sacrificó por ti y por él, renunciando a casarse? ¡«Señora» había de ser, una proba mujer que sólo pecó una vez! Eso es lo que fueron diciendo por ahí. –Mariola ya no tenía freno–. Debes saber que cuando mi padre se dio cuenta de que lo nuestro era una cosa seria, me llamó y, a solas, me dijo que tu madre era una cualquiera. A mí lo que me importa eres tú, como me importa nuestro matrimonio, y no quiero que regreses a tus orígenes dejándote enredar por esa rumana. Tenemos una familia estupenda y estamos bien juntos, o por lo menos eso creía yo, ¡antes de que se me ocurriera la maldita idea de que ésa entrara en casa! –Ahora Mariola estaba sollozando.

–¿Y qué es lo que sabía tu padre de mi madre? –Tito la había cogido de un brazo y la sacudía, tembloroso.

Ella sintió miedo, pero sólo duró un instante. Lo conocía bien: Tito era irascible, pero no violento.

–De una vez por todas, te lo voy a decir con pelos y señales. Mi padre me quería mucho. Erais más ricos que nosotros, es cierto, pero antes de aprobar lo nuestro, quiso informarse con gente seria y del lugar. Una puta es lo que resultó ser tu madre, por eso no sabes ni siquiera cómo se llama. Es mejor no saberlo. Ten cuidado. Dana es muy peligrosa. No vacilaría un instante en quedarse embarazada de ti, o de cualquier otro, para decir después que es hijo tuyo. ¿Y qué harías tú entonces? No te quepa la menor duda de que no encontrarías a nadie como tu tía, dispuesta a acoger a un bastardo en su casa. Con uno en la familia es más que suficiente.

Tito se tapó la cara con las manos.

El coche se deslizaba ahora por el asfalto, envuelto en la luz aún ardiente de un sol que ya no existía.

El último tramo de la escalera principal destacaba sobre la pared opuesta a la puerta de entrada, en la sala cuadrada. A ésta daban dos grandes puertas. Una conducía a las salas nobles; la otra, a los cuartos de uso cotidiano: el salón y la sala en la que comían normalmente, desde la que se accedía a la zona de servicio.

Mariola se fue derecha a su dormitorio. Tito entró en las salas nobles. Hacía calor, y el aire olía a cerrado. Abrió los ventanales del jardín; la luz rosada aún del crepúsculo invadió el salón. Se sirvió un vaso de whisky y se quedó con la botella en la mano. Se tomó uno; a continuación otro, sin pausa. Estaba tumbado sobre el sillón, con las piernas abiertas. Se había hecho de noche. La luna le iluminaba los pies abandonados sobre los azulejos coloridos.

Su padre lo estaba acompañando al internado. Conducía a toda velocidad. Él, a sus once años, iba sentado a su lado.

–A mí me metieron interno a los siete años, al principio no me hacía gracia pero después me sentí a gusto –decía el padre–. Es distinto que en casa, pero uno se acostumbra. Haz lo que te digan los curas y procura llevarte bien con tus compañeros. Respeta y hazte respetar.

El coche se encaramaba por las montañas: había una desviación. Iban despacio por las revueltas de la carretera.

–Tú no tienes madre. Debes saber que yo la amé inmensamente y que eres hijo de una mujer de bien. No pudimos casarnos –le dijo su padre. Se miraron y después él añadió, con la mirada de nuevo en la carretera–: Tolera las dificultades, en el

internado, y las injusticias: son cosas que ocurren. Pero no toleres que se ofenda nuestro honor. Dímelo enseguida y me encargaré personalmente. Te saco de ahí y te llevo conmigo a casa.

Él le escuchaba fingiendo estar tranquilo. De su madre, su padre no volvió a hablar.

«Una puta» es lo que le habían asegurado a su suegro, y que era «una puta» es lo que le había echado en cara la madre de sus hijos. Tito pensaba y cuanto más pensaba, más se convencía de que su padre le había dicho una mentira piadosa.

Permaneció en el colegio hasta acabar el bachillerato en ciencias. Estudiaba por hastío y por deber, después se encerraba en su caparazón. De aquellos ocho años sólo había sacado dos nuevas experiencias.

Desconocía la sexualidad. Nada más llegar, un chico mayor le cogió simpatía. Una vez le metió la mano en los pantalones y él, instintivamente asqueado, lo rechazó; no volvió a suceder. Después, comprendió que no era el único: uno de los sacerdotes «sobaba» durante las confesiones cara a cara. El domingo por la tarde, además, los muchachos escuchaban en corrillos los relatos de los mayores, de regreso del paseo vespertino: en vez de ver la película, se escabullían del cine y se iban de putas. Él se hizo su propia idea demoniaca del sexo y de la prostitución, y aprendió a mantenerse alejado.

Desconocía la maldad de la pandilla. En una ocasión –tenía trece años y ya era el mejor en mecánica–, se hallaba en el patio con algunos chicos mayores, con los cuales estaba trabajando en un proyecto: uno de ellos, un nuevo interno, venía de su misma provincia. Se llamaba Diego, un nombre que desde entonces siempre le resultó odioso. Era de familia poco pudiente y sabía que en cambio la familia de él era propietaria de la fábrica.

–¿Cómo se llama tu madre? –le preguntó, curioso.

Él no supo qué contestar.

–¿Eres tonto o qué? ¡Dímelo!

–No lo sé... –farfulló él. Los demás se burlaron de él y lo rodearon, entre mofas y amenazas.

–¡Dínoslo! –repitió el jefe de la pandilla, que le estaba cogiendo el gusto.

Él estaba aterrorizado.

–¡Dejadle en paz! Estará muerta... –dijo uno.

–¡Qué va, está viva, yo la he visto con su padre! –dijo otro.

–¡Dínoslo de una vez, so cretino! –insistió Diego, y lo empujaba, le daba pequeños puñetazos en los hombros y en el pecho.

–Ésa es mi tía..., ¡dejadme en paz! –gritó él.

Sonó la campana que indicaba el final del recreo.

–Está claro: ¡es el hijo de una puta y lo ha recogido su tía! ¡Con todos los aires que te das no eres más que un hijo de puta! –dijo Diego y le dio un golpe en el estómago. Los otros coreaban: «¡Hijo de puta!», silabeando al son de los repiques de la campana.

Desde entonces, Diego y los demás no dejaron de atormentarlo, solo y en grupo. Se divertían. Él empezó a hacerse pequeños cortes en las muñecas y en los brazos con la navaja. Se volvió aún más solitario y evitaba hacer nuevos amigos.

¡Un hijo de puta! Así que toda la provincia lo sabía. Tito, a tantos años de distancia, estaba fuera de sí. El mundo entero se le venía encima. Quería acabar de una vez. Cogió un abrecartas e intentó clavárselo en una vena. Después lo arrojó al suelo y apuró de un trago el resto de la botella.

Mariola estuvo viendo la televisión, mientras bebía a sorbos una taza de agua y laurel: las exquisiteces con las que se había atiborrado en la recepción –naranjitas, pequeñas pizzas, rebozados de verduras y pescado y heladitos *mignon*– le habían provocado acidez. Antes de prepararse para acostarse, bajó al salón. No había luz, ni oyó ruidos. Pensó que Tito estaría en el jardín y miró fuera. Al no verlo, volvió a la cama.

Mariola tenía un sueño profundo, pero aquella noche la pasó en duermevela: Tito no había venido. Cansadísima, y devorada por la ansiedad, bajó de nuevo a la planta baja y recorrió todas las habitaciones. Lo encontró en el salón, roncando, tirado en un sillón. Las vidrieras estaban abiertas de par en par. Lo llamó, lo sacudió, Tito se movía pero no reaccionaba: estaba comatoso. Mariola le pellizcó con fuerza las mejillas y mientras intentaba que abriera la boca y los ojos, se vio embestida por una ráfaga de aliento hediondo de whisky.

Sirviéndole de apoyo, sujetándose en la barandilla y subiendo los escalones de uno en uno, Mariola, entre lágrimas, se llevó a su marido, tambaleante, al dormitorio.

21

Un día que empieza mal acaba bien.

«Se sabe mucho menos de un montón de familias, cuyo árbol genealógico oficial nos sabemos de memoria...»

Tito se despertó a su hora de costumbre, a pesar de la cogorza. Giró la cabeza en la almohada: Mariola seguía durmiendo, con los labios entreabiertos, el pelo pegado a la frente pegajosa. Estaba sediento, sentía la boca pastosa y le pesaba la cabeza; un amargo cansancio le ofuscaba el recuerdo de la noche anterior. Salió de la cama con cautela, sin deshacer sábanas ni mantas, y se fue de inmediato al baño. Retiró los cepillos de dientes del vaso de plata y dejó correr el agua del grifo; bebió ávidamente, pero el ardor no desaparecía.

Realizó automáticamente sus abluciones matinales; a cada una de ellas iba asociada una actividad mental: se lavaba los dientes y planificaba el día; se afeitaba recapitulando las preguntas que tenía que hacerle a Santi sobre la fábrica, y mientras se peinaba decidía cómo vestirse. No quiso tirar de la cadena: temía despertar a Mariola y no se sentía con fuerzas para un ulterior altercado.

Serenado por dos tazas de café fuerte y ya vestido, Tito subió a ver a la tía y Santi se reunió con ellos al poco rato.

La tía estaba muy vivaz. Dana le había contado el concierto, magnificando la maestría de Irina.

–Cuando estaba en el internado, mi padre iba a visitarme a Roma. También iba mi hermano, cuando estaba allí con su regimiento. Me llevaban a conciertos y también a la ópera. Qué hermosos tiempos, aquéllos... ¿Sabéis lo que os digo? Que me gustaría volver a ver Roma por última vez, antes de morir.

–Habrá que pensárselo, es un viaje largo y tendrías que andar mucho. Recuerda que te has caído y que te hace falta ayuda –dijo Tito.

–Podría acompañarme Dana. ¿Vendrías tú también, Tito?

Antes de pasar a saludar a su madre, Santi quiso hablar a solas con su padre: la noche anterior había habido una violenta pelea entre las hermanas en el hotel.

Cuando la recepción ya estaba acabando, y mientras los camareros se apresuraban a retirar de la *tablattè* bandejas aún repletas, una docena de invitados había pretendido visitar la suite del ático de la torre romana, donde Irina había exigido pernoctar. Los suelos eran de mármol taraceado; en las paredes, de un rojo pompeyano, había pinturas inspiradas en la Villa de los Misterios de Pompeya. Paños drapeados de raso azul y violeta pendían de una corona dorada de laurel colgada en el techo y envolvían completamente las columnas en cada esquina de la cama. Los dos baños tenían bañeras circulares con hidromasaje, de mármol también, encajadas en el suelo: en una, el agua de la ducha salía de la boca de un Neptuno priápico; en la otra, de una voluptuosa Venus. Vanna hacía de cicerone y las hermanas la seguían. Elisa estaba poniendo verde a Irina, acusándola de dedicarse a la caza de hombres casados; Teresa la defendía. Tras la visita a la suite se habían separado del grupo antes de enfilar las escaleras.

En el primer rellano, Elisa, vociferando, había intentado empujar a Teresa –muda y aterrorizada– contra la pared. Piero no se había detenido: había apresurado el descenso, dejando a su mujer a merced de su hermana.

Elisa, mientras tanto, furiosa, había conseguido, a fuerza de empujones, acorralar a Teresa en un rincón y le había aferrado la cara, con toda la fuerza de sus manos. Al sentir que la cogían por atrás, se había dado la vuelta bruscamente y se había lanzado contra Santi, que intentaba sujetarla: una bofetada la había reducido a la impotencia. Desgreñada, le había clavado una mirada torva y se había marchado corriendo. Santi y Vanna ayudaron a Teresa a bajar las escaleras.

Durante el resto de la velada, que se había prolongado más allá de lo aconsejable a causa de los inevitables comentarios, no se había hablado de otra cosa.

–Es necesario que tomemos medidas, si no queremos que la cosa acabe mal. Es una desequilibrada, esa mujer –dijo Santi.

Mariola, en bata aún, los esperaba en el salón, en compañía de Elisa. Tomaron el café juntos, como si no hubiera pasado nada. Tito no quería enfrentarse de nuevo con su mujer, y cuando sus hijos hicieron ademán de marcharse, se levantó.

–Espera, tenemos que hablar –lo detuvo ella.

Resignado, aunque no dócil, Tito estaba dispuesto a rebatir y a negarlo todo: sentía que la situación, en cualquier caso, estaba bajo control y aguardó a que ella hablara. Mariola, sin maquillaje y despeinada, tenía un aire derrotado.

–Esta mañana me ha llamado Teresa. ¿Sabes ya lo que pasó ayer por la noche?

Tito asintió.

–Anoche te emborrachaste, por primera vez desde que te conozco. Tuve que ayudarte hasta a ir al baño. Ahora voy a pedirte una cosa, y tienes que decirme que sí.

–¿Otra petición? –dijo Tito, sarcástico.

Su mujer se puso colorada.

–Tienes pérdidas de sangre en la orina. Esta mañana las he visto de nuevo en la taza. Es una cosa seria. Tienes que ir a ver al médico hoy mismo.

–¡Por supuesto! –dijo Tito, aliviado: se había temido algo peor.

Moderadamente vanidoso –en una sociedad en la que la vanidad no es un defecto, sino una cualidad–, Tito presumía de haber mantenido su peso desde que tenía veinte años: era de constitución robusta y, para su edad, se conservaba bien. Se metió en el portal renegando por haber tenido que ceder a las exigencias de su mujer: no le gustaban los médicos.

Desde hacía tres generaciones, su familia se servía de médicos y notarios emparentados entre sí. El médico tenía su consulta en el mismo edificio que su primo el notario. Era coetáneo de Tito y se trataban con recíproca deferencia, moderada por afecto verdadero; Ernesto lo reprendía por haber descuidado ese problema –aunque con toda probabilidad se tratara únicamente de una infección de lo más trivial–, y recomendó unos análisis para excluir otros diagnósticos, incluido el cáncer.

Tito, de repente, se sintió vulnerable.

–Sólo quiero estar seguro –le explicó Ernesto–, es una comprobación rutinaria, aunque ya sabes que tenéis cierta predisposición genética: no hay que olvidarla.

Tito lo interrumpió con vehemencia:

–Mi padre murió de infarto, ¡y además era un fumador!

–Hemos sido vuestros médicos de cabecera desde hace tres generaciones y tenemos una memoria histórica colectiva. Te olvidas de tu abuelo.

–¿Y qué tiene que ver mi abuelo con esto? ¡Murió en

un accidente de caza, hasta tu padre estaba allí aquel día! –exclamó Tito irritado.

Ernesto lo miró sorprendido.

–Yo creía que tu padre te había contado que tu abuelo tenía tendencia a la depresión y que le habían diagnosticado un cáncer de próstata, antes de morir de aquella manera. Mi padre lo curaba desde hacía años y decidió comunicarle el diagnóstico sin darle falsas esperanzas, tal como correspondía. Tu abuelo contestó: «¡No quiero sufrir como mis mujeres! Cuando llegue el momento, ya me encargaré yo». No dejó que volviera a visitarle. La muerte fue atribuida a un inexplicable accidente mientras cargaba el fusil, y eso fue lo que escribió mi padre en el certificado de defunción, pero no estaba convencido. En los días que precedieron al accidente tu abuelo estaba melancólico, taciturno: había decidido suicidarse. Conocía muy bien sus armas y sabía lo que tenía que hacer. Mi padre estaba doblemente convencido de ello porque había participado en la batida de caza por insistencia de tu abuelo: él no le hubiera negado un funeral religioso, desde luego.

Tito estaba consternado. La inestabilidad de Elisa, el momento de locura de la noche anterior e incluso los negros pensamientos que le asaltaban de vez en cuando adquirían ahora un aspecto siniestro: todo lo llevaban en la sangre.

Mientras se despedía, Ernesto añadió con una sonrisa algo forzada:

–No te preocupes. A pesar de que no se sepa nada acerca de la línea materna de tu patrimonio genético, te considero un hombre sano. Se sabe mucho menos de un montón de familias, cuyo árbol genealógico oficial nos sabemos de memoria...

El notario formaba parte del consejo de administración de la fábrica y estaba perfectamente al tanto del patrimonio familiar. Cuando Tito aludió brevemente a una eventual indemnización de despido para Dana, dijo que se lo pensaría y que hablarían de ello al día siguiente.

Antes de marcharse, Tito le preguntó:

–A mi suegro le llegaron voces de que yo era hijo de una prostituta. ¿Tú qué sabes de eso?

Sobre esa cuestión el notario también se mostró tranquilizador: lo excluía categóricamente. Conocía a la perfección el expediente, tuvo que estudiarlo a fondo cuando Tito fue adoptado por su tía antes de la boda. Si se hubiera tratado de una cualquiera, alguien habría exigido algún pago.

–Eras un recién nacido que valía lo suyo. Los esfuerzos de mi padre, en cambio, se concentraron en proteger el anonimato de la puérpera y el recién nacido: parto, certificado de nacimiento y crianza, por ese orden.

Tito fue confiado a su tía por el orfanato y todo confirmaba cuanto sostenía su padre: su madre era una mujer casada que se había enamorado de él, y únicamente de él.

22
Los celos de Tito.
«¿De quién eres más amigo, de Santi o de mí?»

Tito estaba metido en un atasco. Se sentía como las piezas de un reloj desmontadas y alineadas sobre la mesa de trabajo –más de cien, diminutas y ligeras–, cuando la corriente de aire provocada por la simple apertura de una puerta las desordena: Mariola que le imponía, contra su voluntad, romper con Dana; la depresión de su abuelo, que arrojaba una nueva luz sobre la situación de Elisa y sobre sus negros pensamientos; el médico que le prescribía análisis: eso tenía que ser, desde luego, un cáncer, como su abuelo; los hijos que lo asediaban con sus exigencias de autonomía... Deseaba intensamente su soledad del desván, con las cosas inanimadas a las que sabía conferir movimiento, vida. Pero para llegar hasta allá arriba, Tito debía pasar por casa, donde Mariola estaba esperándole al acecho.

Sonó el móvil. Era Dante.

–Estoy solo. ¿Quieres venirte a almorzar? Tortilla con patatas y espárragos silvestres, una receta de tu hijo...

Tito aceptó sin vacilar.

Dante charlaba mientras saboreaba su aperitivo, pero no dejaba de afanarse ante los fogones: con gestos expertos levantaba el borde de la tortilla con la espátula para comprobar que se fuera dorando, bajaba y subía el fuego y pinchaba con el tenedor las patatas para comprobar si estaban cocidas.

–Vosotros hacéis la tortilla con los huevos batidos; añadís mucho perejil, pan rallado y una pizca de queso de oveja, ése es el secreto. Santi cocina en el barco. ¡Si vieras lo bien que se las apaña tu hijo!

–Yo soy una auténtica nulidad en la cocina; sólo sé preparar el café. De vez en cuando.

–Es una pena. Cocinar relaja. Es mejor que los tranquilizantes.

–Precisamente el médico me los ha prescrito hoy. Hasta ahora nunca los había tomado.

–¿Qué te ocurre?

Tito le habló de Dana y Mariola, pero no de lo demás.

–Cosas que pasan. Tú, a esa rumana, ¿quieres dejarla o no?

–¿Y qué quieres que haga? ¿Montar un infierno en la familia?

–Pero ¿ella te da placer?

–Me rejuvenece. Sexo, y nada más.

Caminando por los campos, se detuvieron delante de un árbol: estaba cargado de almendras de formas alargadas y no redondeadas aún; el ruezno, cerrado, era verduzco y aterciopelado. Invitantes, tentadoras.

Tito detuvo el brazo ya extendido de Dante:

–¡No están maduras aún! ¡Espera!

Y entró en la finca. Giraba en torno a cada planta, miraba y escogía. Volvió con un puñado de almendras. Las dejó sobre el murete y dio con una piedra un golpe decidido en la cáscara de una, abriéndola verticalmente: la almendra –blanca, apenas coloreada de amarillo– estaba intacta, con la piel gruesa y rugosa.

–Es una *mennulicchia.* Cógela, quítale con cuidado la piel o, si lo prefieres, chúpala. Es distinta de las almendras secas: dulce, gelatinosa, muy aromática. Está exquisita –dijo Tito, y cogió otra, y después otra más.

Estaban en una cañada. Las alcaparreras brotaban de las hendiduras de los muros en seco, muy verdes y repletas de anchas flores de pétalos de un blanco rosado. Los aromas de las plantas silvestres se mezclaban con el fragante olor de la tardía primavera.

–Sé que te ves con mi hijo.

–De eso quería hablarte. Santi tiene talento.

–¿Talento? –Tito no entendía bien.

–La fotografía: blanco y negro. Es un joven muy maduro, lleno de recursos y paciente. Te lo envidio.

–¿Cuándo os veis?

–Por la noche, en el hotel. Viene después de cenar, con sus amigos: un grupo de muchachos estupendos. A veces, cuando tiene un rato, viene a mi casa. Le he enseñado a limpiar las fotografías digitales en el ordenador. Te admira y es muy protector contigo, pero eso ya lo sabrás.

–¿Que es muy protector? –Tito recelaba ante las confianzas de aquellos dos.

–Sí, habla con entusiasmo de la fábrica y no te critica, ni siquiera cuando podría hacerlo.

–¿Y tú qué sabes?

–Hace tiempo me dedicaba a los retratos. Un buen fotógrafo tiene que saber captar el alma, y para eso hace falta ser también un poco psicólogo. Fotografié a personajes famosos y de éxito, entre ellos gente que ha creado grandes industrias e imperios financieros, algunos legados de padres a hijos. Solíamos hablar mientras yo trabajaba. Sé lo difícil que puede resultar para un hijo seguir las huellas de su padre, y para un padre pasar el testigo a los jóvenes. Santi no está en una situación fácil, pero te es ferozmente leal.

–¿De quién eres más amigo, de Santi o de mí?

–Son relaciones distintas. Contigo, me siento como un amigo, y casi como un hermano.

–¿Y con Santi?

–No es asunto tuyo –dijo Dante, y miró hacia otro lado.

Dante aminoró el paso.

–Lo he pensado. Tú no te quieres lo suficiente, Tito. Ámate. Cuídate a ti mismo. Yo aprendí a hacerlo, estoy solo en el mundo –después añadió–: Mi único hermano murió de joven.

–No sabía nada...

–Mi madre estuvo casada, durante un breve periodo, y tuvo un hijo. Él tenía diez años menos que yo. Era gay, y murió de sida.

–¿Un homosexual?

–Era muy bueno y tuvo una vida intensa y feliz, incluso en su muerte. Su compañero cuidó de él hasta el final.

«¡Un maricón por hermano!», pensó Tito, que aborrecía a los homosexuales. Dante se había dado cuenta y le dio tiempo para que se serenara.

23
La tarta de cerezas.
«Eso es lo que decía la tía..., que funciona con mayores y chiquitines...»

–¡Ha llegado el abuelo! ¡Ya podemos comernos la tarta!

Sus nietos le recibieron jubilosos. Mariola traía de la cocina la tarta de cerezas.

Desalojaron la mesa del jardín rápidamente y Mariola colocó el plato en el centro. Sonia la seguía con una bandeja repleta de platitos, servilletas, cubiertos y vasos.

Las niñas tenían los ojos clavados en la tarta, impacientes. Daniela, la pequeña de Elisa, pataleaba, con una mano apoyada en el borde de la mesa, mientras intentaba alcanzar con la otra el plato. Aún tibia, la tarta emanaba la fragancia de la vainilla y de la corteza de limón, irresistible.

Durante la cocción, la masa había crecido y, al montar, había empujado hacia la superficie las cerezas deshuesadas, unas junto a las otras, en medio de la masa suave y dorada. Mariola era meticulosa y las había colocado en círculos concéntricos; una vez finalizada la cocción, había espolvoreado el postre con azúcar aromatizado con vainilla.

–Esperad a que os toque, niñas, tengo que cortarla con cuidado, lo de dentro está suelto..., tal como le gusta al abuelo –decía Mariola, y con una tímida sonrisa sirvió a su marido el primero, como si quisiera hacerse perdonar.

Hijos y nietos comían golosos. Mariola los miraba y parecía satisfecha.

Forzadamente desenvuelta, Elisa se reía sin ton ni son, echándose el pelo hacia atrás; evitaba que sus ojos se cruzaran con los de su hermana y lanzaba a su padre miradas de desafío. Teresa, pálida, tenía ojeras y una sonrisa forzada.

–A mí no me sube tan bien como la tuya, y eso que la receta es la misma –decía Teresa, levantando el tenedor–, el centro se me queda siempre un poquito crudo...

–Tienes que batir las claras hasta que tengan consistencia de nieve, y no abrir el horno para vigilar la cocción. Espera los cuarenta minutos prescritos en el cuaderno de recetas de la tía. Lo ha copiado con cuidado, serán las mismas palabras..., ¡síguelo al pie de la letra, y te saldrá perfecta! –dijo la madre. Después añadió, con una sonrisilla–: Me acuerdo de ella, cuando te lo estaba preparando..., se pasaba tardes enteras escribiendo en el cuaderno, con las prisas por entregártelo antes de la boda. Ya verás como te sale. Yo también, de recién casada, tenía mis problemas: ¡anda que no era impaciente por aquel entonces!

–A mí me sale muy bien, la hago como me enseñó la tía, ¡y funciona! ¡Con Antonio y con las niñas funciona! –decía Elisa.

–¿Qué significa eso de que con ellos «funciona»? –Teresa estaba tensa, pero hizo la pregunta como quien no quiere la cosa.

–La tía me ha contado que, cuando mamá estaba de novia, ella le recomendó que le preparara siempre esta tarta a papá cada vez que lo viera de malhumor, que así se le pasaría. ¿No es verdad, papá? –Elisa miraba a su padre con un aire malicioso.

–A mí no me lo han dicho nunca, ninguna de las dos –comentó Tito, lacónico, y se llenó la boca de dulce.

Mariola asintió.

–Eso es lo que decía la tía..., que funciona con mayores y chiquitines...

Comían y charlaban con aparente armonía. Las hijas se dirigían una a la otra con cautela y sin rencor, bajo la mirada benévola de su madre; cuando ésta atendía a las niñas, evitaban hablar entre ellas.

Durante todo el día, Mariola se había esforzado por apaciguar a sus hijas y obligarlas a hacer las paces. Se había pasado la mañana al teléfono, unas veces con una, otras con la otra, pero no había olvidado lo sucedido la noche anterior entre su marido y ella. Cuando Tito le había comunicado bruscamente que no volvería a casa a comer, se había alarmado: estaba enfadado con ella. Y se había temido lo peor: que Dana tuviera las cartas ganadoras. Elisa, en cambio, que había comido en el palacete, pensaba que la inusitada ausencia de su padre era una señal de exasperación y de menor indulgencia futura en lo que a ella atañía, y por eso había consentido en pedirle perdón a su hermana mayor.

En cuanto a Teresa, Mariola le había insistido en que Elisa, cuando bebía, se volvía irascible e incluso violenta, por lo que no hubiera debido contradecirla en público. Con ninguna de ellas había hablado la madre del verdadero motivo de la pelea: una compleja historia de celos recíprocos entre hermanas, que se remontaba a su infancia.

Tras haberlas obligado al armisticio, las había premiado regalándoles un bolso a cada una. La tarta, por lo tanto, celebraba el fin de las hostilidades entre hermanas y representaba también un ofrecimiento de paz conyugal.

Pero Tito la tomó como el símbolo de la rendición de Mariola y, tras haberse comido dos porciones, entró en casa para dedicarse a sus cosas.

–Subo a ver a la tía. Tenemos que hablar de negocios –le dijo Tito a su mujer después de cenar.

–Yo tengo sueño y me voy a la cama; no te pongas a beber cuando bajes, por favor. Todo está arreglado. –Después Mariola añadió, titubeante–: Siento lo de ayer. Los rebozados del hotel nos habrán intoxicado a los tres: eran muy pesados.

–He estado pensando en darles una renta fija a mis hijas y cierta autonomía con el capital. Los jóvenes muerden el freno y a las chicas les hacen falta certezas. Lo he estado hablando con el notario, pensará en alguna estratagema. No sé si pedirle consejo también a alguien más, no quisiera realizar una donación completa... –le decía Tito a su tía.

–Haces bien –contestó ella, y permaneció en silencio, pensativa.

–¿Tú te fías del notario? –le preguntó Tito.

–Totalmente, y eso debes hacer tú también. No consultes a nadie más. –Después de un momento de reflexión, la tía añadió–: No porque sean los mejores, sino porque han recibido de nosotros más de lo que habrían podido esperar, y lo saben perfectamente.

Dana entró con la bandeja de la manzanilla. Bastó con una mirada de Tito y ella lo comprendió. Fue así como, con el tácito consentimiento de su mujer, pudo gozar de su rumana con toda tranquilidad. Tanto fue así que, exhausto, acabó por quedarse dormido en la cama de ella. Se despertó al alba y se marchó a su habitación. A pesar de que Tito procuró no molestarla mientras se metía bajo las sábanas, Mariola levantó un párpado.

Al día siguiente, definitivamente amansada, Mariola no abrió la boca.

24
La donación.
«Pon a su nombre la casa de la playa y reparte entre tus hijos el edificio del pueblo, reservándote su usufructo.»

Tito se sentía fortalecido. Mariola sabía que se había excedido y, tácitamente, aceptaba su historia con Dana. Quedaban pocos días para irse con Dante a una excursión que le apetecía mucho. Tenía ante sí un agradable día de trabajo.

«A lo hecho, pecho», se dijo.

Todo salió como lo había previsto.

A la hora de cenar, Mariola estaba como en ascuas. Tito se había dado cuenta y eludía la conversación. Masticaba lentamente, escogía con excesivo cuidado las verduras de la fuente, añadía aceite y limón, mojaba trocitos de pan en la salsita. No la miraba en ningún momento: no quería saber nada. Cuando acabó, se pasó la servilleta por los labios e hizo ademán de levantarse.

–Tenemos que hablar, se trata de Irina.

–¿Con Piero? –Tito se temía lo peor.

–No, no, eso no sería nada.

–¿Antonio?

–Tampoco... Santi, o eso parece.

–Pero ¿qué dices? ¿Es que Vanna se ha vuelto loca? ¡Me sorprende, no es propio de ella!

–No, Vanna no. Ella no sabe nada.

–Habla.

Por la tarde, Mariola había ido al pueblo para cambiar

el bolso de Elisa: lo prefería de otro color. La dueña de la boutique le había contado que la ropa de precio más asequible ya no la quería nadie, a la gente no le importaba gastarse más y más con la condición de que fueran cosas de marca y exclusivas. Quería enseñarle la pieza más bonita de la colección veraniega de un diseñador español, un elegantísimo traje de noche. Mientras se lo mostraba, añadió no sin cierta malicia: «Tenía dos: uno lo compró su hijo la semana pasada». Era idéntico al vestido que Irina llevaba en el concierto.

–Ocúpate de tus asuntos. No saques conclusiones precipitadas. Y no cotillees con tus hijas. Aunque fuera así, no sería el de Santi el único caso. Pero tiene que haber otra explicación. Santi sabe que sería la comidilla de todo el pueblo –contestó Tito con decisión y dejó a Mariola quitando la mesa.

Tito estaba convencido de que el matrimonio de Santi y Vanna era el más estable de todos sus hijos, y el más feliz. No entendía cómo y por qué su hijo podía haber sido tan incauto; y le molestaba pensar que Dante hubiera sido «traicionado» precisamente por Santi, a quien tanto cariño le había cogido. Se sentía responsable del asunto. La idea de Dante le angustiaba: hubiera podido turbar sus vacaciones.

Del honor herido de su nuera no se preocupaba. Aunque después empezó a preocuparle, y de qué manera, pensando en Titino. Tito lo adoraba y tuvo miedo de repente de que Vanna, ofendida, pudiera regresar a la ciudad, llevándose al niño: él sufriría muchísimo. El matrimonio de Santi debía ser salvaguardado, por su propio interés.

Santi estaba descontento: quería ser él el amo. Se lo había dado a entender de todas las maneras posibles. Le había dicho también que Vanna se había resignado a abandonar la ciudad por él y, viéndole infeliz, le había sugerido que se buscara un trabajo en otra parte, de directivo, pero a sueldo de otros. Tito se dio cuenta de que no podía indisponerse con su hijo y con su nuera: si Santi quería la fábrica, suya habría de ser.

Esa noche habló de sus hijos con la tía: deliberaba con ella como lo hacía su padre. La tía nunca se movía de casa, pero le gustaba estar bien informada y Tito la tenía al día sobre la marcha de sus empresas. Ella seguía teniendo una visión clara de las relaciones laborales y de los negocios, e incluso de la compleja sociedad del pueblo. Sus palabras denotaban sabiduría y perspicacia.

De Teresa dijo:

–Haz que les resulte atractivo su regreso al pueblo. Me gustaría que Piero se ambientase bien en la Toscana, pero estoy segura de que preferiría vivir aquí en un futuro. Pon a su nombre la casa de la playa y reparte entre tus hijos el edificio del pueblo, reservándote su usufructo. Respecto a la renta, aguardemos las sugerencias del notario...

–Debería hacer lo mismo con Elisa. Qué extraña es, no la entiendo.

–No es como los otros dos. Es pasional –dijo la tía–. Yo, en cambio, la comprendo, aunque no cuando se niega a asumir sus propias responsabilidades. Antonio es el marido más adecuado para ella; infórmate sobre sus actividades, dale tu apoyo, con consejos incluso: buena falta le hacen.

–Santi quisiera una donación completa para los tres.

–No puedo aconsejártelo. Tu padre me hizo jurar que no me desprendería de nada: era contrario a ceder en vida.

–Pero desde un punto de vista fiscal es ventajoso –dijo Tito.

–Eso es exactamente lo que le dije yo, una vez. «Ventajoso ¿para quién?», me preguntó. «Para Tito: pagará menos impuestos», le contesté. «Tú tienes que pensar en ti misma –me dijo él–. Para ti lo ventajoso es *tener* y no *haber dado.*»

–Papá te quería mucho –comentó Tito–. Pero ¿acaso temía que te dejara aquí sola?

–Lo excluyo. Era un hombre sensato: los ancianos deben mantener el control de los bienes de la familia, a los jóvenes les corresponde sólo el fruto de su trabajo. –La tía calló, y después continuó–: De la misma opinión era también Mademoiselle; ella conocía muy bien a las familias para las que había trabajado, algunas mucho más pudientes que la nuestra: la riqueza antes de lo debido daña a los jóvenes. Si ella lo decía, así ha de ser.

–No sabía que tuvieras en tanta consideración las opiniones de tu ama de llaves –dijo Tito.

–Vino cuando yo era pequeña y fue como una madre para mí. Después las cosas acabaron como acabaron...

La tía cerró los ojos y pareció adormilarse, acto seguido levantó los párpados y fijó su mirada cansada en Tito.

–Tú ya no eres tan joven, a veces no me doy cuenta. Me recuerdas a tu padre... cuando era un anciano. Dile al notario que una donación a ti sí que estoy dispuesta a hacerla, pero sólo a ti... Después, tú harás lo que quieras. –Y se incorporó en el sillón, mirándolo fijamente, con las pupilas agudas como puntas de alfiler.

Dana volvió a entrar en la habitación. La tía susurró deprisa:

–Con una condición: a ésa no le des más de lo debido, a cambio de lo que hace para ti. Si exige demasiado, despídela. Ya encontraremos otra. –Y le lanzó una mirada con aires de quien no tiene un pelo de tonto.

En la cama, Tito no conseguía leer. Cerró el libro y contempló su mitad de la habitación, que había sido la habitación de su padre: la cómoda de las camisas, el galán de noche, el amplio armario de dos hojas, el escritorio; todo lo que la feminidad de Mariola, a quien estaba reservada la otra mitad de la habitación, no había tocado.

Tito era completamente feliz: amaba a su tía y ella le correspondía.

25
El hombre propone y Dios dispone.

«¡Tu tía ha pagado sus culpas y se ha comportado como una santa!»

El viaje con Dante iban a ser sus primeras vacaciones tras la muerte de su padre: un preludio a un cambio de vida. Tito deseaba una mujer con quien poder conversar también amigablemente, menos zafia que Dana. Pero no despediría a la rumana: contaba con ella para sus exigencias más inmediatas, se entendían muy bien. Acerca de Mariola, no sentía preocupación alguna: aceptaría sus infidelidades, siempre que no supusieran una amenaza para la familia. Tito se había quitado de encima cualquier clase de remordimiento y pensaba que su padre había actuado de la misma manera que él, en sus largos años de soledad. Informó de inmediato al notario de la decisión de la tía; después ya no fue capaz de encargarse de nada. Eufórico, sentía unas ganas irresistibles de volver a ver a Dante y le llamó por teléfono con una excusa cualquiera.

Se vieron un momento en el pueblo. Dante estaba preocupado. Irina había exigido que el hotel pagara el vestido que llevaba en el concierto. Vanna había tenido que pedirle a Santi, que estaba en el pueblo, que saldara la cuenta. Dante se sentía violento. Ahora Irina estaba a punto de marcharse; el príncipe de Sciali la había invitado a su palacio de Palermo. Tito le escuchaba, exultante: su buena suerte no le abandonaba, otro problema había quedado resuelto.

Durante la comida le llamó el notario: quedaron en verse para el café. Era un amigo y a Tito no le sorprendió su eficiencia y rapidez.

–Tu tía ya te ha adoptado, y por lo tanto heredarás lo suyo en cualquier caso. Si sobrevive durante el periodo preestablecido, con la donación obtendrás ulteriores ventajas fiscales. Y sin embargo, mi opinión es decididamente contraria. Preferiría limitarme a decirte que actúo en el interés de todos vosotros. Deberíamos esperar. También tu padre le desaconsejó que realizara donación alguna, ¿lo sabías?

–Lo sé y sé también por qué. Pero a ti no te entiendo: ¿por qué no evitar el impuesto de sucesiones? Ella sabe perfectamente bien lo que hace. –Tito empezaba a irritarse.

–No es ése el problema –dijo el notario–, se trata de una cuestión protegida por el secreto profesional de vuestro médico de cabecera, mi primo Ernesto. Esta mañana lo hemos estado discutiendo largo rato: él está dispuesto a incurrir en una irregularidad en relación con tu tía para protegerla a ella y a todos vosotros, pero únicamente si tú lo exiges; preferiría mantener el secreto. Fíate de nosotros, no insistas. Dile a tu tía, si vuelve a sacar el asunto, que todo esto lleva bastante tiempo; en definitiva, dale largas. Es anciana y ya está perdiendo la memoria...

–¡No sobre los negocios, sobre los negocios no la pierde! No le negaréis que tiene derecho a saber, como lo tengo yo. Si la donación reduce el impuesto de sucesiones, ¿por qué no hacerla?

–¿Quieres saberlo? –El notario se tomó un respiro–. Hace aproximadamente treinta años, tu tía tuvo que someterse a una operación de histerectomía, de la que resultó que había tenido un embarazo completo. Nosotros no participamos en ello.

Tito palideció. El notario seguía hablando, lentamente.

–Eso explica por qué tu tía quiso que la operaran en Roma. Pidió que únicamente la acompañara Ernesto, con el pretexto de no alejarte de tu padre ni de Mariola, próxima al parto de Elisa; le dijo solamente que se había ofrecido a hacerse cargo de ti como expiación de sus propias culpas hacia su hijo: éste había sido confiado a personas de fiar por ella misma. No quiso añadir nada más. Una historia muy triste. Pero también un gesto extremadamente generoso por parte de una mujer joven...

–Me estás diciendo que hay una persona que podría plantear reclamaciones sobre la herencia, al cabo de tantos años... –Después Tito añadió, con amargura–: ¡Un bastardo más!

–Alguien que podría chantajearos, enfangando el buen nombre de la familia...

Tito se sujetó la cabeza con las manos; la movía rítmicamente arriba y abajo, con los dedos hundidos en las órbitas.

–Tu padre y tu abuelo nunca llegaron a saberlo, parece ser que ocurrió cuando ella estaba en Roma. Era muy joven... ¡Tu tía ha pagado sus culpas y se ha comportado como una santa! –concluyó el notario, y apoyó tímidamente la mano sobre el hombro de Tito.

Tito lo veía todo opaco, con los ojos que le ardían.

Era la primera hora de la tarde. El sol caía sobre el asfalto, los muros reverberaban el calor. Las aceras estaban desiertas. Tito atravesaba las calles siguiendo las sombras de los edificios y de los toldos de los cafés, sin meta. Los comerciantes empezaban a levantar los cierres metálicos de sus tiendas. A Tito le conocía mucha gente y le resultaba intolerable tener que responder a sus saludos.

Pasó por delante del Picadilly Bar, parecía desierto. Se dejó caer sobre una butaca, en un rincón. A esas horas, el obrador era un ir y venir de camareros y pinches de cocina que llenaban los mostradores de exposición con la pastelería para la clientela de la tarde. A Tito le llegaba la fragancia de los rolletes rellenos de requesón y espolvoreados de azúcar con aroma a vainilla, de las tartas de fruta esponjosas y calientes, de las pastas de té de almendra y pistacho espolvoreadas con canela y de los buñuelos de limón. En vez de despertar su glotonería, aquellos olores le producían una sensación de náusea. Indignado, pidió un café y un vaso de agua.

–¿Es usted el amigo de Attanasio, el fotógrafo? –dijo el camarero–. Acaba de marcharse, iba con su hijo.

–Ya volverá –contestó Tito, furioso.

Abrió el periódico sobre la mesa para que nadie le molestara. No leía. ¿Quién era el seductor de su tía? ¿Dónde? ¿Cuándo? Devorado por el ansia de vengar el honor de la familia, de localizar y castigar a aquel que la había deshonrado, Tito no destinaba ni el menor pensamiento a su tía o al hijo de ésta. Apretaba los puños, con la cabeza gacha.

El bar se iba llenando poco a poco. Tito se escabulló bajo la mirada curiosa de los camareros. Le daba la impresión de que se mofaban de él: ellos también lo sabían. Por la calle se cruzó con un general retirado que conocía bien a su padre y que le dirigió una sonrisa obtusa. ¿Una mueca maliciosa? ¿Podría ser él? Un viejo, notorio donjuán en su juventud, caminaba lentamente por la acera. Levantó la mano en un gesto de saludo. A Tito le pareció un gesto obsceno. Se dirigió al coche casi corriendo: se sentía acosado.

Aparcó en una bocacalle de la carretera que llevaba al palacete: serpenteaba entre las dunas para acabar desembocando en la playa, oculta por las acacias. Tito revivía el ansia, la inseguridad y la vergüenza de sus dieciocho años, recién empezada la universidad. Se veía con jóvenes de familias de conocidos, a quienes su padre le había presentado. Cada vez que oía chismorreos o captaba alusiones al pasado galante de alguna mujer casada que podría ser su madre, se preguntaba si no lo sería de verdad. En una fiesta le presentaron a una señora famosa por su colección de amantes: «Tu padre era un hombre muy apuesto», le dijo. Tito pensó que era ella, su madre. Desde entonces, empezó a eludir la compañía de gente que conociera a su familia.

Ahora empezaba todo otra vez desde el principio, con su tía. Tito se sentía atormentado por otro fantasma sin nombre, por otra vergüenza.

Se fue directo al desván. Había permanecido exactamente igual a como lo había dejado su padre, allí no había habido obras de reforma. Tito se dirigió al armario empotrado en el que guardaba las cámaras fotográficas. Poseía muchas. Algunas habían pertenecido a su abuelo, otras a su padre, y en su mayor parte seguían funcionando. Buscaba su vieja Leica –le había prometido a Dante que se la llevaría de viaje– y se evadía. Abrió varios cajones, pero sin encontrar lo que buscaba. Su mirada cayó sobre la Rolleiflex en forma de cubo, regalo de su tía por su primera comunión.

El notario había dicho: «Tu tía le dijo a mi primo que se había ofrecido a hacerse cargo del hijo ilegítimo de su hermano como expiación de sus propias culpas hacia su hijo». Tito tuvo que apoyarse en el cajón medio abierto. La cabeza le daba vueltas. Ahora entendía por qué su tía nunca le había amado como a un hijo. Ella tenía un hijo propio, y era en éste en quien pensaba. Siempre. A ése era a quien amaba. Él no era más que su sustituto.

Retazos de recuerdos lejanos se le aparecían a Tito en un frenético tiovivo, sobreponiéndose los unos a los otros y jalonados por un eco rimbombante: «Amaba a su propio hijo y no a ti..., amaba a su propio hijo y no a ti..., amaba a su propio hijo y no a ti...».

Era el día de su primera comunión. Su padre le decía:

–¡Rachele, una cámara fotográfica! ¡Le mimas demasiado! Pero si ya le he hecho yo un regalo a Tito de parte de los dos.

–¡Yo quería hacerle un regalo por mi cuenta, para que piense en lo mucho que le quiero, cada vez que la use! –contestó ella.

Era el recuerdo más feliz de su infancia: se había sentido plenamente amado por aquella tía que tan de cuando en cuando expresaba sus propios sentimientos.

Ahora Tito sabía que se había engañado.

Se había caído y su tía lo besaba. El niño era dichoso. Ella no lo besaba más que para saludarlo, no lo abrazaba, no le susurraba palabras dulces. El niño debía fingir que se había hecho daño para que lo cogiera en brazos y recibir sus caricias. Incluso en esas ocasiones, la tía se mostraba reticente en sus manifestaciones de afecto, como si fuera algo indebido. Después lo mandaba a jugar, como si estuviera pensando en otra cosa.

Ahora Tito comprendía que estaba pensando en su hijo.

Era un adolescente, que había vuelto de vacaciones del internado. El grupo de jóvenes de buena familia del pueblo lo había invitado a ir a un concierto de música ligera, formaba parte de los festejos veraniegos del ayuntamiento. Él no tenía amigos y lo deseaba con todo el ardor de sus dieciséis años. El padre no se lo permitió. Él insistía lastimeramente y empleaba todos los argumentos que tenía a su alcance: se aburría de estar solo en el palacete; deseaba conocer a otros jóvenes, iba también Ernesto, un chico sensato e hijo del médico de la familia; y además, era estudioso, obediente, mantenía su palabra, no bebía, no fumaba..., en definitiva, que se podía confiar en él, y obviamente, regresaría a la hora que estableciera su padre.

La tía no intervino. Él le pedía que intercediera, quería saber lo que pensaba. Y ella contestaba: «Debe decidirlo tu padre». Permaneció impasible incluso cuando a él se le saltaron las lágrimas. Entonces, ella le dijo a su padre: «Venga, consuélalo tú, que es tu hijo», y los dejó solos. El padre dio media vuelta y se marchó sin decir ni media palabra.

Ahora Tito comprendía que su dolor no le concernía.

El niño, que se había convertido en padre, tendía a Teresa, recién nacida, a la tía. Ella intentaba evitarlo y él insistía. Al final la tía acabó por coger a la pequeña, pero sin acunarla, como hacían el resto de las mujeres. No la besaba. La estrechaba con fuerza y la miraba, triste. Después se la devolvía apresuradamente y a él se le encogía el corazón.

Ahora Tito comprendía que ella estaba pensando en el hijo de su hijo.

Tito lloraba y acariciaba la áspera funda de la cámara fotográfica, como si fuera la piel de un niño que anhelara caricias.

26
Un sobrino se comporta de manera reprobable.
«¡Menos mal que tengo el diploma de primeros auxilios!»

Mariola estaba retirando los platos. Tito permanecía sentado presidiendo la mesa. La seguía con los ojos, sin mirarla. No había pronunciado más que monosílabos durante la cena, pero eso no era nada inhabitual; por si fuera poco, ambos estaban cansados. Mariola, con todo, estaba un poco perpleja: había algo que no marchaba bien. Había quitado el mantel; el centro de mesa estaba otra vez en su sitio.

–¿Tienes algo que contarme?

Tito meneó la cabeza.

–Entonces te dejo. Me subo y dentro de un rato me acostaré. Recuerda a la tía que mañana por la mañana te marchas. ¡Date prisa, que ya llegas tarde!

El telediario estaba a punto de acabar. Con los ojos clavados en la pantalla, Tito no había prestado mucha atención. Desde que había entrado en el cuarto, no había dejado de pensar en quien le había negado el amor de su tía. Ardía de celos. Tenía que saber; obtener una confirmación.

La sintonía del telediario.

–Vete a la otra habitación. Luego te llamo –le dijo a Dana.

Ella obedeció sin hacer comentarios.

Tito apoyó la mano sobre el brazo de la tía, como lo

hacía siempre para llamar su atención. Pero aquella noche apretó la mano como si fuera una tenaza.

–¿Quién es tu hijo? –preguntó–. ¿Quién es tu hijo? –repitió. Había levantado la voz, la mano apretaba con más fuerza.

La tía no se inmutó: le miraba con ojos húmedos, impenetrables.

Tito notaba a través de la manga sus huesos delgados. Tuvo miedo de hacerle daño y aflojó la presa, pero repitió:

–¿Quién es tu hijo?

–¿Quién es mi hijo? –murmuraba la tía, desorientada.

–¡Tengo que saberlo! ¿Quién es tu hijo?

Ella no contestaba, con la mirada fija en Tito. Intentaba zafarse del brazo, pero no lo conseguía.

Él la apretó de nuevo, con más fuerza.

–¿Quién es tu hijo?

Tito había aferrado con la otra mano el respaldo del sillón, sin soltar la presa, y la sacudía; el cuerpo menudo de la tía se estremecía con cada sacudida, pero ella seguía sin contestar. Con los ojos enfrentados, uno preguntaba y la otra nada decía.

La tía estaba intentando levantarse. Pero Tito tenía que saberlo de su boca, el nombre de aquel hijo, y seguía apretando.

–¡Tengo que saberlo! –gritó.

Ella consiguió incorporarse, dándose impulso con las piernas: se ayudaba con el otro brazo, que tenía agarrado a la mesita de al lado del sillón. La mesita se tambaleó, pero Tito no la soltaba.

–¡Tengo que saberlo! –repetía.

Las piernas de la tía cedieron y cayó de espaldas sobre la mesita: se golpeó en la frente con la lámpara de bronce, la mesita volcó y la lámpara se cayó al suelo con un ruido sordo.

Tito soltó su presa.

Herida, la tía resbaló al suelo.

–¿Qué ha ocurrido? –Dana irrumpió en el cuarto.

–Nada, nada. Me he caído, ayúdame a levantarme –murmuró la tía.

Tito dejaba que la sirvienta se ocupara de todo y se mantenía apartado.

La tía no dijo nada más.

–Llévatela a la cama, ya volveré después –dijo él con voz ronca.

No sentía remordimientos. Se mantenía lúcido y distanciado, era como si tuviera que arreglar el mecanismo delicado de una péndola: concentración, acción precisa, atenta escucha del mecanismo. No sentía piedad alguna por la tía.

Como un actor que, detrás de los bastidores, aguarda su propio turno para volver a escena y recitar su papel, Tito escuchaba desde la otra habitación a Dana que, cómplice de inmediato, le relataba en voz alta la crónica de cuanto sucedía sobre el escenario: desinfectaba la herida de la tía y la preparaba para la noche.

La tía estaba ahora más tranquila. Cuando Dana la dejó metida en la cama la despidió con un:

–Dame el rosario y vete.

–¿Qué le has hecho a esa pobrecilla? ¡Menos mal que tengo el diploma de primeros auxilios! –Dana exigía cuentas y razones.

–Dirás que se ha caído de la cama, de noche. Mi mujer te despedirá, probablemente. Tú no hables, ¿entendido? –Tito se mostraba glacial y perfectamente dueño de sí mismo.

–¡Pero así perderé mi empleo!

–Recibirás veinte mil euros, te los pagará el notario;

vete a verle mañana por la tarde. Yo ya estaré de viaje. Tienes que marcharte del pueblo, de Sicilia.

–¿Y si no me paga? ¿Y si me quedo sin trabajo?

–Toma este reloj, es de oro y vale mucho más –dijo Tito, quitándose el Rolex–. Ya hablaremos. Tendré el móvil encendido. Lo siento. Gracias por todo –añadió después, y desapareció.

Bajó por las escaleras casi a la carrera y se fue derecho hacia el dormitorio. Un haz de luz se filtraba por debajo de la puerta: Mariola seguía despierta. Estupefacto, permaneció de pie, con la mano en el picaporte. Vacilaba, sentía un sabor amargo en la boca y la sensación de estar a punto de desmayarse. Se fue a la cocina y bebió agua del grifo, recogiéndola con las manos ahuecadas, y después se la echó por la cara y por el pelo. Abrió los ventanales, necesitaba un poco de aire.

Tito hizo ademán de salir al jardín, pero se detuvo en el umbral. Las hojas crujían y se oía, a lo lejos, el canto del cuclillo. El aire fresco y la fragancia de la tierra regada eran invitadores. Él no se despegaba del umbral, como si sus pies se hubieran clavado allí por un hechizo: estaba prisionero del palacete. Ya menos lúcido, se consideraba víctima de una encerrona de la tía. Fue ella quien animó a su hermano a sacarlo del orfanato –para apaciguar sus remordimientos y para tener quien cuidara de ella en su vejez–. Ella quien obligó a Tito a llevar a su familia al pueblo –para no abandonar sus dominios–. Y ella, una vez más, quien había propuesto la donación –previendo la reacción de Tito, advertido por el notario– y quien había fingido su caída para mantenerlo encadenado a ella y negarle sus vacaciones con Dante.

Tito la tenía tomada ahora con su padre, sometido él también a su hermana. Y consigo mismo, por no haberse dado cuenta antes de cómo estaban las cosas. Pero no conseguía despegarse del marco de la puerta.

Algo áspero y viscoso le humedeció el dorso de la mano: *Zorro*, venerante. Guiado por el perro, con los ojos húmedos y el paso lento, Tito vagó por el jardín hasta bien entrada la noche.

27
Insólito principio de un viaje de placer.
«Yo soy un viajero sin memoria.»

La alarma del móvil estaba sonando. Tito la desconectó y se dio la vuelta hacia Mariola. Dormía, con la revista a un costado, exactamente igual a como la había encontrado la noche anterior. Entró en el baño y se preparó apresuradamente. Sacó la maleta al pasillo, después volvió a entrar en la habitación: un beso rápido y fuera de inmediato, dejando a Mariola confusa y adormilada.

A las siete en punto el coche de Dante le esperaba en la puerta de la verja.

El CD se había terminado. Dante metió otro, canturreando en voz baja. Llevaban de viaje más de una hora y Tito no había dicho ni media palabra. En la rotonda, Dante tomó por la carretera secundaria que subía por la colina.

–¡Por aquí no!

–¡Ya era hora de que se te oyera la voz!

La carretera se estrechaba y subía por las revueltas con el firme en mal estado. La colina era achatada, como un flan, y el pueblo no estaba a la vista. Como la malla de una red lacerada, derruidos muros sin argamasa se intersecaban sobre sus laderas, delimitando pequeñas fincas de formas distintas. Muchas, incultivadas aunque terrosas, estaban cubiertas de margaritas silvestres y de amapolas; otras, sin labrar, eran un campo de piedras entre las que brotaban matojos de hierbas y plantas silvestres con pequeñas flores amarillas; en otras crecían a duras penas almendros raquíticos; en otras podían verse vestigios de viejos viñedos sin pámpanos. Unas pocas, y muy vistosas, estaban cultivadas con alholva: una masa de flores de racimos color rojo oscuro como sangre coagulada. Era una campiña sufrida y doliente.

Tras la última curva, sobre la cima aplastada de la colina, apareció el pueblo: un amasijo de casas de una planta y patio, concentradas alrededor de la iglesia. En la plaza, un ensanchamiento de la carretera que les había llevado hasta allí y que cruzaba la población, desembocaban por todas partes tortuosos callejones de sillares; había una modesta iglesia decimonónica y algunas tiendas cerradas a cal y canto, alguna con el letrero «Se vende» colgado del cierre metálico, otras abandonadas. El único bar era irreconocible desde el exterior porque no tenía escaparate, pero si uno se acercaba a la puerta, se entreveían en la penumbra tres mesitas metálicas y una decena de sillas apiladas contra la pared. Detrás de la escuálida barra, un Jesús de corazón bermejo y el viejo anuncio de un aperitivo. Sólo había una tienda abierta. En su minúsculo escaparate estaban expuestas, apelotonadas contra el cristal, mercancías de todas clases: papel higiénico, botones, sacacorchos, estatuillas de santos, queso y latas de sardinas en salmuera: un ultramarinos de emergencia.

–Dos cafés y dos cruasanes, por favor –pidió Dante, al entrar en el bar.

–Hay genoveses. –El hombre de detrás del mostrador los miraba receloso–. ¿Le gustan los genoveses?

Tito se apresuró a socorrerle:

–Es un pastelón de pasta quebrada relleno de crema amarilla, yo también quiero uno. –Después añadió–: Discúlpame, he sido un pésimo compañero de viaje.

Mordisqueaban el pastel en la puerta del bar.

Hombres ancianos y encorvados –con la gorra calada en la cabeza y la esportilla de la compra en la mano– se arrastraban hacia la plaza. Todo era gris: casas, tejas y calles. La única nota de color era la que ofrecían los carteles electorales, desvaídos y pegados unos sobre otros.

–Es un pueblo de viejos. Los jóvenes emigraron en masa a Australia en los años cincuenta. Desde allí, nadie regresa. Han quedado unos cuantos, y aguardan la muerte –le explicaba Tito.

–Mademoiselle decía que en los bares de los pueblos no conseguía entenderse con nadie. Parece como si nada hubiera cambiado.

–¿Tú también la conocías?

El timbre del móvil interrumpió a Tito. Era Santi.

–No te alarmes, pero esta mañana mamá ha notado una herida en la frente de la tía. –Santi le contó que la tía no había sabido dar una explicación, probablemente no quería causarle problemas a Dana. Ni él, ni su madre, ni siquiera el médico habían sido capaces de hacerla hablar–. Ernesto la ha reconocido con atención: tiene unos cardenales en el brazo derecho. Parece una caída no demasiado seria, dada su edad. En todo caso, le ha prescrito algunas pruebas de control.

–¿Cómo se encuentra ahora?

–Mejor. Se ha quedado en cama por precaución. Hay algo más. Dana sostiene que se cayó de noche ella sola. Tal vez al intentar levantarse. Dice que le puso una tirita, y nada más. Después ha insultado a mamá. Vamos a tener que despedirla. –Santi hizo una pausa y añadió–: No queda más remedio, papá.

–Por mí, no hay problema, díselo a tu madre. ¿Quieres que vuelva a casa?

–No, no, qué va. Deja que se encargue ella, me parece lo más adecuado. Acaba de llegar Elisa. Yo me ocuparé de los demás. La tía se encuentra bien, te lo aseguro.

–Gracias. Mantenme informado.

–Dale recuerdos a Dante. Divertíos.

Bajaron al valle. Atravesaron un banco de niebla. Después, cielo gris, sol velado de calina. Desde lo alto, las parcelas parecían el traje de Arlequín, de rombos amarillos, rojos, verdes, marrones y grisáceos. Una gran nube errante había tapado completamente el sol y, de repente, los campos adquirieron una tonalidad metálica. La masa de nubes se desplazaba lentamente, desgarrada por esporádicos y finos haces de rayos que alcanzaban la tierra y, como faros, acentuaban sus colores como si fueran de esmalte. Cristales de yeso reverberaban desde las piedras, alcanzadas por la luz, y desprendían centelleos. La escena tenía un no sé qué de surrealista y amenazador.

Dante quiso pararse para fotografiarlo. Tito sacaba fotos de mala gana. Aguardaba a que el otro acabara, siguiendo sus propios pensamientos. Iba a echar de menos a Dana. Recordaba su cuerpo vigoroso y su genuina sensualidad.

Dante, entre tanto, se arrodillaba, se levantaba, se inclinaba, se subía a un muro, se tumbaba sobre la hierba, cogía el exposímetro, lo colocaba, comprobaba el termocolorímetro, cambiaba los filtros del objetivo. Con meticulosidad. Se movía con gestos a veces medidos, otras rapidísimos. En silencio. Cuando la cámara fotográfica estaba lista, aguardaba la luz más adecuada. Con paciencia. Después disparaba. Los sentidos de Tito se despertaron. Tenso como un felino al acecho, vigoroso como un cazador en busca de su presa, dispuesto para disparar en el momento decisivo, Dante poseía una sensualidad animal.

Iban en fila detrás de un camión.

–Te veo pensativo. Cuando salgo de viaje, yo dejo mis preocupaciones atrás. A veces, hasta me olvido de mí mismo. Si recuerdo cosas mías, es como si no me pertenecieran: las distorsiono, las imagino. Soy como las placas de las cámaras fotográficas de antes de la guerra: absorbo y sublimo.

–Yo también, cuando trabajo con mis relojes, me olvido de todo: fábrica, negocios, familia. Abro una ventanilla cada vez, y cierro las demás. Pero no sé recordar, como te ocurre a ti, ni tampoco imaginar. Deberías enseñarme.

–Empecemos por la historia de alguien que se ha convertido en un personaje imaginario. Estamos en 1917, en la Rusia bolchevique. Una familia pudiente contrata a una joven extranjera, Elsa, para que les enseñe idiomas a sus hijos. Los revolucionarios irrumpen en la casa y acaban con dueños, sirvientes e hijos. Elsa coge a la hija más pequeña, de un año apenas, se refugia en su habitación y abrazándola contra su pecho se oculta bajo las sábanas. Los otros la encuentran e intentan arrancarle a la niña. Ella finge ser su madre y les suplica que no la maten: son extranjeras.

»Sin medios ni conocidos, en un país desgarrado por la guerra civil, Elsa intenta regresar a su patria. Padece hambre y frío, corre graves peligros, pero sale adelante, vendiendo su propio cuerpo a cambio de comida y transporte para ella y la niña.

»El recibimiento de su familia no resulta el que ella esperaba: la acusan de ser la madre de la niña y acaban echándola de casa. Una mujer de la calle se apiada de ella y le ofrece hospitalidad. Pobre y marginada, Elsa se afana en la búsqueda de los parientes de la niña que han sobrevivido a la matanza. Localiza a unos tíos, a quienes les lleva a la niña, que tiene ya tres años. Las acogen en su casa, pero es a ella a quien la niña considera como su propia madre y de sus parientes no quiere saber nada: una situación imposible. Elsa debe marcharse y encuentra trabajo en la misma ciudad. Pero sufre por la niña y va a visitarla con frecuencia: además, la pequeña es a ella a quien quiere. Elsa decide marcharse, irse lejos, y entra al cuidado de una niña de allende el mar. Pero cada año regresa a visitar a la niña rusa, y les va cogiendo cariño a los nuevos miembros de la familia.

»Elsa quiere mucho a la niña a la que cuida y permanece con ella hasta que se transforma en una joven mujer: está convencida de que no la abandonará jamás. Pero en cierto momento surge entre ellas un desacuerdo irremediable. Elsa no sabe qué hacer, ni tampoco adónde ir. Entre tanto, la niña rusa, convertida en madre y feliz esposa, ofrece refugio a una prima suya y al hijo que lleva en su seno. Elsa se reúne con ellas y toma a su cargo al recién nacido. Pero no es feliz: no puede dejar de pensar en la muchacha de allende el mar y le hace prometer al niño que, cuando crezca, la buscará y le llevará su mensaje de perdón. Ya anciana, muere en paz: siempre ha hecho lo que consideraba justo por los demás.

–Y él, ¿acabó encontrando a esa muchacha de allende el mar?

Dante estaba adelantando a dos coches.

–Yo soy un viajero sin memoria.

Y pisó el acelerador.

28
Dana en la ciudad.
«Tú eres joven y tienes todo el futuro por delante.»

Dana salía del despacho del notario esperanzada.

Furiosa contra Mariola, se había dirigido a Irina con el pretexto de recibir algún consejo y para conseguir que Tito supiera lo sucedido. Su inesperada invitación a Palermo le había parecido una señal de buen augurio.

–¡Me marcho al palacio de un príncipe, ya está bien de trabajar para esos miserables de tus amos! –le dijo al guarda del palacete, que la había acompañado en coche a la estación. Ella le había conminado para que le llevara las maletas hasta el tren y le había despedido después con una propina.

Un enorme portal de madera devorado por el tiempo y cerrado, el revoque que se caía a pedazos, las barandillas oxidadas de los balcones, las contraventanas desconchadas: a juzgar por su fachada, el palacio podría dar la sensación de estar abandonado, de no ser por el panel de latón del telefonillo.

Dana entró en el porche a través de un postigo recortado en una de las hojas del portal. Era una entrada señorial, amplia y abovedada, rematada en arco sobre columnas que daban al patio, un jardín en otros tiempos. Agolpada contra un muro, una pila de sacos de basura listos para su recogida selectiva; a su alrededor, bandejas de polietileno, una silla sin asiento y un cartón de botellas de vino. Por el suelo, octavillas descoloridas, colillas y papelajos que se habían fundido con las baldosas de piedra. Dana avanzaba indecisa.

Por un ventanal abierto a medias se entreveía la escalinata monumental de la planta noble. Dana entró en el patio interior y se dirigió a las escaleras que Irina le había indicado. Ladridos. En un rincón, detrás de los coches y las motocicletas aparcados entre palmeras y arbustos silvestres, había sido improvisada una perrera mediante unas redes metálicas. Dos perros alsacianos gruñían, con las patas anteriores aferradas a la verja.

Irina estaba preparando el té y Dana, en el salón, la esperaba mirando a su alrededor. La bóveda del techo, ajada por viejas manchas de humedad, estaba decorada en colores claros con frescos de escenas mitológicas. Grandes espejos dorados y cuadros oscuros colgaban de las paredes revestidas con papel descolorido y remendado con recortes de los mismos motivos, con arabescos, aunque de colores vivos. Las cortinas de brocado, desteñidas éstas también, estaban visiblemente recargadas por el polvo sedimentado en el drapeado de sus pliegues. Los sofás de terciopelo deslucido daban con sus cojines una sensación de rechazo más que de invitación. Pese a todo, aquel salón, en otros tiempos suntuoso, conservaba cierto pudor de estirpe: un helecho descollaba en un brasero de latón, los dos balcones se abrían sobre una terraza repleta de plantas floridas y macetas, y distintos objetos antiguos estaban colocados con gusto sobre los muebles taraceados.

–¿A que es fascinante? –le decía Irina ofreciéndole una taza de té–. Aquí vivía la suegra del príncipe de Sciali: una condesa. Van a reformarlo por entero, pero mientras tanto, el príncipe me lo ha ofrecido durante un mes. Son unas estancias ideales para recibir: sólo hace falta limpiarlo un poco y volverá a estar espléndido. Ven que te lo enseñe.

Las otras habitaciones le dieron a Dana una sensación de profundo desaliento. Los suelos estaban llenos de grietas, los azulejos blancos y verdes en forma de espina se habían consumido, por más que en los rincones y por debajo de los muebles el juego de colores se mantuviera intacto y brillante. La pintura de puertas y ventanas estaba desconchada. Los brazos de las lámparas de cristal de Murano apenas tenían las bombillas suficientes para dar una iluminación mortecina –las corolas y los pétalos de cristal soplado que carecían de ellas parecían dedos que tantearan en el vacío–. Los muebles estaban muy estropeados –eran viejos, no antiguos–. La zona de servicio permanecía en su estado original desde hacía decenios, y olía a grasa. En todas esas habitaciones dominaba, inmisericorde, un deterioro carente de dignidad.

Dana escuchaba dudosa la cháchara de Irina y añoraba el palacete, donde imperaban el orden y la limpieza.

–Romantic Luxury, una agencia de viajes internacional que quiere incrementar el turismo de élite en Sicilia, me ha pedido que la asesore. Aquí los palacios nobiliarios se alquilan para recepciones; algunos propietarios empiezan a ofrecer incluso *bed&breakfast*. Tengo que conseguir contactos. Me gustaría organizar algunas comidas... Tú podrías cocinar y servir las mesas. No me pagarás nada por la habitación, pero nos repartiremos las tareas de la casa y los gastos. –Irina calló, mirando a su alrededor. Después añadió, con un leve suspiro–: Ando algo escasa de dinero. En otros tiempos estaba convencida de que no volvería a pasarme... –Se volvió para mirar a Dana–. Tú eres joven y tienes todo el futuro por delante. No los aparento, pero tengo bastantes más años que tú...

Era de noche. Irina se había ido a una recepción. Dana vagaba por el laberinto de callejas de la ciudad vieja. Las paredes estaban cubiertas de grafitis y de carteles. Localuchos de artesanos y tiendas aparentemente abandonadas se alternaban con bares y tabernas a la moda. Casas demolidas convivían con edificios en avanzado estado de restauración. Alguna calles estaban desiertas; en otras, aquellas a las que daban los locales, había una multitud. Dana se encontró ante la iglesia de San Francesco.

–Dame el collar de granates –le decía la tía.

–Éste también te sentará bien –contestaba ella, perezosa, ofreciéndole el de perlas.

–No, quiero el otro.

Los dedos rugosos jugaban con las perlillas amaranto intercaladas con otras de oro.

–Iba a cumplir diecinueve años. La guerra aún no había empezado. Había poca variedad en las tiendas, y él se disculpaba por ello. Pero a mí me pareció precioso. Quiso ponérmelo enseguida en el cuello, delante de los demás. Me rozaba la piel y yo me sentía deseada. Me lo ponía a menudo. Él se daba cuenta. Cuando menos me lo esperaba, se me acercaba y me tiraba del cierre. Sus dedos me cosquilleaban la nuca y yo me estremecía.

»Una tarde, estaba con Mademoiselle en la iglesia de San Francesco; hablaba un predicador famoso. Cuando salimos, ya se había hecho de noche. La cervecería estaba abierta. Había allí unos oficiales con los que él se veía, de modo que demoré el paso. Mademoiselle me metía prisa. Yo sabía que entre ellos no estaba él, pero de todas formas no apartaba los ojos de los jóvenes de uniforme.

»Por detrás de mí, un brazo me cogió por la cintura. Una mano se había metido en mi collar de granate. Tiraba de él. Sentí miedo. Antes de que Mademoiselle pudiera abrir la boca,

él me dio la vuelta y me abrazó con mucha fuerza. Hundida en su pecho, lloraba y, casi sin darme cuenta, le cubría de leves besos un cuadradito del uniforme. Me sentía incapaz de apartarme de él.

»–¡Rachele, un poco de compostura! –decía Mademoiselle.

»Yo me secaba las lágrimas con la punta del pañuelo y miraba hacia otro lado. La fachada de la iglesia iluminada por la luna estaba pálida y el rosetón era como un inmenso ojo; el cielo cuajado de estrellas parecía un paramento de terciopelo extendido por la plaza. Me sentí protegida por el ojo de Dios.

»Después, él se marchó para reunirse con sus amigos y nosotras regresamos a casa. Mademoiselle no volvió a dirigirme la palabra durante el resto del camino, pero a mí no me importaba, iba retorciéndome el collar...

Hacía calor. La cervecería estaba repleta de jóvenes y turistas. La gente aguardaba a que se quedaran libres las mesitas del exterior. La voz de una cantante de jazz salía de la taberna de la esquina y se perdía entre el runruneo de la plaza. Una parejita se estaba besando aplastada contra un muro.

Dana deseó la succión de los húmedos besuqueos de Tito.

29
Una discusión entre amigos.
«Te gustan las cosas inanimadas, sin sentimientos.»

Se sentían a gusto juntos. Tito no se cansaba de escuchar a Dante y contribuía a la conversación. Pasaban de una cosa a la otra y a veces se irritaban el uno al otro: era parte del proceso de ir conociéndose.

–No me hablas nunca de ti. ¿Qué querías ser de mayor, cuando eras pequeño?

–Quería ser ingeniero mecánico. Jugaba con el mecano. Recuerdo el primero que tuve. En invierno, nos íbamos de vacaciones a las Dolomitas, donde teníamos un refugio. Mi padre y yo nos íbamos a esquiar, la tía se quedaba en casa. Cuando oscurecía, me aburría. Mi padre me regaló aquel mecano y por la noche me entretenía en construir casas, puentes, molinos. Me gustan las construcciones, pero mucho más la maquinaria. Antes de que se informatizaran, las máquinas de la fábrica no tenían secretos para mí. Sabía desmontarlas y volver a montarlas. Me gustaba sentir la conexión entre utensilio y movimiento. Verificaba la tensión de las poleas, el contacto de los engranajes... Ahora lo que me gusta es reparar relojes antiguos e incluso viejos, y hasta los juguetes de mis nietos.

–Te gustan las cosas inanimadas, sin sentimientos.

–Sí, si quieres verlo así, con tal de que se muevan...

–¿Jugaba tu padre contigo?

–De vez en cuando. Había una alemana que cuidaba de mí. La tía y él salían o se dedicaban a sus cosas. Eran unas vacaciones estupendas, la verdad.

Se detuvieron en una casa rural de tierra adentro: una granja decimonónica entre dulces colinas de trigo maduro, rodeadas de otras colinas que, al ser más elevadas, se volvían áridas y rocosas. Sobre una de éstas, la más alta, se encaramaba un pueblo; rodeándola, como un brazalete. Las casas terminaban a los pies de un enorme macizo de roca rosada; en su centro se elevaban otras rocas –altísimas, con las paredes cortadas a pico y lisas–, como una mano gigantesca de dedos de piedra, rectos y pegados los unos a los otros, y recortados contra el cielo azul.

Allí hacía fresco; después de cenar, Tito y Dante saboreaban un vino junto a la chimenea encendida. Estaban solos.

–He estado hablando con Santi. Han despedido a la rumana, parece que montó una escena.

–¿Con tu mujer?

–No sólo con ella, con Elisa también.

Tito se sirvió otro vaso.

–También Irina se marchará antes de lo previsto. No es que lo sienta. No vayas a creer que tengo una necesidad constante de mujeres. Mis pasiones van y vienen. Fundamentalmente, me gusta la tranquilidad.

Tito observaba el techo.

–El dueño me ha dicho que durante la guerra una bomba americana reventó el techo. Mira, la restauración es bastante zafia.

–Háblame de los tiempos de la guerra..., ¿qué te contaba tu padre?

–La fábrica no cerró nunca, ni siquiera tras la muerte del abuelo. Mi padre combatió en el ejército hasta que lo licenciaron: primero resultó herido y después empezó a tener problemas con la vista. Se quejaba siempre de no haber podido defender Italia hasta el final. Aunque no le faltarían los momentos placenteros –añadió Tito, haciendo un guiño–, yo nací durante la guerra.

–¿De un gran amor?

–Eso me decía él, y yo le creo.

–¿Dónde estaba Rachele en aquella época?

–Cuando empezó la guerra se hallaba en Roma; seguía un curso de taquigrafía y mecanografía. El abuelo quiso después que volviera a casa y, según tengo entendido, se quedó en Palermo.

–¿Seguía teniendo a la gobernanta?

–Sí, permaneció con nosotros incluso cuando la tía estuvo interna. Daba clases de alemán, tenía sus propias amistades y pensaban que se quedaría para siempre, casi como una más de la familia. Me habría criado ella y no la tía, de no haber sido por la guerra: pero cuando estalló quiso volver con su familia, a Suiza.

Sólo en ese momento relacionó Tito la marcha de Mademoiselle con la decisión de su tía de encargarse de su crianza: no es que ella lo hubiera deseado, se vio obligada por las circunstancias. ¡Algo muy distinto de la historia que le contó a su médico! Tito se bebió de un trago el vino y dejó caer con fuerza el vaso sobre la mesa.

–¿Nunca has sentido curiosidad por tu madre?

–Raras veces.

–¿Y por Rachele?

–¿Curiosidad por la tía? Jamás. Le estaba agradecido, como mi padre. Aunque él también se sacrificó por ella: le dejó tomar posesión de nuestra casa y por esa razón no pudo casarse.

El tono de Tito era despreciativo: y desprecio era precisamente lo que sentía. Se llenó de nuevo el vaso. La tía había sido la ruina de la vida de su padre. Pero éste, ignaro, no lo entendía y la adoraba. Cuanto más bebía Tito, más aumentaba su cólera.

–Rachele era inteligente, hermosa y rica también, por parte de madre. Tenía un futuro brillante ante sí. Renunció a todo ello por cariño hacia ti, ¿es que no lo entiendes? –La voz de Dante era dura. Tito se sonrojó. Dante continuaba–. Santi me repitió una hermosa frase de Rachele: «Desde que nació tu padre, no he tenido más deseo que vivir con él y con mi hermano, y jamás me he arrepentido de ello».

Tito estaba a punto de estallar. Tiró el cenicero del brazo del sillón y se marchó sin despedirse. Dante lo recogió y tomó la guía. Pero no llegó a abrirla. Después la arrojó sobre el sofá y se quedó contemplando la ceniza y las colillas esparcidas por el suelo.

Bien entrada la noche, Tito se despertó con ganas de ir al baño. Se había quedado dormido sin desvestirse. Tropezó con la maleta, cerrada aún y de pie a un costado de la cama, como un celador.

30

Las Macalube.

«La traición los hiere más que la violencia física y, sin embargo, siguen amando a quienes los ofenden.»

–¿Estás seguro de que es éste el camino? No se ve ni un alma –decía Tito, renqueando.

Dante había insistido en que era necesario ir a pie. Ni la guía ni los lugareños a quienes habían pedido indicaciones habían sido claros sobre cómo llegar hasta las Macalube. Seguían un sendero invadido por hierbajos. Dante avanzaba deprisa, cargado con sus cámaras fotográficas, olvidando que llevaba un compañero.

Abandonó el sendero y avanzó a grandes pasos sobre los terrones levantados. La tierra, ya en mal estado, se hacía cada vez más asolada. No había rastro de vegetación y ni tan siquiera de insectos. Todo callaba. A medida que se acercaban, iba cobrando forma una especie de plataforma ondulada con unos pináculos negros. Dante echó a correr.

Estaba sobre la terraza del depósito más reciente: una explanada de arcilla azulada cubierta por una retícula de grietas frescas de las que emergían decenas de negros conos en erupción, la reproducción a escala minúscula de un paisaje volcánico. Dante se sentía un gigante. A lo largo y a lo ancho, bandadas de aves en formación surcaban el cielo, desviándose para evitar las Macalube.

Los conos eran de todas las formas y tamaños, altos, aplastados, macizos, diminutos, abombados. Cada uno tenía su propio ritmo, según la frecuencia de emisión de arcilla mezclada con metano que salía de su boca y se derramaba por un único boquete del borde. También los ríos de arcilla que se formaban eran distintos por caudal, densidad y velocidad. Uno, encanalado en la arcilla fluida aún, seguía un recorrido tortuoso aparentemente sin final. Algunos se entrelazaban como cauces confluyentes; otros se ensanchaban en veneros minúsculos; los había que discurrían escarpados y desaparecían en hendiduras profundas, mientras que otros se coagulaban en la blanda arcilla.

Dante, de un volcancillo a otro, seguía un recorrido imaginario.

La arcilla regurgitada se había solidificado en la base de un cono delgado, creando una especie de dique; el río, lentísimo, no se encanalaba. Denso, se doblaba por el contrario sobre sí mismo, en pliegues lisos y brillantes, como la cola de raso de una novia vestida de negro que, con un gesto de su brazo, lo levantara y lo dejara caer espléndido a su propio costado.

Otro cono –más bajo y de boca ancha– escupía agua casi límpida. Una mariposa, atraída por aquel borboteo invitador, agitaba frenética sus alas de manchas marrones. El borde viscoso del cráter era una amenaza para su imprudente parada. Con renovada energía, la mariposa volvió a agitar las alas y se alejó revoloteando.

Dante probó el agua del cráter. También Tito sumergió en ella un dedo, dudando.

–¡Qué amarga, qué salada! –exclamó disgustado.

Estaban bajando por el lado opuesto.

La vista era de desolación, gris y carente de color como la superficie de la luna. La nueva terraza se apoyaba grumosa sobre la arcilla regurgitada por la erupción precedente, como el guano oscuro de un pájaro gigantesco del que se nutrían negros moscones. Se identificaban perfectamente las antiguas terrazas según iban descendiendo; en diversas tonalidades de gris, de acuerdo con su vetustez, estaban pinceladas por franjas de sal cristalizada que relucían bajo los rayos del sol. Hendiduras profundas, estrechas y larguísimas, formaban grandes recuadros, subdivididos a su vez en otros, y éstos en otros, cada uno de ellos atravesado por grietas tupidas y finas, como la piel rugosa de un anciano.

Allí también había vida. Como una suerte de pus, fugas de agua y metano seguían emanando de las bocas de conos erosionados y formaban veneros de cieno de variada amplitud. Cada uno de esos veneros temblequeaba palpitante. Era como si por debajo de la tierra hubiera una inmensa burbuja de gas a punto de aflorar. La superficie, reluciente y densa, oponía resistencia, para ceder después y entrar en erupción; el río resultante se desbordaba y seguía la antigua canalización.

Más arriba, había una explanada de grandes veneros de fango –en forma de embudo, con la zona interior profundísima– que borboteaban plácidos. El gas afloraba en forma de pequeñas burbujas y el cieno se ensanchaba a su alrededor en círculos concéntricos de distintos matices de gris. Aparentemente solidificada en los bordes, la arcilla era muy traidora: parecida a las arenas movedizas, engullía a los incautos.

En el nivel inferior, devastado aún por las erupciones, brotaban –escasas– las plantas resistentes a la salinidad. Allí las laderas de arcilla, deformadas en pliegues y contorsiones, habían creado varios cañones. Algunos se habían convertido en charcas de agua de lluvia y refugio de aves. En otros había lagos pequeños y estrechos; profundísimos, se alimentaban a través de aguas subterráneas.

Lloviznaba. Aguardando a que aclarara, Dante y Tito contemplaban desde lo alto uno de esos laguitos. Estaba flanqueado por paredes desnudas y rugosas. El amarillo ocre de la arcilla contrastaba con los matices del azul oscuro del agua que culminaban en un negro peceño, sobre la profunda hendidura por la que afloraba la veta, como la pupila de un ojo. Extraordinario, pero letal: las emisiones de gas en su superficie arremetían contra cualquiera que se acercara.

Dante inspiraba.

–Estamos justo encima de la costra de la tierra. Sus vísceras exhalan olor a vida y a muerte, como los olores de nuestro cuerpo: el del cabello, grasiento; el de la piel cálida, salado; el de la cavidad de las orejas, ácido. Aunque también hay otros, agrios, que saben a pescado e incluso a podrido y que despiertan los instintos. Hay algo sacro, aquí.

Tito no lo entendía. A él las Macalube no le gustaban.

Dos perros bajaban corriendo desde una loma. Cambiaron de dirección y se desviaron hacia ellos. Se detuvieron. Sentados sobre sus patas posteriores, jadeaban sedientos, con el hocico dirigido hacia los veneros. No osaban bajar a beber; miraban a los hombres y aguardaban la orden. Clavaban la mirada en el agua, en los hombres después –con las mandíbulas abiertas, las lenguas colgando– y después, de nuevo, agua-hombres-agua. De repente, al unísono, se irguieron sobre sus patas y huyeron en la dirección de la que habían venido.

–A un gesto nuestro, habrían bajado a ese infierno de metano y habrían bebido –observó Dante. Y añadió después, despacio, como si estuviera pensando en voz alta–: Son como los niños: confiados y necesitados de afecto. La traición los hiere más que la violencia física y, sin embargo, siguen amando a quienes los ofenden.

Tito se levantó de repente y se encaminó hacia la colina por la que habían aparecido los perros. Caminaba en línea recta, sin mirar dónde ponía los pies. Tropezaba con las piedras, se hundía en charcos de barro, montaba sobre cráteres apagados, cruzaba riachuelos, desmigajaba terrones de tierra bajo sus suelas. Le faltó poco para chocar contra la cerca de alambre de espino. Al otro lado, los pliegues de la tierra estaban cubiertos de pastos, como un mar de olas dulces y verdes. El viento transportaba el canto de las cigarras, el zumbido de los insectos y un tenue aroma a hierba. Más a lo lejos, las blancas grupas de un rebaño; lentas, las ovejas se encaramaban por la ladera pastando, seguidas por el pastor y por los dos perros de antes. Las nubes corrían por el cielo. Tímido, aparecía el sol. Tito sentía su tibieza y comprendía que, al igual que las Macalube se transformaban en prados, así el niño traicionado en su interior tenía que hacerse un hombre.

Lejos de casa y solo, Tito iba creciendo. Lágrimas inusitadas le corrían por las mejillas. El viento se las secaba, una a una.

31
Mariola.
«¿Qué quieres que haga? ¿Que me separe por una criada?»

Mariola estaba acostumbrada a la lejanía de su marido. Incluso en sus primeros años de casados, cuando Teresa y Santi eran pequeños, Tito solía dejarla en Palermo para irse al pueblo, donde a menudo pasaba la noche. Desde que vivían en el palacete, todos los años él se marchaba a las ferias y ella realizaba breves visitas a Palermo o se marchaba a Roma para renovar su guardarropa. Ella no admitiría jamás que, a esas alturas, la ausencia de Tito distaba mucho de resultarle desagradable, pero por lo general era así como ocurría: comía lo que le apetecía –a él le horrorizaban los menudillos y el hígado, que a ella en cambio le encantaban– y podía dedicarse a sí misma sin la preocupación de tener que atenderle. Además, sus hijas la mimaban: le mandaban a una de sus nietas, por turnos, cada noche, y ella se la metía consigo en la cama grande. Pero en aquella ocasión las cosas salieron mal desde el principio: la herida de la tía y el enfrentamiento con Dana, que culminó en su despido, habían supuesto un pandemonio.

Estaba comiendo con Elisa. Se había olvidado incluso de dar instrucciones para el almuerzo y ahora les tocaba comer el arroz con curry de pollo y verduras que Sonia y Manuel se habían preparado para ellos.

Elisa estaba sobreexcitada: había llegado al palacete a primera hora de la mañana y ya no había vuelto a marcharse. Había sido la primera en hablar de robo; su madre aún no había hecho indagaciones, pero las dos estaban ahora seguras de que Dana había robado, y bastantes cosas, además del chal que habían recuperado. Elisa había visto de refilón en la maleta de la rumana el reloj de su padre, regalo de cumpleaños de su madre. Por eso Dana la había cogido del brazo y habían llegado a las manos. Esa información Elisa se la reservaba para sí misma: era una carta que quería jugarse más tarde. Teresa, en cambio, se había quedado en casa aduciendo que tenía mucho trabajo; pasaría por allí por la tarde.

–No sé lo que habría hecho sin Santi y sin ti –decía Mariola, sirviéndose otra cucharada de arroz–, confiemos en que la tía se reponga enseguida. Santi dice que no hay necesidad de obligar a papá a que regrese, ¿tú qué opinas?

–¡Que no estaría nada mal estropearle las vacaciones con ese intrigante! Pero nosotras lo dejamos todo en manos de Santi, como siempre...

–Santi es una persona sensata, y tú también deberías seguir sus consejos. Y además, déjalo en paz, que está muy preocupado por Titino. En mi opinión, es por culpa de esos ordenadores, a los niños no les sienta nada bien pasarse horas enteras delante de una pantalla...

–Ya veremos lo que dice el oculista. –Elisa se mostró expeditiva. Ella también estaba preocupada–. Entre tanto, tienes que decidir lo que vas a decirle a papá.

–¿Qué quieres que haga? ¿Que me separe por una criada?

–Tienes que cantarle las cuarenta: ya no puede seguir representando el papel del hombre probo –sentenció Elisa. Acusó a su padre de haber montado una tragedia inútil con el árbol genealógico: todo el mundo sabía que durante la guerra las mujeres de los soldados se habían dado la gran vida, y también el abuelo se había aprovechado de ello–. Desde luego, yo no he sido una santa, pero comparada con ellas, ¡vaya si lo soy! –exclamó. Y continuó–: Quién sabe a lo que se dedicaba la tía durante la guerra. Es verdad que se ocupaba de papá, ¡pero nunca le faltó una niñera! ¿No la has oído hoy? Yo sí.

Contó que la tía repetía frases de amor, hablaba de esperas, incluso de abortos. Sin prestar atención a la mirada entre severa y sorprendida de su madre, Elisa insinuaba ahora que la tía, con el pretexto de ir a visitar a una anciana monja, se marchaba de joven a pasar unos días a otra parte.

–¡Quién sabe dónde y con quién! Lo indudable es que de eso, ninguno de vosotros, ni siquiera el abuelo, sabía nada.

Ella, en cambio, lo sabía porque un anciano psiquiatra que trabajaba como voluntario en la comunidad de rehabilitación le había contado una vez que de joven quiso casarse con la tía, pero que ella lo había rechazado; había vuelto a verla, años más tarde, en Noruega; iba de crucero en un barco que se dirigía hacia el sol de medianoche, hermosa como en otros tiempos, había dicho el médico, estaba hecha toda una mujer y reía, con los cabellos al viento. Él estaba en el muelle y le había dirigido un saludo. Estaba seguro de que lo había reconocido, pero tal vez no quisiera ser vista. En cualquier caso, no había conseguido hablarle. Y se había quedado muy sorprendido cuando Elisa le dijo que la tía no había llegado por fin a casarse.

–¡La tía, por muy buena que parezca, nunca ha dejado de pensar en sí misma, en ningún momento! –concluyó.

–Pero ¡qué cosas dices! Nunca se oyó nada sobre ella, y los pocos viajes que hacía eran con el abuelo y nadie más. Acábate el café, date prisa, que tengo que subir a verla.

Mariola no prestaba ya atención a las andanadas de

Elisa y, metiendo la servilleta enrollada en el anillo de plata, suspiró:

–¡Nada de siesta, hoy! Quién sabe si se acuerda de que hemos despedido a Dana.

Ocuparse de la tía le costaba. Irreprochable, discreta y afectuosa, la tía se había mantenido a distancia y había seguido siendo para ella sustancialmente una extraña. Cuando sufrió aquella caída el año precedente, Mariola había apoyado a Tito en su decisión de coger una cuidadora a tiempo completo; desde entonces pasaba poco tiempo con la tía y no lo lamentaba.

La tía estaba en duermevela: Ernesto le había prescrito un tranquilizante. Mariola preparaba la tela para el bordado en punto smock de los vestidos de las niñas de Teresa.

–¿Adónde se ha ido Dana?

–Tía, hemos tenido que despedirla: nos ha faltado al respeto a Elisa y a mí, ha robado incluso...

–Ya lo sé, pero quiero saber adónde se ha ido.

–No tengo la menor idea, hizo que la acompañaran a la estación. Volverá a su país, o tal vez se vaya a cualquier otro sitio, en busca de trabajo.

La tía quería oír música: el último acto de *Madama Butterfly*.

Che tua madre dovrà prenderti in braccio ed alla pioggia e al vento andar per la città a guadagnarti il pane...[1]

–Me hubiera gustado darle algún regalo para el niño... –murmuraba.

1. «Que tu madre tendrá que cogerte en brazos y bajo la lluvia y el viento recorrer la ciudad y el viento para ganar el pan para ti...», *Madama Butterfly,* acto II. *(N. del T.)*

–¡Un niño de Dana! –exclamó Mariola; estaba metiendo el hilo en la aguja para hilvanar y se pinchó, alarmada de inmediato: ¿no sería que Tito la conocía de antes?

–Un chico de trece años, que vive con una prima suya; ella le manda dinero cada mes. Es una buena mujer.

–Por lo menos se ocupa de él así...

–No deja que le llame mamá, y eso no me gusta. Él no sabe quién es ella...

La tía se interrumpió: escuchaba *«e starem zitti come topolini ad aspettar»*[1], las últimas palabras de Butterfly antes del comienzo del coro, sin abrir la boca. Después empezó a seguir el murmullo, dulcísimo, conmovedor, con pequeños movimientos de la cabeza, los ojos vacuos. También Mariola lo escuchaba; le gustaba.

–¡Entregar a tu hijo a otros es uno de los mayores dolores del mundo, aunque el niño se vaya con su padre! –exclamó la tía.

Mariola la miró y perdió la cuenta de los recuadritos de la tela, ahora le tocaba volver a empezar.

–¡Pobre Madame Butterfly! –dijo, y empezó otra vez a contar.

–Pero lo es también que tu hijo no pueda llamarte mamá. –La tía dirigió la mirada hacia Mariola–. Debe de ser precioso que te llamen mamá, ¿verdad?

Mariola quiso soltar la suya. Clavó la aguja en la tela y dijo, muy seria:

–Pero Dana es así. Sólo a una madre desnaturalizada se le ocurriría ocultarle a un hijo que es su madre.

La tía la estaba mirando, con un destello cortante en sus ojos verdes.

–Vuelve a poner esa música, venga –le ordenó, y si-

1. «Y nos quedaremos callados como ratoncitos, esperando», *Madama Butterfly*, acto II. *(N. del T.)*

guió escuchando la ópera con los párpados cerrados sin volver a abrir la boca.

Al día siguiente, el estado de la tía no le gustó en absoluto al médico; probablemente había sufrido una ligera conmoción: parecía más cansada que el día anterior y charloteaba sola. Era necesario que la tuvieran siempre vigilada.

Mariola lo arregló todo, y bien: Sonia se encargaría de cuidar de ella y los hijos se sucederían por turnos junto a la cama de la tía. Ahora descansaba tumbada en la cama, mientras Sonia estaba arriba. Recibió una llamada de Antonio, que necesitaba hablar con ella urgentemente. En persona y cara a cara.

Mariola se precipitó a llamar a su marido. Le dijo, sin darle demasiadas vueltas, que Antonio le había referido un hecho grave que atañía a Elisa y a Piero. Se los había encontrado solos en su casa. Estaba decidido a no perder a Elisa por lo que consideraba un mero devaneo, pero tenía mucho interés en que sus suegros lo supieran todo: pedía ayuda para mantener unida a su familia.

–¿Y qué es lo que quiere de nosotros? ¿Dinero?

–No, quiere a Elisa.

–Después de lo que ha visto...

–La quiere. Tienen dos niñas y entre ellos hay entendimiento...

–Pero ¿qué clase de entendimiento quieres que haya?

–Un entendimiento entre ellos, físico, pasional... Como nos pasaba a nosotros en otros tiempos –añadió Mariola en un púdico murmullo. Después continuó–: Dime por lo menos qué debo hacer.

–¡Nada! No hagas nada y no hables. Lo que quiero

decir es que no pases de las broncas a los regalos. Si hay problemas, ya lo hablaremos cuando vuelva.

–¿Puedo decírselo a Santi por lo menos?

–No, en absoluto.

–Si tú lo dices...

Mariola colgó y estalló en lágrimas. Después se calmó: estaba esperando a Santi y a Vanna, para su turno de vela junto a la tía.

Los estaba acompañando a la puerta de entrada. Santi se detuvo de repente en el centro de la habitación y dijo:

–Vanna y yo queremos hablar contigo. A papá no se lo he dicho aún. Ya sabes que el abuelo tenía una retinitis pigmentosa... Es una enfermedad hereditaria. –Miraba fijamente hacia fuera por la ventana. Después clavó sus ojos húmedos en los de su madre y añadió, apresuradamente–: Es posible que la padezca también Titino, aunque aún no tengamos la certeza... –Tomó aliento y prosiguió sin interrupciones–: Es necesario examinar el ADN de todos, tú incluida; las mujeres son portadoras sanas. Tendrías que informarte sobre tu familia.

A Mariola no le había dado tiempo a asimilar cuanto le había dicho cuando su hijo añadió:

–Hay algo más. Hoy Piero se ha presentado en la fábrica por sorpresa. Me ha contado una historia completamente inverosímil. Que Elisa le había llamado por teléfono, quería que fuera a su casa para enseñarle el cuadro que estaba pintando para Teresa y para él; le había recibido semidesnuda y agitada. Temiendo que se le acusara de violación o de algo peor, se quedó con ella para calmarla. Según dice, no ha ocurrido nada. Al marcharse, sin embargo, ha visto la maleta de Antonio en el vestíbulo: habrá entrado en casa y al verlos, habrá pensado quién sabe qué. Piero estaba aterrorizado. Quería hacerme creer que todo era culpa de Elisa. ¿Qué hacemos con estos dos?

–¡Nada! No hagáis nada y por ahora no habléis, ni siquiera de Titino. Esperemos a papá. –Mariola había contestado con decisión y vehemencia, mientras lágrimas silenciosas le hinchaban los ojos. Queda, murmuró–: Titino... Titino mío... –Vanna la abrazó susurrándole palabras de consuelo.

Santi las observaba, deshecho. No le había dicho a su madre que en la fábrica había habido un incendio, en el almacén.

–De acuerdo, pero papá tiene que volver: iba a ser una excursión corta, en cualquier caso.

Y se marchó con su mujer.

Mariola permaneció en el vestíbulo: era de nuevo como cuando había entrado en el palacete por primera vez, de novia, y le pareció una casa vieja, fría, oscura, inhóspita. Oculta entre las cortinas y el ventanal, miraba, sin ser vista, a Santi y a Vanna. Iban cogidos de la mano. Él tenía los hombros caídos y parecía haberse empequeñecido; el paso suelto de Vanna era el de una adolescente: muy delgada, en vaqueros y camiseta, con el pelo corto, por detrás parecía un muchacho. Vanna le estaba hablando, a cada palabra le apretaba con fuerza la mano, y él respondía.

32
Las cartas de la tía.
«No siempre la verdad duele.»

–Aquí la gente parece desconocer las Macalube: ¡no había nadie! –decía Dante mientras cenaban.

Estaba untando paté de oliva sobre una rebanada de pan e iba comiéndosela a pequeños bocados.

Apoyó los codos sobre la mesa y habló de un tirón, como si tuviera miedo de que le interrumpieran.

–Es vuestra manera de ver la vida. Aceptáis lo inverosímil como si fuera lo normal y viceversa. Las situaciones más absurdas os parecen racionales. Montáis dramas por nada y desdramatizáis las tragedias. Hasta vuestra religiosidad tiene algo de pagano: ¡aquí los santos, sean auténticos o falsos, cuentan más que Dios!

Tito le escuchaba mientras bebía un sorbo de su vaso de agua.

–Verás, mi madre siempre estaba viajando por el mundo. La muchacha cuya historia te he contado era Mademoiselle, la institutriz de tu tía: la única figura materna que tuve. Me hablaba a menudo de Rachele, es como si la conociera: era una piedra de toque, y yo también acabé por quererla, como a alguien de la familia. –Tito abrió mucho los ojos–. Mi madre me repetía que, de no haber sido porque ella la animó, yo no hubiera nacido. «Es tu segunda madre», decía. Mademoiselle tenía un mensaje para que se lo diera. Ayer percibí algo de rencor en tus palabras sobre Rachele y la defendí. No hubiera debido, lo siento. Reaccioné mal.

Tito, ansioso, ahora lo miraba de reojo, casi asustado.

Farfulló un «no importa», y apuró de un solo trago lo que quedaba en el vaso.

–No siempre la verdad duele –prosiguió Dante–. La Rachele de las cartas es una gran persona. Me gustaría que las leyeras: así la conocerías por entero.

Tito estaba solo en el salón de los invitados; Dante se había ido a fotografiar los campos de trigo de noche, acompañado por el dueño. Cogió la carpeta de la mesita donde la había dejado Dante antes de marcharse y se sirvió un vaso de vino, resignado. La palpaba, la alisaba, la sopesaba entre las manos, pero no se decidía a abrirla.

Estaba cansado de tantas emociones, no estaba acostumbrado. Añoraba sus relojes y su desván.

Pensaba en Mariola. Se había hecho cargo de la responsabilidad de sus hijos –sin menoscabar su dignidad de padre–, y le había permitido a él prolongar su adolescencia. En los momentos difíciles había permanecido, firme, a su lado. Tito volvía a ver a su mujer de joven, su rostro regordete iluminado por una sonrisa, su cuerpo terso y redondeado. Recordaba el ardor de otros tiempos, pero ni siquiera eso había sido pasión. No la había amado nunca como su padre había amado a su madre: inmensamente. *Tú no tienes madre. Debes saber que yo la amé inmensamente y que eres hijo de una mujer de bien. No pudimos casarnos*, le había dicho.

Una pareja de turistas daneses se había sentado en el sofá. Se besaban sin pudor alguno. Turbado, Tito abrió la carpeta. Había muchas cartas, que hojeaba como si fueran las páginas de un libro, sin detener nunca la mirada, sin distinguir el sentido de las palabras por más que –eso lo notaba– la caligrafía fuera precisa, limpia, legibilísima. Hacía lo mismo con los dos jóvenes que, con las bocas pegadas, no cejaban. Su mirada recayó en algunas frases: *Cuando me manda llamar, yo vuelo... Nos iluminamos en cuanto nos vemos...* Cerró precipitadamente la carpeta: le parecía estar violando el secreto de su tía.

El danés había metido las manos debajo de la camiseta de la muchacha y le palpaba los senos. Tito tuvo la sensación de ser un *voyeur* y miró desconsolado las llamas crepitantes en la chimenea. Una gruesa rama de olivo estaba ardiendo, dentro de la campana. Habían quedado las puntas negras de las ramitas, algunas con pequeñas hojas secas. De las que estaban pegadas en lo alto vibraban llamitas amarillas. Parecía un árbol genealógico dieciochesco con los nombres de los antepasados en llamas. Tito se sintió absorbido por su propio tormento: ¿quién era su madre?

33
Un silente adiós en el bosque.

«Era Santi: por desgracia debo regresar antes de lo previsto.»

Tito se despertó en medio de la noche a causa de una pesadilla horrible.

Era un niño, y se hallaba en la mesa con la tía. Ella estaba como él prefería recordarla: delgada, vestida de verde –el color que mejor le sentaba, parecido al de sus ojos jaspeados de gris–, con unas perlas engarzadas con un brillante en las orejas, los cabellos castaños recogidos en un mullido rodete del que se escapaban un par de mechones por la nuca.

–Tito, eres incorregible. Usa el cuchillo sujetándolo por el mango; come como es debido, con la boca cerrada. Estoy segura de que mi hijo se comporta mejor. Mademoiselle le habrá enseñado buenos modales. Me avergüenzo de ti. Cuando lo conozcas te darás cuenta de que no estás a su altura.

Tito se incorporó, hasta quedar sentado: se había olvidado de abrir las contraventanas para que entrara un haz de luz y la oscuridad era completa. Tenía fobia a la oscuridad, e incluso al color negro; sintió miedo de inmediato y volvió a caer en una pesadilla.

El dormitorio giraba sobre sí mismo y se convertía en la Habitación de Nuddu. En lugar de suelo había un tupido campo de trigo maduro, con las espigas amarillas y puntiagudas. El balcón estaba abierto de par en par. Las puertas golpeteaban. Ráfagas de viento formaban un remolino que absorbía todo lo que estaba sobre las mesas y en las cajitas: pinzas, fuelles, pies de cabra, destornilladores, monóculos, quitaesferas, cuchillitos, tornos manuales, monturas, balancines, muelles, ruedecillas, agujas, cuadrantes, cristales, cajas, instrumentos modernos y antiguos y preciosas piezas de recambio reunidas con los años. Las cosas que más amaba. Tito, acurrucado en un rincón, se tapaba los ojos y los oídos con las manos.

A continuación, como un enjambre de avispas que irrumpe, pica, huye y regresa después, zumbando, apareció otro remolino: agujas –de todos los tipos y tamaños– giraban en un enloquecido carrusel. De repente, no se oía ni un soplido del viento, ni el menor ruido. Todo se quedó inmóvil. Tito intentaba ver a través de los dedos: las agujas estaban suspendidas en el aire en un enloquecido fulgor. Después se reunían en formación como un ejército de soldaditos de estaño y caían sobre él, que se había convertido en un imán. Se le clavaban en la carne y se pegaban las unas a las otras en un revoltijo de metal tintineante.

–¡Escúchame! ¡Escúchame, Tito! –La voz profunda de Dante le estaba llamando desde fuera.

Él separaba un poco los dedos y de inmediato el viento cortante le llegaba hasta los ojos. Conseguía verlo a través de una fisura: estaba en la terracita apoyado en la barandilla y lo observaba lánguido, sin un cabello fuera de lugar. Detrás de él, el cielo estrellado y la luna, calmos, luminosos. Dante sonreía.

–Soy yo, el hijo de la tía. Tienes que leerlas. *Tienes que* leerlas.

A lo lejos, resonaba estridente la voz de Elisa:

–Es el hijo de la tía... Ya te lo decía yo que no me convencía... Ése quiere convertirse en el amo del palacete y de Torrenuova y quiere quitarte la fábrica...

–¡Es imposible! ¡Él no es el hijo de la tía! –gritaba Tito, y mientras lo hacía, se despertó.

En la oscuridad de una habitación extraña, rígido y empapado en sudor entre sábanas que olían a lejía y estaban duras por el apresto, Tito repetía: «¡No es el hijo de la tía!». Después lo reconsideraba: Dante sabía algo. Las cartas de la tía lo demostraban, ése era el motivo por el que insistía tanto en que él las leyera. Era muy sencillo: la tía se queda embarazada en Roma y su amiga íntima y Mademoiselle se ponen de acuerdo para hacerse cargo del recién nacido. Antes de morir, la amiga intenta ponerse en contacto con ella; al no conseguirlo, conmina a Dante para que lo haga él mismo y le entrega la correspondencia reveladora. Lo que Dante quiere es conocer a su madre y reclamar la herencia que le corresponde.

Ahora todo cobraba cierto sentido: la afinidad entre ellos, la perseverancia de Dante para ganarse las simpatías de sus hijos, su amistad con Santi y el seco rechazo de la tía a conocerlo. Exhausto, volvió a caer en el sueño y, al poco rato, en la pesadilla de antes. Ahora, un terremoto sacudía la Habitación de Nuddu. Todo temblaba: cuadros, mesas, sillas, cojines. La lámpara oscilaba, las puertas de los armarios, primero, y las paredes, después, se abrían como pétalos de una flor que brota y en el mismo instante se marchita. El palacete, desvencijado, acababa por desmoronarse, derrumbándose sobre sí mismo en un estruendo de polvo, piedras, vigas, muebles y postigos, arrastrando consigo a Tito.

«¡Tienes que leerlas!» Tito levantaba los ojos y veía a Dante, apoyado aún en la barandilla suspendida en el aire. Con una mueca cruel repetía: «Tienes que leerlas, *tienes que* leerlas...».

Al día siguiente, durante el desayuno, Dante estaba de muy buen humor. Había hablado con Irina, a quien le hacía falta dinero en efectivo, y le había propuesto que se vieran en unas termas que no quedaban lejos de las excavaciones arqueológicas que iban a visitar ese día. Después le preguntó a Tito, como de pasada, si había leído las cartas. Tito había aparcado sus pensamientos nocturnos y tenía ganas de volver a ver a Irina; contestó que sólo les había echado un vistazo.

Sonó el móvil. Era Santi que le pedía a su padre que adelantara su regreso; al día siguiente tenía una cita con el oculista para que visitara a Titino: el hecho de escribir en el ordenador parecía haberle agudizado los problemas de vista. En el rostro de Tito se dibujó una mueca. Luchando contra sus propios demonios, miraba fijamente el cabello de Dante, inclinado sobre el cuaderno, dibujando. Tenía unas discretas mechas rubias que le aclaraban el pelo. Aquella vanidad mujeril, de la que normalmente se hubiera mofado, le pareció legítima y conmovedora: sentía aprecio por aquel hombre que intentaba mantenerse vital y no caía en el ridículo. Decidido a no dejar que le amargaran su último día de vacaciones, Tito se tragó el sapo.

–¡Mira, una Macaluba en erupción! –Dante le mostró el esbozo.

–¡Muy bien! –Tito le devolvió el cuaderno con una mirada de reconocimiento–. Era Santi: por desgracia debo regresar antes de lo previsto.

–Yo también había pensado en anticipar nuestro regreso, podríamos volver esta noche a última hora.

Hacía mal tiempo. La carretera estaba inundada y las hileras de automóviles frenaban para vadear los charcos. Despreocupados, Tito y Dante charlaban ininterrumpidamente mientras el aria de la carta de *Oneguin* sonaba de fondo. Se apreciaban y sabían que esa noche iban a separarse.

Ya lyublyu vas, Olga. «Olga, te amo», cantaba Lenski.

–La idea de base de la partitura de Chaikovski es muy sencilla: saber vivir es imposible –dijo Dante–. Pero ¿eso importa en realidad? Desde luego, saben amar esos muchachos que no llegan ni a los veinte años... Irina se identifica con el trágico poeta Lenski y hasta con el cínico Oneguin, pero para mí ella es Olga, la deliciosa Olga, superficial aunque instintivamente sabia, la única que de adulta, acaso, sabrá vivir. –Subió el volumen: Tatiana declaraba su amor a Oneguin y éste contestaba rechazándolo, en cada verso un puyazo; con cada nota, música más espléndida cada vez–. *Pero yo no estoy hecho para esta felicidad; es ajena a mi alma, vuestras virtudes son vanas...* la tortura. *Por mucho que os amara, una vez acostumbrado, dejaría de amaros enseguida.* Y después trunca cualquier residuo de esperanza que Tatiana pudiera albergar: *¡En los sueños y en los años no hay retorno, no puedo rehacer mi alma...!*

Dante se quedó después silencioso. Tito conocía la ópera y la seguía, inmerso él también en sus propios pensamientos; sentía la ausencia de Dana y consideraba que le hubiera gustado amar, una vez por lo menos; se preguntaba si encontraría a alguna otra mujer, y cómo. Dante, entre tanto, había cambiado el CD.

Estaban en las revueltas de una montaña, había dejado de llover. Se detuvieron en el ensanchamiento de una gran curva y bajaron del coche. El aire era límpido y olía a fresco. Los campos estaban henchidos de agua, la hierba relucía. Nimbos oscuros se amasaban en el horizonte y, en lo alto, largas tiras de nubes blancas, mullidas y vaporosas, cruzaban el cielo, como si la tierra estuviera envuelta en una enorme hoja de papel sujeta con grandes cintas de muselina.

Dante iba sacando fotografías. En determinado momento, bajó la cámara fotográfica y miró a Tito a los ojos.

–También está tu propio sexo: yo, por ejemplo, soy bisexual.

Y siguió fotografiando.

El coche avanzaba veloz por el valle.

–Si me lo hubieras dicho el mes pasado, cuando nos conocimos, me habrías dado asco. Ahora no, aunque no puedo entenderlo –dijo Tito.

–El verdadero amor es raro, a menudo se confunde con la atracción. La homosexualidad no tiene nada de perverso. Mademoiselle era una mujer moderna y de mentalidad abierta, y me enseñaba lo siguiente: que el amor, sea cual sea, es algo que merece un respeto. Con Rachele habrá hecho lo mismo. ¿Te dijo alguna vez ella algo parecido?

Tito tarareaba, junto con Dante, siguiendo la música, la muerte de Lenski.

A continuación, Dante añadió:

–Y pese a todo, Mademoiselle desaprobó a Rachele hasta el extremo de abandonarla, y precisamente cuando en vuestras tierras arreciaba la guerra. Sólo llegó a decirme que fue por un amor equivocado. Me pregunto qué habrá podido ser... –no dijo nada más. Con la frente ceñuda, había dejado de tararear.

Tito pensaba y sus preocupaciones se le iban amontonando unas sobre las otras: el regreso a casa, los hijos, Mariola, la tía. Cayó en un silencio parecido al del principio del viaje. Procuraba distraerse. Pensaba en la fábrica –los procedimientos de embalaje debían revisarse–, luego pasaba a los coches de época –no faltaba mucho para el próximo desfile y el cambio del Bentley necesitaba un ajuste– y después a los relojes... Pero no conseguía concentrarse y tenía que volver a empezar desde el principio. *Fábrica-coches-relojes.* La carcajada burlona del Jack-in-the-box resonaba en el momento menos oportuno y cada mueca lo devolvía al problema sin resolver: su madre. *Fábrica-coches-relojes.* A éste se le añadía otro: quién era el hijo de su tía y dónde estaba. Ahora sabía que su historia se remontaba a los tiempos de la guerra, y no había tenido lugar en Roma, como le había dado a entender el notario. Ella estaba en casa. Mademoiselle tenía que haberse dirigido al abuelo, o a su padre, que sin duda estaba al corriente, con lo unidos que estaban. *Fábrica-coches-relojes.*

¿Por qué su padre nunca le había hablado de ello?

Se detuvieron en una casa de comidas cerca de un bosque, en otros tiempos coto real de caza: pasta con aceite y ajo, perfectamente en su punto, con perejil espolvoreado y guiso de carnero. Serenado por la comida y liberado por el vino, ahora Tito hablaba. Dante seguía pensativo.

–¿Damos un paseo? –Tito estaba aprendiendo a intuir, y lo notaba afligido–. Tal vez sea el último... –y añadió, púdico–: de estas primeras vacaciones nuestras.

Era un bosque maduro: pinos, nogales, encinas y otras especies. Había llovido allí también, el cielo estaba cubierto. Abandonaron el sendero y se adentraron entre los árboles. Del terreno mojado emanaba el olor del humus. Las piñas nuevas –verdes, cerradas, ahusadas– relucían limpias en las ramas. Bajo los árboles, la vegetación inferior se mostraba lozana y tímidamente florecida: carecía de la exuberancia de las plantas que se hallaban a pleno sol. Las hojas y las agujas de los pinos, lavadas por la lluvia, relucían en sus distintas gradaciones de verde. Caracoles de todos los tamaños y de todos los colores habían salido de sus escondrijos. Robustecidos por la humedad, pastaban sobre las plantas. Otros se encaramaban solitarios por los troncos de los árboles.

El silencio se veía roto por los pasos de Dante y de Tito y el intercambio de las breves frases que acompañaban sus acciones.

–¿Te has fijado en ese pájaro sobre aquella rama? –preguntaba Tito, que tenía el ojo agudo del indígena; y cogía a Dante del brazo para orientarlo hacia el punto de observación.

–Atención, aquí nos hace falta el zoom. –Dante lo prevenía, captando en él cierta vacilación: éste se lo agradecía con una mirada más lenta de lo necesario.

No se alejaban el uno del otro; se rozaban, tímidos; bebían de la misma botella; se llamaban mutuamente para que el otro notara lo que resultaba obvio a simple vista.

–Hay un conjunto de setas.

–Parece un tronco enfermo.

–Por aquí ha llovido mucho.

–¡Cuidado, que resbala!

–¡Casi me tropiezo!

–Esa rama es espinosa.

Pausas, gestos, miradas que iban asumiendo una profundidad creciente con el paso del tiempo: Tito y Dante se preparaban para la despedida.

34
Como las hormigas.
«Nunca me hubiera imaginado a la tía enamorada.»

El guarda cortaba las entradas de mala gana y señalaba con un gesto de la mano la escalera de acceso. Estaban bajando a las termas sagradas, pertenecientes a un pueblo oriental que llegó allí miles de años antes. El pilón estaba alimentado por el manantial de un río caliente; el agua manaba desde una abertura y caía entre vapores en el primer pilón, para seguir bajando después, a otro pilón, y desde allí serpentear en un meandro que se convertía en cieno, donde crecía un cañaveral. Su curso, en la parte inferior, estaba marcado por la verde ondulación de las cañas que, crujientes, murmuraban doblándose al viento. La humedad era sofocante. Se cruzaron con algunos turistas y después se quedaron solos. Tito se mostraba muy interesado en la estructura de las termas y seguía el recorrido de las aguas.

Dana venía detrás de Irina; Tito no se esperaba volver a verla.

–¡Aquí hace un calor insoportable! –se quejó Irina, y arrastró de la mano a Dante al aire libre, dejando solos a los otros dos.

Dana llevaba unos zapatos puntiagudos de tacón, un vestido de flores y vistosos pendientes e iba maquillada. Con ese aspecto, Tito no era capaz de desearla.

–Irina no quería que yo viniera, pero he insistido. ¡Ten! –le dijo, tendiéndole una bolsita de plástico.

Tito se quedó mirándola.

–¿Es que te has olvidado de tu reloj? ¿No era tan valioso? –Dana estaba ofendida.

–Lo es... Gracias. –Tito seguía sin cogerlo.

–¿Qué pasa?, ¿quieres que me lo quede?

–Si lo quieres, o si puede serte útil... –farfulló él. Una pareja de turistas se estaba acercando.

–Prefiero dinero: ésa me está haciendo pagar cara su hospitalidad. Duermo en un cuchitril: ¡mis estancias en el palacio! –dijo Dana, sarcástica–. Tienes que quedártelo tú: tu hija me lo vio en la maleta. Me echaron como si fuera una ladrona... ¡Menuda familia, la tuya! –Y lo puso en las manos de Tito.

–Gracias. Dime dónde puedo mandarte el dinero.

–¡Al palacio desde luego que no, ésa arrambla con todo! Conmigo llora sus miserias, pero esta tarde se marcha de crucero. Está aquí para que le den dinero y poder quedar bien así con sus nuevos amigos. Me iré de allí en cuanto pueda. Dáselo al notario, ya le diré yo lo que tiene que hacer. –Dana tenía un tono altanero; después lo dulcificó–: Y tú, ¿qué tal estás? ¡Te echo de menos, viejales!

Tito no sabía qué decir.

–No te ofendas, es verdad que te he echado de menos. Tendría que estar enfadada contigo, por lo mal que trataste a esa pobre mujer. Creía que era tu madre, cuando entré a vuestro servicio. Respétala, te quiere mucho. Y dile que me ocuparé de mi hijo, es eso lo que debe hacer una buena madre. Me quedaré aquí un poco más y después abriré mi propia pastelería con el dinero que me has dado tú y el que ella me regalaba.

–Tienes un hijo... –murmuraba Tito.

–Lo tuve de joven. ¡En el orfanato me lo estaban volviendo tonto! Lo saqué de allí y ahora tengo que pagar a quien cuida de él. Por eso estoy aquí: para ganar algo.

Habían decidido tomar un tentempié en lugar de cenar para ver el atardecer desde el valle, y hacer después de un tirón el resto del viaje. Costeaban un senderillo apenas marcado sobre la escarpadura, que al descender, se ensanchaba en un valle estrecho y encerrado por una pared de roca vertical, tan alta como aquella sobre la que se encaramaba el templo. Éste aparecía al borde de la escarpadura, como una lombriz curiosa y somnolienta que, estirada en toda su longitud, escrutara el panorama y se regodease bajo los rayos del sol agonizante.

Dante se acuclilló sobre una piedra; miraba a su alrededor y tomaba notas en un cuaderno. El terreno era pedregoso y yermo; arbustos silvestres, acebuches, almendros y granados crecían en desorden entre los hierbajos y los espinos, había también árboles de mirto. Estaban ausentes las plantas no autóctonas que se habían convertido en parte integrante de la flora de la isla: higos chumbos, agaves y, el último en llegar, el eucalipto. A aquella hora, todo era un zumbido de insectos y una mezcla de olores agrestes, sutiles y fragantes.

Tito rebuscaba en la bolsa. Palpaba la textura áspera de la carpeta. Sentía encima la mirada de Dante.

–¿Cuántas son?

–Muchas. Las he puesto en orden cronológico. Las cinco primeras son las más recientes. Las otras son las típicas cartas de dos jóvenes: descriptivas, llenas de referencias poéticas, románticas, pero también vivaces e ingeniosas. Permiten entender quién era Rachele... –Dante siguió tomando notas.

Tito tenía en sus manos la primera carta. El papel celeste estaba apergaminado y tenía el borde desflecado. Reconoció la alta caligrafía de su tía y se sintió incómodo. Leía, abstraído.

Torrenuova, mayo de 1940

Queridísima Marta:

Estás locamente enamorada del padre del hijo que llevas en tu seno, y sabes que no volverás a verlo. No te entiendo. Precisamente porque no volverás a verlo, no debes abortar: no te lo perdonarías nunca. Ese niño será el testimonio de un gran amor: sólo el verlo te dará alegría y consuelo. Y tiene derecho a existir.

Ya lo sé, es difícil criar a un niño estando sola; y costoso también. Me dices que tu familia te apoya y que tu prima se ha ofrecido para acogerte. Tú no quieres depender de ellos, pero no será para siempre. Cuando hablábamos de nuestro futuro, en el internado, éramos ambiciosas: queríamos trabajar, incluso de casadas, y ser independientes. Tú vales mucho y tendrás éxito en cualquier cosa que hagas; la necesidad de ganarte la vida para mantener al niño te espoleará para que des lo mejor de ti.

Ya sé que ser una madre soltera y joven es un grave problema. Pero no estás sola y cuentas con el apoyo de los tuyos. El respeto de los demás ya te lo ganarás. Cuando hayas demostrado que eres una buena madre, la gente te admirará. Será un punto a tu favor: atraerá a hombres de valía y alejará a quien no sea digno de ti.

Me dices también que no puedo entenderte, porque nunca he estado locamente enamorada. Te equivocas. Lo estoy, desde antes de que nos hiciéramos amigas, y siempre del mismo hombre, aunque al principio no me diera cuenta. Él no lo sabe. No te he hablado nunca de ello porque es un amor sin futuro. Jamás podremos casarnos; me condenarían al ostracismo mi familia y los demás. Pienso continuamente en mi amado. Tengo sueños atrevidos. Es un tormento no saber si sigue vivo: sólo yo entre todas –prometidas, esposas y madres– no puedo hablar de él. Ocultar el amor es insoportable. Me entran dolencias verdaderas e imaginarias; también éstas tengo que ocultarlas. Cuando recibo noticias suyas me echaría a cantar de alegría, pero me contengo.

Y con todo, si me quedara embarazada, desafiaría al

mundo y tendría a ese hijo que jamás me llamaría madre y esposa de su padre. Dale a tu hijo la vida a la que tiene derecho y bendícelo, como él te bendecirá a ti, agradecido por haberle concedido la vida.

Torrenuova, junio de 1940

Queridísima Marta:

Me dices que te consuela saber cosas de mi amado y, reluctante, te hablo de ello. Con él fue mi primer baile; tenía quince años y no conocía el deseo. Ahora sé que lo amé desde entonces. Lo veía los domingos. Nos íbamos de paseo por Roma y al final me llevaba a tomar un chocolate caliente en la Piazza di Spagna. Yo era completamente feliz, como si fuéramos las dos mitades de un círculo recompuesto.

El flechazo llegó años después. Es un amor hecho de cosas sencillas. Nos iluminamos en cuanto nos vemos. Nos reímos de las mismas cosas, leemos los mismos libros, tenemos los mismos gustos y las mismas ideas. Basta una mirada para hacerme feliz, un roce de su mano para que me abrase. Aún no me ha dicho que me ama, pero yo lo sé. Él, sin embargo, no se da cuenta de cuánto y de cómo lo amo yo: quedaría trastornado. Nunca estamos solos y los permisos son escasos.

Mademoiselle me encuentra extraña y me vigila. Veo a otros jóvenes para desviar sus sospechas; uno de ellos me corteja. Cada cumplido, cada mirada lánguida, cada roce de éste me produce repulsión.

El mío es un amor imposible. Pese a saber que no tengo futuro, vivo con la esperanza de volver a verlo. A veces pienso que tendría que poner fin a esta locura y renunciar a él. Pero no me siento capaz. Y aunque lo fuera, no lo haría.

Preferiría dejar de vivir.

Palermo, julio de 1940

Queridísima Marta:

Lo que me temía ha ocurrido, pero él está vivo. Está de permiso por convalecencia: sigue sin recuperarse.

Tengo que contenerme para no correr hacia él, para cuidarlo.

Cuando me manda llamar, vuelo. La emoción de estar cerca de él me deja muda. Y sin embargo, esos largos silencios me han permitido entender que él también me ama. Vivo del presente.

Volverá al frente: así lo desea. El tormento de esta pasión inextinguible se reanudará. Mademoiselle y mi padre me empujan para que tome marido.

Tito dejó caer la mano, con la mirada fija en la caligrafía de la tía –alta, ordenada, angulosa–. Una abeja se posó sobre la hoja y él la espantó, pero seguía zumbando a su alrededor. Otra abeja se reunió con ella y juntas se alejaron, pirueteando en giros amplios y sinuosos, para desaparecer después en el aire dorado. Tito reanudó la lectura. Las dos últimas cartas, sin encabezamiento ni firma, eran breves. Los caracteres, trazados con la misma caligrafía, eran de gran tamaño y llenaban la página.

Queda poco para el parto. Pensaré en ti y me sentiré madre junto a ti. Yo, que no tendré hijos, quisiera ser la madrina de tu niño. A él lo han licenciado del ejército: no volverá a estar sano. Ya no tengo freno. Desafío a todos y estoy a su lado cuando me llama. Leemos poesías en voz alta, y así nos amamos: felices y sin esperanzas.

Aquí están bombardeando. Mademoiselle nos ha abandonado. Me lo esperaba. Sola y doblemente huérfana, me he consagrado a una vida de silencio e invisibilidad. No me da miedo, me adaptaré contenta a ella. En ocasiones, sin embargo, me pregunto si, una vez cambiada, seré capaz de mantener y alimentar el amor de mi amado. No quiero pensar en ello: es un camino sin retorno.

Con la espalda encorvada y los codos en las rodillas, Tito sujetaba la carpeta entre sus manos mullidas, como si quisiera dejar que se deslizara hasta el suelo. Allí, las hormigas eran un hervidero. Habían descubierto la lata de naranjada. Tito la había dejado en equilibrio entre los terrones de tierra, en medio de sus piernas abiertas, y se había caído, derramando el líquido azucarado por el suelo. Atraídas por el olor, ordenadas hileras de hormigas convergían desde distintas direcciones hacia la lata. Una vez alcanzado su borde, vacilaban perplejas; se dispersaban para reanudar después la marcha, encaramándose endemoniadas por las paredes pegajosas. Llegaban otras y, enloquecidas por el deseo, pasaban por encima de sus compañeras para alcanzar el objeto de sus apetitos. Formaban un negro grumo palpitante alrededor del orificio de la lengüeta por el que había bebido Tito; ávidas y ebrias, se desbancaban y luchaban enfurecidas –cada una contra las demás– en busca del placer. Las hormigas derrotadas regresaban a sus hogares subterráneos, en afligidas hileras.

En las últimas semanas, la vida de Tito se había visto completamente trastornada y ya ni siquiera se reconocía a sí mismo. No sabía qué debía hacer para regresar a su tranquila existencia de antes, si es que podía hacerlo. Miraba las hormigas que se desperdigaban alrededor de la lata y de repente se descubrió semejante a ellas: obedientes, guiadas por su sentido del deber, las hormigas trabajaban ordenadas y tenaces, cuando el olor de la naranjada las había hecho descarrilar y ahora corrían de aquí para allá, enloquecidas. ¿Qué podían hacer para recuperar su sitio en la fila?, se preguntaba Tito. La tía sí, después de lo que le había ocurrido, había sido capaz de recuperar su propio sitio, y ahora parecía imposible que lo hubiera abandonado alguna vez. A Tito le costaba imaginársela joven y apasionada: sus cartas eran tan inverosímiles como una novela.

–Nunca me hubiera imaginado a la tía enamorada –dijo Tito, y levantó la cabeza–. Y sin embargo amó, con una intensidad que me sorprende.

Las pupilas de Dante estaban clavadas en la carpeta: dilatadas, tapaban los iris y parecían pistolas apuntando. Con el chal de algodón blanco cubriéndole el cuello y los hombros, el rostro impasible, parecía un arcaico sacerdote que lo espoleaba para que resolviera el enigma de sus orígenes a través de la recuperación del pasado. Tito era incapaz de moverse, o de apartar los ojos de él, como un conejo deslumbrado por los faros.

–¿Torrenuova? –se preguntó, y cerró por fin los párpados.

La luz residual del atardecer se estaba retirando ante las sombras de la noche que envolvían el fondo del valle y se iban adensando, mientras subían, inexorables. Todo era de color pardo. Los últimos rayos del sol –veloces, resplandecientes, convulsos– llegaban hasta lo alto de la cresta y acariciaban las paredes de roca mellada en un juego de sombras y de llamas color amaranto.

Durante un único instante, el cielo brilló como si fuera de esmalte azul. Después se hizo de noche.

Tito anhelaba la Habitación de Nuddu, allí volvería a ser el mismo de siempre y se reencontraría con el hombre de antes, aquel que sublimaba las pasiones en los relojes y olvidaba los sentimientos.

–Hace fresco, vámonos –dijo Dante, levantándose.

Él no se movió.

Dante se inclinó para recoger la lata vacía de entre las piernas de Tito: estiró el brazo, la cogió y la sacudió para que cayeran las hormigas. Los insectos giraban frenéticos sobre sí mismos; en la oscuridad se habían fundido con los terrones. Tito había palidecido. Parecía como si la tierra entera estuviera temblando.

Dante se afanaba, tranquilo, en llenar la bolsa.

35
La buganvilla.
«Ha sido un viaje de descubrimientos.»

–No me has dicho lo que piensas de las cartas –dijo Dante, mientras conducía.

–He leído las cinco primeras, tal como me habías sugerido. A saber quién sería aquel hombre: parece un hombre casado, un pariente tal vez. –Tito, apagado, tenía la voz cansada.

–Muy cercano, diría yo. –Dante no apartaba los ojos de la carretera.

–¿Qué quieres decir?

Dante lo miró con la misma intensidad con la que había clavado la mirada en la carpeta esa misma tarde.

Y Tito pensaba, pensaba en el enamoramiento de la tía. Cogía frases, palabras y referencias de las cartas y las limpiaba, las calibraba, las clasificaba, como si fueran piezas de un reloj que había que montar.

Es un amor sin futuro. Me condenarían al ostracismo. Pero después, *sola y doblemente huérfana,* se había rendido y había abrazado una *vida de silencio e invisibilidad* –en el palacete, *contenta*–. Pero seguía viendo a ese amado, porque tenía dudas de si, *una vez cambiada,* sería capaz de *mantener y alimentar* el amor hacia él. Tito no entendía quién podía ser: la tía no veía a nadie más que a su hermano.

Jamás podremos casarnos, le escribía a su amiga. Tito deducía de ello que el enamorado ya estaba casado, como lo había estado sin duda su madre también. Su padre le había dicho a él: *No pudimos casarnos*. Dos frases parecidas, en boca de hermano y hermana.

–Hermano y hermana –se repetía Tito.

Hermano y hermana.

Tito, sobrecogido, se exprimía en busca de recuerdos, gestos, costumbres, palabras –pronunciadas por casualidad, sobreentendidas, jamás pronunciadas–, medias palabras, miradas, silencios. Los colocaba en orden y los engarzaba en las cartas de la tía. Volvía a verla en el palacete: hermosa y esmerada en su indumentaria; remisa a alejarse aunque fuera sólo para dar un paseo; esquiva y silenciosa en presencia de extraños. La parangonaba a la mujer segura de sí misma y llena de curiosidad, en los viajes que realizaban los tres juntos, por Italia. Volvía a considerar bajo una luz distinta las veladas de lectura y el entendimiento entre su padre y su tía.

Nos reímos de las mismas cosas, leemos los mismos libros, le contaba a su amiga. Él no se había percatado de ello. La sintonía entre ellos, casi una simbiosis, era para él parte de sus vivencias.

Ahora recordaba la silenciosa bienvenida que la tía reservaba a su padre, cuando éste regresaba de sus viajes de negocios. Ella bajaba por las escaleras y salía a su encuentro; se detenía en el último escalón y se sujetaba a la barandilla.

–¡Vamos, vete con tu padre! –le decía después a Tito, dándole un ligero empujón.

Su padre lo cogía en brazos, le daba un beso y dirigía después la mirada hacia su hermana.

–Ya estoy de vuelta, Rachele.

Tito sentía a su padre distante de inmediato. Cogiéndole de la mano, se acercaba a su tía; le rozaba una mejilla y repetía:

–Ya estoy de vuelta, Rachele.

Pero no había palabra alguna de bienvenida por parte de ella, jamás. Siempre era así.

Otro recuerdo, esta vez de un acontecimiento preciso, olvidado: su padre acababa de llegar de viaje.

–Ya estoy de vuelta, Rachele.

Él, acurrucado en los brazos de su padre, se había vuelto hacia la tía: como siempre, ella estaba en las escaleras. Tito había sentido miedo. Con sus miradas fijas, era como si un cable de acero estuviera enganchado desde las pupilas de uno hasta las de la otra, lacerándolas. Después sus rostros se habían iluminado como sacudidos por una descarga eléctrica.

–Ya estoy de vuelta, Rachele –había repetido su padre.

Le había dejado en el suelo y juntos se habían encaminado hacia la tía. Tampoco en aquella ocasión había pronunciado ella palabra. Y además había escrito: *La emoción de estar cerca de él me deja muda. Nos iluminamos en cuanto nos vemos.*

Pero Tito necesitaba una prueba tangible. Excavaba en busca de recuerdos, espasmódicamente.

Me llevaba a tomar un chocolate caliente en la Piazza di Spagna. Precisamente ése era el rito del primer día de las vacaciones romanas, que él había transmitido a sus hijos: el chocolate en Babington, el salón de té inglés en la Piazza di Spagna. Nítido le llegaba el recuerdo de una tarde en Babington. El padre había obtenido una significativa orden de importación para la fábrica, y estaban todos de buen humor. Se tomaban el chocolate.

–Aquí traía yo a la tía, cuando tenía tu edad, en sus días libres en el internado –había dicho, y después había añadido, dirigiéndose a ella–: Qué hermoso era..., ¿te acuerdas, Rachele?

Ella se había sonrojado y no había contestado, pero lo miraba; mientras saboreaba su chocolate caliente, su mirada era dulce y conturbadora. Él, que era un niño, se había sentido incómodo.

Tito tenía frío. Se sentía helado. Se deslizó en su asiento y reclinó la nuca en el reposacabezas, con la mirada clavada en la oscuridad de la noche. Dos mariposas nocturnas habían entrado en el coche y revoloteaban ligeras; volaban alrededor de su boca, con el silencioso batir de sus alas. Él no las espantaba. Una vez, de niño, había cortado el capullo de una mariposa no formada aún del todo. Había retirado, metódico, la pelusa capa a capa; después apareció –blanda, glutinosa y ciega– la larva. Tito, adulto ahora, se sentía destripado y desnudo como aquella larva. Los faros de los coches que venían en dirección contraria lo deslumbraban pero él ni siquiera cerraba los párpados: no sentía, no pensaba nada.

El palacete apareció al final de la carretera: se entreveía la silueta de sus muros. Dante le puso la mano sobre una pierna y Tito volvió en sí. La torreta de la Habitación de Nuddu se erguía oscura contra el cielo estrellado.

–Ha sido un viaje de descubrimientos –dijo Dante, y retiró la mano.

Los faros iluminaron el recinto del palacete y la buganvilla que se encaramaba sobre éste. La floración, abundante, caía con un borde festoneado en una mezcla de rojo violáceo y carmesí. Penachos de ramas jóvenes, no dobladas aún, escalaban hacia lo alto, cargadas de flores también. Deslumbrado, Tito cerró los párpados.

El palacete, empequeñecido, se había convertido en una caja de hojalata; él era un ave nocturna que, solitaria, la sobrevolaba en la oscuridad de la noche. La tapa tenía la forma de la Habitación de Nuddu y estaba apoyada al sesgo: retales de tela caían sobre los bordes de la caja, y en su interior, envuelto en terciopelo espinoso, estaba depositado el secreto, que había dejado de serlo. El pájaro se había transformado en niño: intentaba levantar la tapa, pero estaba pegada. Se esforzaba, desesperado. El muñeco de muelle ya no estaba. La caja había vuelto a convertirse en palacete. De puntillas, el niño intentaba subirse al muro; se agarraba a los sarmientos floridos que, acogedores, se ofrecían a sus manos ansiosas. Pero la floración ocultaba las gruesas espinas de las ramas, que se clavaban en los dedos y en las palmas del niño, rechazándolo.

Tito estaba asustado.

Tercera parte

Byblis Apollinei correpta cupidine fratris;
Non soror ut fratrem, nec qua debebat, amauit.

(Biblis, arrebatada por la pasión hacia su apolíneo hermano, no como hermana a hermano, ni como debía, lo amó.)

PUBLIO OVIDIO NASÓN, *Metamorfosis*, IX, vv. 455-456

36
El regreso de Tito.
«No llores, Tito mío, si a mí me gusta...»

La caja de bombones estaba abierta sobre la mesilla. La revista se le había resbalado de las manos y se había quedado metida en los pliegues de la bata: Mariola –con el rostro reluciente por la crema nocturna– se había quedado dormida en el sillón del dormitorio, esperándole. Intercambiaron unas cuantas palabras y después se fueron a dormir.

Su cama estaba formada por dos camas individuales de hierro forjado, atadas con lazos; e individuales eran también los colchones. Cada uno permanecía en su propio espacio; ni siquiera se rozaban cuando Mariola, que había tenido una menopausia larga y difícil, se revolvía y se agitaba en sueños. La sábana de arriba era lo bastante amplia para permitir que se formara un pliegue en el centro de la cama, separándolos.

Tito no tenía sueño. Mariola había vuelto a quedarse dormida de inmediato, pero estaba inquieta; su respiración regular, intercalada por leves suspiros, en vez de irritarlo, le servía de consuelo: no estaba solo. Ahora Tito pensaba en sí mismo. ¿Qué papel había tenido él en los amores entre su padre y su madre?, se preguntaba. Estaba cansado de atormentar a su sufriente memoria. Pero tenía que hacerlo, era necesario.

En los últimos años, los jóvenes del pueblo habían cogido la costumbre de dar paseos nocturnos por la carretera que llevaba hasta el palacete. Aparcaban los coches y se alejaban en la oscuridad, a menudo con la música de fondo. Ahora Tito la oía a lo lejos. Encendió la luz de la mesilla y se levantó para cerrar la ventana, pero después se lo pensó mejor. Era una canción de su juventud. Levantó los listones de la persiana: el coche no se veía. Apagó la luz y se aovilló en la cama.

El estribillo le recordaba a su primer amor, una pariente lejana, una historia a la que su padre se opuso con fuerza; y él acabó por ceder. Como premio, un Giulietta rojo, su primer deportivo.

Tito recordaba aquellos estupendos arrumacos, los añoraba aún. Pocos meses después, había conocido a Mariola y, animados por sus respectivas familias, se habían prometido. Mariola le resultaba atractiva y daba la impresión de ser una mujer con la que uno podía contar, como los hechos habían demostrado.

Ahora era el turno de una canción napolitana cantada en inglés: melódica, conmovedora. Tito, despierto, pensaba en sus tres mujeres –la primera, de la que nunca gozó; su mujer y la rumana– y las confundía, las amasaba en una única hembra. *It's now or never*, cantaba Elvis Presley. La música parecía sonar más fuerte ahora. Metió, rápidamente, la mano debajo de las sábanas. Después se detuvo: ¿dónde y cuándo se habían unido su padre y su madre? ¿Habían continuado con su insana relación después de que él naciera?, ¿dónde?, ¿cómo?

Una punzada de dolor. Como un poseso, Tito se incorporó bruscamente en la cama y miró a Mariola: le estaba dando la espalda; la sábana recorría sus formas abundantes: los hombros redondeados, un esbozo de cintura aún, las fuertes caderas. La puso de cara y le subió el camisón, dejándoselo enrollado bajo los pechos consistentes y aplanados. La poseyó sin esperar ni siquiera a que se despertara. Mariola se sobresaltó, pero le siguió el juego, es más, esbozó algún movimiento con la pelvis. No hubo necesidad de ello.

Tito, jadeando aún, se apoyó en los brazos. Se quitó de encima del cuerpo de Mariola y se dejó caer a su lado. Le acariciaba el vientre blando y, sin que se diera cuenta, lágrimas consolatorias le manaban silenciosas de los ojos, muchas, muchas, muchas...

–No llores, Tito mío, si a mí me gusta... –murmuraba ella, e hizo ademán de acariciarle el pecho.

Pero Tito, exhausto, estaba durmiendo ya.

37
Un día traumático.
«¿Desde cuándo le besas la mano a la tía?»

Mariola le había llevado el café a la cama. Tito estaba molesto y a la vez cohibido: ella no le dejaría olvidar lo que había pasado por la noche. Era un charloteo interminable.

–Vete enseguida a ver a la tía, antes de que llegue Santi. No la hemos dejado sola ni un momento. Ernesto se ha mostrado muy afectuoso: ha venido mañana y tarde, y al mediodía nunca dejaba de telefonear para estar informado. Ella está mucho mejor, pero algo desconcertada, y de vez en cuando habla sin ton ni son. Quiere que le leamos poesías, no sabía que tuviera tantos libros. Los guarda en el armario, se los compra Santi.

»Tus hijas vendrán a media mañana. Elisa te está esperando, estoy segura de ello. Parece contrita: la culpa siempre es de dos, no de una sola. Si es que hay culpa... Estaba en bikini, tal vez estuviera tomando el sol... –Tito le lanzó una mirada severa, pero en vez de reprocharle nada, le tendió la tacita vacía y no abrió la boca–. Sólo nos faltaba ahora la preocupación por Titino... –añadió ella con un velo de melancolía.

–Las cosas, de una en una, Mariola. ¿Quién está con la tía?

–Sonia, por el momento. Pero estamos buscando a otra cuidadora. Teresa nos ha ofrecido a su criada, la otra hija de Sonia: se quedará sin trabajo cuando ellos se marchen... Aguardaba tu regreso para tomar una decisión.

–Son decisiones tuyas.

Tito subió a la segunda planta. Encontró a la tía ya despierta y peinada, sentada en la cama y reclinada en los almohadones. Llevaba una mañanita color malva abrochada con lacitos de raso: un toque de vulnerable gracia que resaltaba su piel lisa y sus abundantes cabellos grises, que Sonia le había recogido en una trenza de adolescente. Tito la saludó con el habitual doble beso en las mejillas. Le contó el viaje, pero ella no parecía escucharle; seguía con el rabillo del ojo a Sonia, atareada en poner orden en un cajón. Al rato, ésta se marchó a la otra habitación. Tito acabó la frase y permaneció en silencio. Se miraban con púdica cohibición.

–Perdóname, Tito... –Y le rozó una mano.

Él se la cogió, sin saber qué hacer, y después, por primera vez en su vida, le dio un tímido beso en los nudillos.

–No debí..., no entendía..., no sabía. No sabía –repitió, con la voz plana.

Ella se deslizó sobre los almohadones, con las pupilas cansadas y afligidas.

–Yo siempre te he querido... mucho.

Permaneció en silencio. La mirada del uno no abandonaba la de la otra.

–¿Por qué no me lees algo? Eso hacíamos tu padre y yo.

Tito abrió el libro por la página marcada. Se detuvo, perplejo: «*I cry your mercy-pity-love! aye, love...*». Era un libro en edición bilingüe.

> Gracia te grito, piedad, amor –¡sí, amor!
> Amor previsor que no provoca tormento...

Ella había cerrado los ojos. Murmuraba en inglés, y pareció adormecerse de nuevo, con los labios fruncidos en una mueca que podía ser una sonrisa.

Mariola y Santi entraron en la habitación.

–Se ha quedado dormida –dijo Mariola–, ya me quedo yo, vosotros id abajo. –Y dejó a padre e hijo en su *rendez-vous* matutino.

Adoptando el mismo tono que su padre empleaba con él para hablar de negocios, Santi puso al corriente a Tito de las condiciones de la tía, y no hizo la menor alusión a la fábrica. Añadió, sin embargo, que el notario tenía propuestas concretas y después le contó lo de Elisa y Piero.

–¿Y Titino?

–Ya veremos lo que nos dicen. –Una nube pasó por el rostro de Santi.

–¿Venís a comer?

–Yo tengo un compromiso. Vanna quiere comer sola con Titino, la cita con el oculista es a primera hora de la tarde.

Lo último que Tito deseaba era pasar por la fábrica. El diagnóstico de Titino tenía un no sé qué de ineluctable; en comparación con ello, las dificultades de sus hijas palidecían. La fábrica no le interesaba lo más mínimo. Ahora que todas las piezas de su existencia estaban ante él, se sentía como la caja destripada de un reloj y no se atrevía a echarle mano. Quería la verdad, por entero, y sin embargo le tenía miedo. Carecía de valor para leer las cartas él solo, quería –debía– leerlas únicamente en presencia de ella. Tito deambulaba por el jardín como un alma en pena y acabó en el muro del recinto. *Zorro* le pisaba los talones. Se detenía cuando Tito se detenía y se sobresaltaba ante el menor ruido, listo para protegerlo: él sí que sabía quién era el amo.

–Papá, pero ¿dónde te habías metido? –Elisa se reunió con él debajo de los plátanos–: ¡Esto ha sido un auténtico infierno!

–La tía no tardará en recuperarse.

–¿Y mamá?, ¿es que no piensas en ella? –Elisa arremetía contra Dana, la acusaba de ser una ladrona y de haber insultado a su madre. Añadió, con tono pedante–: Por no hablar del resto... –Y levantó las cejas, despreciativa.

–Elisa, ya basta; ocúpate de tus propios asuntos.

–¡Pues los demás bien que se ocupan de los asuntos ajenos! ¡Como si no supiera yo lo que se dice de mí! ¡Se me calumnia y nadie me pregunta qué ha ocurrido realmente! –Elisa había alzado la voz. *Zorro* levantó las orejas y se acercó a su amo.

–La rumana se ha marchado; ¿tienes algo más que decir sobre tu madre?

–Pues ya que lo dices, sí. ¡Sabemos todos lo que has hecho con ésa! ¡No ha sido únicamente un rollete! ¡Menudo estúpido! –y prosiguió–: ¡Traicionar a mamá bajo su mismo techo, cubrir de regalos a una puta extranjera y darle hasta el Rolex que recibiste de tu mujer por tu cumpleaños no hace ni un mes! ¡Tienes que haberte vuelto loco!

Tito se apartó de ella. Elisa lo seguía como podía, con los tacones altos le costaba trabajo mantenerse en equilibrio sobre la grava, mientras repetía «el Rolex-el cumpleaños-la puta extranjera-estúpido», intercalado con «¡espérame!–¡que me caigo!–¡espérame!».

Con la espalda contra la buganvilla, su padre la estaba esperando.

–Escúchame bien, de una vez por todas. Los asuntos entre tu padre y tu madre no son cosa que te ataña, como a mí no me atañen los tuyos con tu marido. No estoy dispuesto a seguir tolerando este comportamiento tuyo. Eres una irresponsable, y si sigues así, lo único que conseguirás es causarte daño a ti misma y a los demás. De la donación, por ahora, puedes olvidarte. En cambio, estoy dispuesto a ayudar a tu marido, incluso en una nueva actividad comercial: si Antonio lo desea, podrás trabajar con él.

–¿Y yo qué soy? ¿La hija no deseada?

–¿Acaso crees que yo fui un hijo deseado? –dijo Tito impasible, levantando el brazo.

La correa del Rolex refulgía al sol.

Regresaron hacia el palacete, uno junto al otro, tan silenciosos como *Zorro*, que les seguía contrito.

Mariola, que era toda sonrisas, estaba llamando a Tito para que se reuniera con las niñas y ella, y lo involucró en los sencillos juegos de abuelos y nietos. Elisa se rindió. Apoyada contra la pared, con un gesto seco más resignado que rabioso se quitó un zapato primero y el otro después, se dejó resbalar hasta el suelo y se acuclilló cerca de *Zorro*, arrinconada contra el muro entre dos grandes macetas de geranios.

Los ricitos castaños de una de sus nietecitas y los ojos claros de la otra eran un potente reclamo para la tía, y Tito dijo:

–Ya subo yo, y me quedaré allí hasta la hora de comer.

–¿Te importa si le echo una ojeada a unos papeles mientras estoy aquí contigo? –le preguntó, y le cogió de la mano para besársela, ya sin timidez.

Tito iba leyendo las cartas en orden cronológico y aprendía así a conocer a la mujer de su padre. Su mirada vagaba hacia la fotografía de él de joven, sobre la mesilla. Hermano y hermana se parecían: ojos profundos, labios carnosos y rostro decidido.

De las cartas se traslucía una joven sociable y deseosa de conocer mundo, de trabajar: una mujer moderna.

Apasionada. Culta. Aunque él la había visto siempre como una solterona huraña, cauta y conformista.

–¿Por qué has hecho que cambie tanto? –le preguntaba Tito a su padre en un silencioso coloquio.

–Yo quiero vivir contigo. Tu mujer: eso es lo que siento que soy.

–Rachele, ¡eso no es posible! ¿Es que no lo entiendes? ¡Está prohibido, es un pecado!

–Entonces, cuando acabe la guerra, lo venderemos todo y nos iremos muy lejos, donde nadie nos conozca.

–¡Desvarías! Está papá..., la fábrica, nuestras propiedades...

–¡Pues lo mantendremos oculto, lo conseguiremos! Hay muchos hermanos y hermanas que no se casan y viven juntos... ¡Conoces casos tú también!

–Ocultarlo a los demás será imposible. ¡A ti te gusta la compañía, salir, bailar! Tendrías que cambiar completamente tu vida.

–Enséñame tú, y lo haré.

–Tendrías que convertirte en un ama de casa, ¿lo soportarías? Yo, en cambio, tendré que continuar con mi vida de soltero.

–¡Si luego vuelves a mi lado, yo seré feliz incluso así!

–¿Por qué negarme una madre? ¿Por que no me lo dijisteis nunca? –le preguntaba Tito a su padre, y tampoco para esta pregunta hallaba respuesta.

–Acordamos que no podrá saber jamás que eres su madre; si alguna vez te lo pregunta, tú niégalo.

–¿Tengo que mentirle a mi hijo?

–Es tu sobrino, recuérdalo. Si lo prefieres así, no le contestes. Tendrás que comportarte como una tía. Siempre, ¿lo entiendes?

–No será necesario que vuelvas a repetírmelo. –Y cubría al niño de suaves besos.

Tito se dio la vuelta: ella también tenía la mirada clavada en la fotografía de su hermano. Después la desplazaba hacia Tito y lo miraba, sin reservas, tranquila, leal a su hombre. En cada ocasión, después de haber intercambiado esas largas miradas, Tito volvía a su padre y creía comprenderlo todo.

Mariola trajo la bandeja de la comida. Se sentó apartada, sobre la butaquita, silenciosa. Después apareció Sonia con los platos calientes: era hora de marcharse. Tito dejó los papeles y besó a su tía en las mejillas. Después, en un impulso, le levantó la mano derecha y, como antes, apoyó sus labios sobre el dorso con un leve beso.

–¿Desde cuándo le besas la mano a la tía? –le preguntó Mariola por las escaleras.

–Qué más da –contestó Tito, y le acarició la barbilla.

38
La Habitación de Nuddu.

«Presta atención a lo que te he dicho; recuerda que tengo dos hijas.»

Piero y Teresa se presentaron a la hora de comer con las niñas. Mariola había preparado lo que más le gustaba a Tito: sardinas fritas en agridulce y *biancomangiare*, el auténtico, con leche de almendras. Todos se sirvieron por segunda vez pescado, excepto ella, que se había llenado el plato con ensalada de hinojo y naranja.

Ante la mirada inquisitiva de Teresa, Mariola se sonrojó:

–Es que me gustaría adelgazar. –Después añadió, apresuradamente–: A mi edad, hay que pensar en la salud.

Y miró a su marido. Tito estaba pensando en otra cosa y no la había escuchado, pero le devolvió en todo caso una suerte de sonrisa. Cuando Sonia le ofreció el postre, Mariola renunció también a él. Le hizo un gesto para que se lo llevara a su hija, pero no antes de haber olido largamente la salsa de pistacho, chocolate y canela esparcida sobre el *biancomangiare*. Después, con la misma voluptuosidad, extendió la mano hacia la frutera repleta de albaricoques.

Mientras tomaban el café, Piero no se separaba de Tito, quien al final le dijo:

–Vamos a ver lo que han hecho con el Bentley mientras yo no estaba.

Piero, con las manos en los bolsillos y los hombros echados hacia atrás, le seguía y caminaba dando largos pasos, mirando a su alrededor.

–Te habrá dicho Santi que voy a hacer una donación

a tu mujer. No porque tú no seas capaz de mantener a la familia más que decorosamente, pero espero que os sea de ayuda. Haré otra también para las niñas. Huelga decir que, si tenéis más hijos, tal y como yo lo espero, haré lo mismo con ellos.

Piero esbozó un «gracias».

–Viviréis lejos de nosotros –prosiguió Tito–. A Teresa le hará falta mayor atención y afecto por tu parte. Y respeto. Estoy convencido de que será así.

Lo miró a hurtadillas: los hombros caídos, el pecho encogido hacia dentro, las piernas blandas, Piero parecía incluso haberse empequeñecido. Tenía miedo, y Tito casi sintió compasión: Teresa se había casado con un poltrón. Pensó en Elisa y se le retorcieron las tripas. Abrió de golpe la portezuela del Bentley y le enseñó a su yerno el salpicadero y los mandos, gélido, cortés.

Mientras se dirigían a reunirse con los demás, le dijo:

–Presta atención a lo que te he dicho; recuerda que tengo dos hijas.

Piero pareció tambalearse y le faltó un pelo para caerse.

A primera hora de la tarde, mientras Sonia recogía y preparaba la cena, a Mariola le correspondía el turno de estar con la tía. Tito tenía que guardar las cámaras fotográficas y subía reacio por la escalera de caracol. Sin tan siquiera abrir los postigos, hizo lo que debía hacer, apresuradamente. Después, miró a su alrededor. Suyo, en aquella habitación, no había más que la mesa de relojero con su taburete bajo y las lámparas de trabajo. La decoración en estilo morisco de principios del siglo XX había permanecido inalterada: sillas y mesitas de madera horadada con incrustaciones de madreperla, pufs de tafilete y cortinas con dibujos de cachemira. La otomana que llenaba la alcoba estaba encajada entre dos armarios empotrados muy profundos y quedaba oculta por una cortina. Él la usaba como estantería para dejar las revistas de coches de época. Tito advertía ahora allí un no sé qué de sensual y decadente, cubierta tal y como estaba con grandes almohadones bordados de pasamanería y galones dorados, con borlas de seda reluciente. Se sentía incómodo, pero no se decidía a irse. El bochorno era insoportable, y se pasó la lengua por los labios: sabían a polvillos amargos. De repente, Tito tuvo la sensación de estar ahogándose y tuvo que alejarse a toda prisa.

La tía dormitaba; Mariola estaba leyendo una revista.

–Ya me quedo yo, dile a Sonia que ya la llamaré cuando me vaya. –Tito ocupó su sitio junto a la cama y se puso a leer.

Después lo dejó. Miraba angustiado la fotografía de su padre. Siempre creyó que no había secretos entre ellos; ahora tenía que reconstruir el pasado de sus progenitores.

Hasta los diez años lo habían educado en casa: una vida regulada como la de un soldado, con horarios y tareas bien definidas, solitaria pero no infeliz. En los días de colegio, venía la maestra, cada mañana. Además, estaban las vacaciones en Torrenuova, la estancia en el apartamento de Roma en el mes de mayo, el viaje «de instrucción» a una ciudad de Italia en verano y las vacaciones en la nieve por Navidad. En el hotel, él compartía la habitación con su padre y durante el día estaban siempre juntos los tres.

Ya en el internado, Tito pasaba en el palacete todas las vacaciones; con los años se habían producido pequeños cambios. Al quedarse solos, el hermano y la hermana habían adquirido la costumbre de pasar las veladas en el saloncito adyacente a la habitación de ella, en la segunda planta: una solución práctica y racional. En la habitación de Tito hicieron instalar un televisor –un gasto extravagante, en aquella época–, pero él veía la televisión con ellos a menudo, en el salón de la tía, donde siempre era bien recibido. Ya ancianos, empezaron a espaciar las estancias romanas y los viajes en crucero, que habían emprendido tras la boda de Tito. Después sobrevino la ceguera total y el padre no volvió a moverse del palacete.

Tito quería saber si se habían amado plenamente, en el palacete, después. Él, que nunca había conocido el amor, no sabía reconocer sus signos intangibles. Tenía que escarbar en la memoria.

Él era un niño. Los domingos los criados tenían la tarde libre. La tía estaba descansando en su habitación. Su padre nunca dormía después de comer: según estuviera de humor, paseaba por el jardín o leía en el salón; o bien, con más frecuencia, subía a la Habitación de Nuddu, donde a él no le estaba permitido entrar. Entonces él se retiraba a su habitación; estudiaba o jugaba con el mecano, hasta la hora de la merienda, cuando la tía le llamaba para que bajara.

Aquel día no era capaz de acabar unos deberes difíciles y necesitaba la ayuda de su padre. No conseguía encontrarlo. Subió por la escalera de caracol; estaba oculta, se accedía a ella desde el descansillo de la segunda planta. Llamó a la puerta de la Habitación de Nuddu pero no obtuvo respuesta. Titubeante, giró el picaporte. Cortinas y ventanas estaban cerradas. Ya entonces la habitación olía a cerrado. Amontonados sobre la alfombra al lado de la alcoba, había unos grandes almohadones de terciopelo bordados con pasamanería dorada, del mismo terciopelo que la otomana, sobre la que yacía dormido su padre. La bom-

billa de la lamparita iluminaba mortecina el libro abierto que tenía sobre el pecho. Él cerró la puerta y salió corriendo escaleras abajo.

Desde aquel día sólo había vuelto a la Habitación de Nuddu unas cuantas veces: una noche para contemplar un eclipse de luna desde la terracita, y en alguna otra ocasión para ayudar a su padre, ya anciano, a llevar allí algunos objetos pesados. Tito pensaba que su padre se sentía huésped de la tía –la dueña era ella– y que aquél era el único lugar propiamente suyo, que como tal era custodiado celosamente. No había sentido jamás la curiosidad de entrar.

La Habitación de Nuddu: la habitación de nadie, en siciliano. «Donde nada sucede», le había enseñado su padre. El recuerdo se volvía más nítido, y Tito volvía a ver a su padre adormecido sobre la otomana con sólo una bata encima, una con dibujos de cachemira, roja y amarilla, que no le había visto nunca. Con los movimientos del sueño se había entreabierto, revelando el pene reclinado sobre la ingle y las piernas desnudas.

La tía se había despertado. Estaba desorientada.

–¿Ya has vuelto de tu viaje?

–Sí, ayer. Ya nos hemos visto esta mañana.

–Ah, es verdad... Te habías ido con el hijo de una compañera mía de internado..., ¿cómo se llamaba? No me acuerdo...

–Marta: era tu mejor amiga, esa que quería hacerte llegar las cartas que le escribiste durante años. ¿O es que había otra? ¿Biblis? Hablas de ella también en tus cartas –dijo Tito, mostrando curiosidad.

–No, ésa no tiene nada que ver. Marta, sí, era mi compañera... –Y se detuvo: un sobresalto de pánico–. ¿Su hijo se ha marchado ya?

–Aún no. Me ha dado las cartas que le escribiste a su madre, ¿te acuerdas?

–Nos escribíamos... –Y lo miraba desolada.

Tito le cogió la mano.

–He querido leerlas y estoy muy satisfecho, ahora te conozco mejor. –Tito la acariciaba y ella no se oponía, se calmaba–. ¿Crees que a mi padre le hubiera gustado...?

–¿El qué? Él no conocía a Marta. –La tía miraba el pliegue de la sábana y seguía con el dedo el bordado, un festón de flores rosas. Después murmuró–: Yo sentía celos, temía que pudiera enamorarse de ella...

–Estaba hablando de las cartas, ¿crees que él hubiera preferido que yo no las hubiera leído?

Ella retiró la mano de la suya y separó la cabeza de los almohadones.

–Podría ser. Yo siempre he tenido la sospecha de que él me protegía a mí, la primera, y después a los demás, tú incluido... Pero tal vez me equivoque: te quería muchísimo.

–¿Y tú?

–Fui yo quien te quiso. –Sus ojos atormentados estaban secos. Después añadió, con voz clara–: No sé si hicimos lo que debíamos. Por ti.

Tito le cogió de nuevo la mano y se la acarició. La tía volvió a quedarse dormida. Aun así, él siguió pasando una y otra vez sus dedos por los de ella, descarnados y rugosos, bajo la mirada curiosa de Sonia.

Con cada roce, el afecto que Tito sentía por su madre iba creciendo.

39
Dante se prepara para marcharse.
«El ánimo del jardinero se revela con una transparencia extraordinaria.»

Después de haber acompañado a Tito al palacete, a Dante le entraron las ansias por abandonar el pueblo. Al día siguiente se había despertado temprano y lleno de energía. Había organizado el material fotográfico del viaje y las copias que iba a entregarle a Tito por la tarde. Se marcharía al día siguiente. Ya sólo le quedaba hacer las maletas y preparar el almuerzo del mediodía: había quedado con Santi para comer.

Dante sabía que Titino tenía problemas en la vista. Con él y sólo con él se había dejado llevar Santi por el desconsuelo: los médicos le habían dado a entender que el diagnóstico era prácticamente seguro, por más que para confirmarlo aguardaran los resultados de sus exámenes y los de Vanna. Tomándose un zumo bajo la marquesina de la terraza, hablaban mientras seguían el vuelo de los pájaros. Dante animaba a Santi a que no perdiera la esperanza y éste descubría en él una preocupación casi paternal y una inesperada capacidad de consuelo. Su amigo le hablaba de los progresos de la medicina y, yendo a lo concreto, se ofreció a llamar a un célebre oculista suizo, a quien conocía bien, con el fin de concertar una cita para Titino. Hacía alusiones a la calidad de vida de los invidentes, a los instrumentos y a los equipos de los que se disponía ahora, le citaba como ejemplo a personas a las que conocía y relataba anécdotas sobre personajes de la política, del mundo empresarial y hasta del arte que convivían con esa minusvalía.

Sonó el teléfono. Era Irina, balbuceaba palabras inconexas: hablaba de un hospital, y después de una operación, y de la hélice de una lancha fueraborda.

Dante se puso en pie de un salto y se alejó precipitadamente. Santi, exhausto, no le prestó atención: estaba observando las bandadas de pájaros. En formaciones distintas –filas individuales o dobles, triángulos y grupos abundantes y desordenados–, seguían todos la misma ruta: se dirigían a las cimas de las colinas del interior, las superaban y volvían a aparecer después surcando el cielo en amplias curvas; algunas bandadas enteras aún, otras fragmentadas en bandadas más reducidas.

–*¿Qué habrá sido de Olga? ¿Habrá sufrido largo tiempo su corazón o habrá pasado raudo el tiempo de las lágrimas?* –murmuraba Irina.

La comunicación se interrumpió. Dante volvió a llamar. Se oyó la voz de un hombre.

–Soy el doctor Foti, del Policlínico de Messina. La señora está en condiciones realmente críticas... Ha insistido en llamarle, aunque no hubiera debido hacerlo. Esta mañana ha resultado herida por la hélice de una lancha fueraborda y ha sufrido lesiones gravísimas. Haremos todo lo posible.

Dante volvió al lado de Santi: apretaba convulso el respaldo de la silla; por lo demás, parecía normal.

–Quién sabe lo que verán al otro lado de la colina, algo que los asusta... –murmuraba Santi.

–No lo sabremos nunca. En cambio, yo sé que en Zúrich hay una pastelería donde se vende el mejor chocolate de Suiza, ¡a Titino le encantará! Yo podría acompañaros, si os parece bien.

–¡Vanna y él estarán encantados, y yo también! –Y Dante obtuvo de Santi la primera sonrisa del día.

Las fotografías del viaje estaban colocadas, en orden, sobre la mesa del comedor. La cubrían por entero. Tito pasaba de una a la otra, totalmente absorto. Dante se mantenía a un lado. Su mirada recayó en una foto de Irina. Se la había sacado en las termas. Ella estaba de perfil y miraba a la lejanía, pensativa. La cogió. Irina había muerto antes de entrar en el quirófano, aquella tarde. Se lo había comunicado el príncipe de Sciali. La tarde precedente se habían embarcado en el velero de un amigo, en dirección a las islas Eolias; nada más despertarse –y sin esperar al resto del grupo– se había zambullido para acercarse hasta una cueva de la que se había hablado en la cena y a la que se llegaba a nado a través de un pasaje bajo los escollos. Era un lugar muy visitado por las embarcaciones y peligroso; al regresar, cuando Irina salió a la superficie, había sido arrollada por una lancha fueraborda que iba a toda velocidad excesivamente cerca de la costa. La habían llevado al ambulatorio de Lipari, y desde allí –en helicóptero– al hospital de Messina, pero los médicos no pudieron hacer nada. Irina había permanecido lúcida hasta el final, su hijo ya estaba en camino hacia Sicilia.

«Es así como me gusta recordarla –pensaba Dante mirando la foto–; una mujer compleja, un alma sensible aunque ávida. De todo.» Tras la caída del comunismo, se le había metido en la cabeza que tenía que ganar dinero y se había convertido en la compañera de un joven millonario ruso, un hombre sin escrúpulos y carente de cultura, deseoso de añadir a sus conquistas una mujer hermosa y sofisticada. Dante se dedicaba por entonces a los retratos y una revista americana le encargó que lo fotografiara. Irina era estupenda y había solicitado retratarla a ella también. Desde ese momento y durante un breve periodo, gracias a Irina había hecho muchos retratos a la nueva oligarquía rusa: una mina de oro. Después, esa gente se había pasado a otros, a los fotógrafos famosos... Dante recordaba a Irina radiante, inmersa en su nuevo papel de anfitriona de la *jet set:* sus fiestas tenían un toque de clase que en aquel ambiente constituía una rareza y de ellas se escribía en la crónica mundana de las revistas. Pero la recordaba también humillada y furibunda después de que la abandonara su compañero, que por lo demás la había dejado en muy buena situación: de no haber dilapidado lo que le había dado, Irina no habría vuelto a tener nunca más necesidad de trabajar, pero ella, lívida, lo acusaba a la menor ocasión de las peores ruindades y se había ganado la enemistad de los amigos comunes, que se habían apresurado a alinearse en el bando del vencedor. Después, el silencio. Dante e Irina se habían reencontrado por casualidad, pocos meses antes; ella salía de una historia que había acabado mal y estaba melancólica. Por si fuera poco, había realizado una serie de inversiones fallidas y se hallaba también en dificultades económicas. Buscaba algo distinto y se había ofrecido a pasar con él esas vacaciones sicilianas.

–Una mujer inteligente y valerosa. Estaba muy sola. Un temperamento fogoso, a veces desagradable, pero generoso también –murmuró Dante, y añadió después, dirigiéndose a Tito–: Una vida de nuestros tiempos. Desperdiciada.

Pero Irina había dejado de interesarle a Tito, él tenía ahora a Mariola y, al igual que hacía con su mujer, no prestaba atención al parloteo de Dante; pasaba de una fotografía a otra, aprendiendo. Después, al advertir un velo de aflicción en el rostro de su amigo, pensó que echaba en falta a Irina como él había sentido la ausencia de Dana, durante el viaje.

–Déjala correr a ésa –le dijo, para tranquilizarle–. Ya encontrarás a otra... tú también... –Y dejó la frase a medias, cohibido. Siguió mirando las fotografías y añadió–: Me gustaría conservar algunas copias. ¿Las tienes?

Dante se las había dejado en el coche.

–¿Puedo hacerte una última petición? –aventuró Dante.

–Naturalmente, siempre que no sea la de conocer a... –Tito se detuvo.

–Ya lo sé, no te preocupes. Me gustaría dar una vuelta por el jardín: es obra de ella, ¿verdad?

Tito lo precedía. El jardín estaba estructurado de manera tal que parecía más grande de lo que era en realidad. Plantas y viales formaban escorzos y perspectivas que creaban una ilusión de espacio. Al entrar en su interior se hallaba uno en un laberinto ordenado y sorprendente: por todas partes había una mezcla de huerto y jardín siguiendo criterios bien precisos dictados por el color y la forma del follaje, de las flores, de los frutos y de las hortalizas. Las plantas de las berenjenas estaban al lado de los gladiolos. Las pequeñas flores en racimos –pétalos violetas y pistilos amarillos– y las hortalizas ya desarrolladas –ovoides oscuros relucientes e invitadores al tacto– contrastaban con el anaranjado brillante de los gladiolos. Los matorrales de plátanos tenían un tupido borde de plantas de algodón; sus hojas trilobuladas empezaban a secarse y las cápsulas estaban ya formadas; de las valvas entreabiertas de algunas, gruesas como huevos de gallinas, brotaba lánguida la pelusa. Otras, cerradas, parecían capullos espinosos, listos para estallar.

–En primavera, las matas de algodón están lozanas y compactas; después estalla una floración abundante y de breve duración. Ella cultivaba distintas variedades, además de la común en nuestros campos; una tiene una flor blanca y amarilla que se transforma en rosa violáceo, tras la polinización. Otra tiene grandes flores amarillas –le explicaba Tito.

Estaban delante de las plumarias.

–¡Fue capaz de hacer que crecieran incluso éstas! –exclamó Tito con orgullo.

Originarias de las Antillas, fueron introducidas en el siglo XIX, como muchas otras plantas tropicales. Las tenían en la terraza de Palermo y la tía hizo que trajeran las macetas al palacete. Ella misma las había propagado con esquejes.

–En invierno parecen arbustos moribundos –decía Tito–, sufren con el frío y en otros tiempos poníamos cáscaras de huevo sobre las yemas, para protegerlas. Ahora usamos saquitos de plástico. –Hizo una mueca y añadió después que en pleno verano la floración era magnífica. Señalaba a Dante las altas panojas de flores blancas con centros de un amarillo intenso, los cinco pétalos carnosos, desplegados y superpuestos. Y arrancó uno–. Plumaria palermitana, *vinca* en el lenguaje corriente. Cuando yo era pequeño, en Palermo, se vendían por las calles, en ramilletes muy aromáticos, esféricos: cada flor ensartada en una ramita. Mi padre se paraba siempre a comprar uno, me lo daba para que se lo ofreciera a la tía.

Dante estaba silencioso. Observaba, olía y de vez en cuando se volvía para contemplar el palacete:

–El ánimo del jardinero se revela con una transparencia extraordinaria –dijo al final de su visita–; éste es un jardín sereno, fantasioso y original, dentro de un esquema tradicional; pero es también una cárcel. El de Torrenuova en cambio es exactamente como tu padre: una maraña de sentidos, un conflicto constante...

–Mi padre era un hombre racional, contemplativo, severo...

–Pero transgresor también...

Tito clavó su mirada en la de Dante.

–Tú lo sabías.

–No, pero lo comprendí antes que tú. Conozco muy bien a Rachele, aunque no la haya visto nunca. Y sin embargo, me pregunto por qué escogió vivir aquí.

Se despidieron sin tristeza: volverían a verse. Tito se marchó derecho a la segunda planta.

40
Las preguntas de Tito.
«Usaba unos prismáticos para verte mejor.»

–¿Por qué no escogisteis la casa del pueblo, o la de Palermo?

Hacía mucho tiempo que Tito quería hacerle esa pregunta. Dejó la carpeta sobre el taburete. Había esperado, impaciente, a que la tía se despertara y, absorto como estaba leyendo, no se había percatado de que ella ya no dormía y lo miraba, callada.

–En efecto, tu padre hubiera preferido vivir en la ciudad, o en el pueblo por lo menos, hubiera sido más cómodo para todos...

–Entonces, ¿por qué? ¿Te gustaba el palacete?

–Tampoco. –Levantó la mano y le hizo una leve caricia–. Era para verte mejor desde lejos. –Tito se mostraba perplejo y ella se lo explicaba–: Tú tenías tus niñeras, no debía ser yo quien te cuidara... Era una tía... Desde la segunda planta miraba el jardín, te seguía cuando montabas en bicicleta, en los viales, cuando corrías... Usaba unos prismáticos para verte mejor.

Ahora Tito lo comprendía todo.

–Y además naciste aquí, en la Habitación de Nuddu... Estaba sor Maria Assunta, ella atendió... –La tía buscaba una palabra, parecía agitada. Después acabó la frase con un suspiro–: ... a tu madre.

Con ocasión de una muerte, era costumbre hacer donativos a los pobres en forma de dinero o en especie a través de instituciones religiosas. La fábrica había sido requisada y el donativo más obvio –pasta y harina– quedaba, pues, excluido. Hermano y hermana ofrecieron entonces el palacete a las monjas de San Vincenzo durante un año entero: serían sus huéspedes y se recuperarían de las fatigas del apostolado.

–Una hermana anciana cuidará de las hermanas que os mande, por turnos. Sólo nosotras dos lo sabremos. No quiero que me lo agradezcan: considero que privar a un hijo de su madre es el mayor de los pecados. Ella recogerá al niño del orfanato... –había dicho sor Maria Assunta, mirando fijamente a Gaspare, cuando ella los había presentado.

Mademoiselle los había dejado tras la misa del primer mes de luto: un triste adiós. Dieron a entender que se habían marchado juntas, pero ella se encontraba ya en el desván del palacete. Se había llevado allí sólo lo estrictamente necesario: de este modo hubieran podido abandonarlo de repente, si la amenaza de los bombardeos así lo hubiera requerido, sin dejar rastro de su presencia.

La habitación era muy luminosa. La puerta vidriera daba a la terracita y en lo alto, sobre la alcoba, una cristalera estrecha y alargada iluminaba el centro de la habitación. Desde fuera parecía una decoración arquitectónica: había azulejos coloreados rectangulares colocados contra el cristal en una retícula en forma de panal, a través del cual caía el sol sobre el suelo de madera dejando en penumbra la otomana en la alcoba. Fue gracias a ese haz de luz como ella pudo leer y bordar.

La soledad no le pesaba. De día tenía cerrados los postigos y atisbaba a las monjas del jardín a través de los listones de las persianas, escuchaba el zurear de las palomas que anidaban entre los ladrillos de la vidriera y hasta canturreaba, para ejercitar la voz. Por la noche abría de par en par la puerta vidriera y sus ojos eran libres por fin para vagar por el cielo.

Tito era un recién nacido muy tranquilo, pero ella se mostraba ansiosa. «Duerme demasiado: es como si estuviera en le-

targo.» «Llora: no se encuentra bien.» «Mama poco: no come lo suficiente.» La soledad, entonces, se transformó en aislamiento, y de ahí en pesadilla. Sor Maria Assunta decidió mandar llamar a su hermano.

Era a última hora de la tarde. Ella acunaba a Tito, que se había quedado dormido entre sus brazos. El haz de rayos a sus espaldas caía sobre el suelo, abrasándolo, el resto estaba oscuro. Acuclillada sobre la otomana, con la espalda contra la pared, se había acostumbrado a ver en la oscuridad y miraba a su hijo.

Reconoció los pasos de Gaspare por las escaleras; no quiso levantarse para no despertar al niño.

Él abrió la puerta con decisión y se detuvo, estupefacto. El haz de luz cortaba la habitación en dos: por detrás, una oscuridad densa y silencio. No la veía. A cada movimiento suyo, crujía el suelo de madera, cada paso provocaba un estruendo.

–¡Rachele, Rachele!, ¿estás aquí? –susurraba.

Ella levantó una mano para llamar su atención. Pero era invisible. El niño se agitaba en sueños.

–Oh, oh, oh e Titino fa la vovò... *–cantaba una canción de cuna–*. Nannu, nannu, nannu... e Titino va caminannu...

Gaspare estuvo junto a ellos en un instante. Arrodillado junto a la otomana, extendía los brazos. Entonando de nuevo la cantilena, ella le guió las manos hasta la cabeza de su hijo, después hasta sus hombros y sus puños cerrados. Y después hasta ella.

–¿Me quería mi padre? –preguntó.

Tito sentía la necesidad de saberlo.

–Yo creo que sí, desde el principio, y quería lo mejor para ti..., se disgustaba cuando eso no era posible.

Los hábitos de monja estaban doblados en una bolsa rectangular de tela gris.

–Antes de ponértelos, lávate con este jabón: es el que usamos nosotras, desprende un olor especial. Los carabineros lo reconocen –había dicho sor Maria Assunta–. Cuando vuelva, te ayudaré a ponerte el velo. Tito deberá estar ya en la bolsa. Recuérdalo: de él me encargo yo, es un niño expósito. Mañana por la mañana, el padre y la tía irán a recogerlo al orfanato. Tú no abrirás la boca durante todo el viaje. –Tito parecía entender la situación, no había llorado cuando ella lo había tumbado en aquella cuna improvisada y dormía sereno.

Dos monjas se metieron a toda prisa en el asiento posterior del coche aparcado delante de la verja. Gaspare puso el coche en marcha y partió. Era una noche sin luna. Los faros, tapados casi por entero con una tela encerada, despedían una sutil franja de luz. Él conocía bien la carretera e iba rápido, pero debía aminorar a menudo: puestos de control, desprendimientos, desvíos. El niño daba vagidos y sor Maria Assunta le metía el dedo meñique en la boca para calmarlo.

Habían tenido que coger una carretera secundaria. El firme estaba en mal estado, el coche sufrió una sacudida y la bolsa golpeó contra el asiento anterior. Un gemido de miedo y de auténtico dolor. Ella cogió al niño en brazos por instinto. Lo mantenía abrazado contra su seno, contra la tela áspera. Las bandas del velo le caían sobre el rostro inclinado mientras lo acariciaba con los dedos que le olían a lejía. Tito se agitaba, en la oscuridad oía la voz de su madre pero aquel cuerpo le resultaba desconocido. Cuanto más lo abrazaba ella, más se restregaba él contra el hábito negro y se desasosegaba a causa de la madre a la que había dejado de reconocer. Después estalló en un llanto desesperado, dirigiendo los puños hacia el pecho de ella. Sor Maria Assunta lo cogió y él se consoló inmediatamente, se adormeció después chupándole el dedo. Ella no volvió a moverse durante todo el viaje, con los ojos fijos en la nuca de Gaspare.

Estaban ya en Palermo. Las dos monjas entraron en el convento por un portillo lateral. Gaspare se quedó esperando.

Más tarde, la puerta se abrió lo estrictamente necesario para dejar pasar a una joven mujer con un traje entallado. Se sentó junto al conductor y el automóvil arrancó.

Gaspare cerró la puerta de entrada. Ella dio algunos pasos; miraba a su alrededor, intentaba restablecer su familiaridad con la casa que había abandonado seis meses atrás. Él le puso la mano en la nuca e intentó atraerla hacia su pecho.

–Tenía miedo de mí, ¿es que no lo entiendes? No me reconocía, en la oscuridad..., a su madre vestida de monja. –Había roto el silencio de la noche y hablaba con ardor, resistiéndose al abrazo de Gaspare.

–¡Se acostumbrará él también...!

–¿A qué? ¿A no tener madre? ¿Qué mundo es este que le niega su madre a un inocente?

Gaspare forzó el abrazo contra su pecho, sobresaliendo por encima de ella que se le resistía y se abandonaba a la vez, diminuta entre sus brazos.

–Cálmate, Rachele, ya sabes que no podremos amarnos, ni amarlo, a la luz del sol: acabaríamos en la cárcel.

–En la cárcel porque nos queremos.

Gaspare aflojó el abrazo y se inclinó sobre ella, con los brazos rendidos sobre la espalda de Rachele, la cabeza sobre su hombro. Y lloró desconsolado.

Sonia acababa de entrar en la habitación, lista para encargarse de ella. Tito se inclinó para darle el beso de despedida. Ella le apoyó el brazo sobre el cuello y murmuró:

–Dame otro, cariñito mío.

Jamás hasta entonces le había pedido un segundo beso.

Estaban en la ciudad, con el niño recién recogido del orfanato. Las amigas estaban de visita y andaban como locas por el hijo de Gaspare. Lo cogían en brazos, lo besuqueaban. Manoseado por extrañas, el pequeño lloraba y la miraba, requiriéndola. La muchacha que había de servirle de niñera estaba allí cerca, pero no se adelantaba: sólo tenía ojos para la casa de ricos en la que había caído, los vestidos de las señoras, su manera de comportarse.

El niño tendía las manos hacia ella. Entonces lo cogió en brazos, y él, de inmediato, se serenó. En aquel momento, Gaspare entró en la habitación. Le lanzó una mirada severa, después sonrió a las demás.

–¡Rachele, tienes que dominarte! Para eso está la niñera, no debes cogerlo en brazos. ¡Y tampoco besarlo de esa manera! ¡Tú eres su tía y apenas os conocéis!

–¡Estaba llorando! Mis amigas pueden cogerlo y besuquearlo, ¿por qué yo no?

–Déjalo que llore. Deja que los demás lo besuqueen. Tú no debes. Recuérdalo.

–¿Puedo estar a su lado? ¿Mirarlo, por lo menos?

–No siempre: debe separarse de ti. Y además, ¡eso depende de las miradas!

La situación se volvió insostenible. Las visitas se sucedían y ella se hallaba siempre bajo la mirada escrutadora de los demás.

Al final, acordaron mudarse al palacete, en cuanto las monjas se hubieran ido. Era la decisión más racional: la fábrica estaba en el pueblo, las carreteras, destrozadas por los bombardeos, hacían arriesgados los desplazamientos en automóvil y todo indicaba que el pueblo no había de ser blanco de los aviones enemigos. Ella, alejada de sus amigas, tendría al niño al alcance de su mirada y se acostumbraría a su nuevo papel.

Así ocurrió. Dejaba que la niñera se encargara de todo. Cuando Tito empezó a hablar, si deseaba algo, ella le enseñó a dirigirse a su padre; cuando lloraba, era él quien lo consolaba.

Sonia le secaba el rostro con un copo de algodón tibio y le hablaba, pero ella no contestaba; tenía el rostro contraído y una expresión de sufrimiento. Después se le aclaró y parecía tranquila. Pero cuanto más le secaba Sonia el rostro, más se le mojaba.

Rachele se había dejado llevar por un llanto liberador: su hijo lo sabía y lo aceptaba.

41
Mi vida entera eres tú.
«¡No me digas que es ésta la hermanita de la que hablabas!»

Era el turno de Teresa en la cabecera de la tía, y había venido con las niñas. Sandra y Marò, muy vivaces, tenían seis y ocho años respectivamente. Teresa se había traído una bolsa repleta de juguetes: así las niñas se entretendrían con las Barbies o con los lápices de colores, sin molestar a la tía. Aquella tarde estaban muy excitadas: una amiguita suya había nacido el mismo día que su bisabuela y al día siguiente se celebrarían los ocho años de una y los setenta de la otra. La familia había organizado una sorpresa: la nietecita y algunas amiguitas suyas, vestidas al estilo de los años treinta, se exhibirían en un pequeño concierto de canciones de época.

Marò entonaba:

–Maramao, perché sei morto, pan e vin non ti mancava... l'insalata era nel orto e una casa avevi tu...[1] –y esbozaba unos pasos de charlestón.

–Tía, ¿a que es verdad que entonces los gatos comían verdura? –preguntaba Sandra.

–Pues claro que no, con lo que les gusta a ellos el pescado. –La preferida de la tía era Sandra, pero no lo demostraba más que con la mirada: sus ojos dulcísimos y mimosos permanecían fijos largo rato en ella.

–¡Pero si lo dice la canción! –insistía Marò, más extrovertida.

1. «Maramao, por qué te has muerto, si el pan y el vino no te faltaban..., la ensalada está en el huerto y una casa tenías tú...» *(N. del T.)*

–No hay que creer todo lo que se decía en aquellos tiempos: cambiaban los hechos... y se presentaban como verdades... –Era como si la tía se estuviera hablando a sí misma.

–Tía, ¿te gusta ésta? –Sandra se puso a hacer piruetas cantando *Parlami d'amore Mariù.*

Marò le hacía los coros y Teresa se unió a ellas, procurando que no levantaran mucho la voz.

Dimmi che sei tutta per me...[1]

Desde la cama se elevaba, apagada, la voz de la tía. Estaba cantando ella también...

Había sido invitada a casa de unos amigos de su padre. La hija menor era compañera suya de clase. Su hermana celebraba sus veintiún años y ellas, que no habían cumplido aún los dieciséis, de manera absolutamente excepcional, iban a asistir a la fiesta: era su primer baile.

Había seguido fascinada los preparativos: habían desmontado la mesa de las comidas y habían vuelto a montarla en el salón para el bufé; el comedor estaba ahora despejado y los hombres habían transportado allí el pesado mueble con la radio y el gramófono que descollaba en la improvisada sala de baile.

La homenajeada había recibido en préstamo de sus amigas otros discos de música ligera y los estaba probando junto a los que ya tenía, uno a uno, esbozando pasos de danza.

Las muchachas ayudaban a las mujeres y llevaban al salón platos, cubiertos y vasos. La madre los iba colocando sobre el mantel, listos para la tablattè. *De vuelta a la cocina, con las manos vacías, ellas también esbozaban alguna cabriola, un tímido paso de danza, levantaban el brazo derecho como si ciñeran el hombro de un caballero imaginario: no sabían bailar.*

1. «Dime que eres toda para mí...» *(N. del T.)*

Ahora estaban listas. Ella se sentía ansiosa, aunque contenta. Mademoiselle le había comprado sus primeros zapatos con tacón, una falda Godet verde y una blusa blanca de mangas cortas, ceñida y con bordados en la pechera. La madre le había aplicado un velo de polvos en el rostro a su hija y le había humedecido los lóbulos de las orejas con unas gotas de agua de colonia. Hizo lo mismo con ella.

–Voy a volverte a hacer la trenza: te queda mejor más suelta –le decía–, eso es, qué guapa eres..., tienes un pelo precioso, tupido y brillante. ¡Hoy te llevarás una buena sorpresa!

Ella pensaba que vería a su padre, de visita en Roma, y estaba muy contenta.

Había ya una docena de parejas bailando. Su amiga y ella, cohibidas y ensoñadoras, se habían refugiado en el balcón del comedor y miraban desde allí a los bailarines. Sintiéndose miradas a su vez, fingían estar charlando animadamente entre ellas; pero no se perdían un gesto, una carcajada, un cruce de miradas; contaban los turnos de baile de cada uno, observaban quién bailaba con quién y advertían hasta los mínimos detalles de los trajes.

Un amigo de la homenajeada se estaba acercando al balcón: dos corazones palpitantes y ansiosos latían al unísono. El joven invitó a la amiga a bailar.

Tras quedarse visiblemente sola, ella hubiera querido que se la tragara la tierra.

Acudió en su ayuda la anfitriona.

–Rachele, ven conmigo: hay una señora que quiere conocerte.

La siguió a través de la sala de baile, manteniendo la mirada baja y evitando a los bailarines.

En el salón, los adultos se habían instalado en las sillas del comedor. Una señora diminuta y con los ojos oscuros salió a su encuentro:

–¡Eres idéntica a tu madre, en el porte y en la cara! ¡Sus mismos ojos preciosos, aunque los tuyos sean verdes! Lo feliz que le

hubiera hecho el verte tan crecida, y mona, a la pobre Teresa. Con lo que te quería...

Las dos muchachas estaban otra vez en su puesto de observación. El disco se había terminado, pero nadie se preocupaba por poner otro: la sala se estaba vaciando. Desde el vestíbulo se oían ahora voces estruendosas y risas: acababa de llegar un grupo de oficiales. La excitación de los jóvenes estaba en su ápice, la música volvió a empezar y todos reanudaron el baile con renovados bríos. Las parejas revoloteaban casi sin tocar el suelo.

Eran todo ojos y oídos. Seguían la música con los tacones y miraban fijamente a los bailarines sin temor a ser descubiertas: era como si se hubieran vuelto invisibles. De espaldas a la barandilla, con los brazos colgando por detrás, cogidas de la mano y canturreando, se balanceaban al ritmo de la música. Inocentemente, impulsaba hacia delante el busto, lo que hacía que se le marcaran sus senos inmaduros y rotundos y le tirasen los ojales de la blusa, según acabó por decirle él más tarde.

Murmuraba, siguiendo la música, y pensaba en su madre. Las palabras de aquella señora la habían alegrado y entristecido al mismo tiempo. De su madre no tenía recuerdo alguno, pero conocía sus rasgos de memoria: tenía su retrato sobre la mesilla.

–¿Dónde te habías metido, Rachele? ¡Te he estado buscando por todas partes!

Un joven de uniforme se le plantó delante. Ella se sobresaltó. Gaspare. Hacía un año exacto que no lo veía, desde que entrara en la academia militar. Se irguió de inmediato, y se miraron. Después le ofreció la mejilla.

–¡Hay que ver lo guapa que te has puesto! ¡Ven! –Y ciñéndola por la cintura, se la llevó a bailar.

Apoyó su brazo sobre el hombro de su hermano –rígida, insegura– y lo miraba con la misma intensidad con la que había pensado en su madre un poco antes: él tenía sus mismos ojos or-

lados por pestañas de seda, las mismas cejas tupidas, la misma tez clara.

–¡No me digas que es tu primer baile, sería un auténtico privilegio para mí!

Ella asintió, completamente sonrojada.

Come sei bella, più bella stasera, Mariù, splende un sorriso di stelle negli occhi tuoi blu...[1] *Y empezaron a bailar.*

Se equivocaba en los pasos, le pisaba los pies, chocaba contra su rodilla.

Gaspare se detuvo entonces y le dijo, en tono decidido:

–Déjate llevar y sígueme.

Empezaba el estribillo. Parlami d'amore Mariù. Tutta la mia vita sei tu...[2] *Siguiendo con atención sus movimientos y temerosa de tropezar, pero confiada al mismo tiempo a los brazos de su hermano, ella aprendía a bailar.*

Dimmi che illusione non è... Dimmi che sei tutta per me...[3] *Gaspare la abrazaba con fuerza, obligándola a seguir sus pasos.*

Qui sul tuo cuor non soffro più...[4] *Ahora bailaban perfectamente sincronizados. Él había aflojado su abrazo y, entre cabriolas, la miraba animándola. Ella hizo aflorar una gran sonrisa que ya no volvió a abandonarla.*

–Relájate, siempre es así la primera vez. Tú sigue el ritmo, déjate llevar por mí.

Obedeció, feliz, y daban piruetas junto a las demás parejas. Un oficial estaba bailando con la homenajeada. Las dos parejas se rozaron y el joven susurró:

–¡No me digas que es ésta la hermanita de la que hablabas!

Ella se sonrojó. Gaspare enarcó las cejas y contestó al otro

1. «Qué hermosa eres, más hermosa esta noche, Mariù, reluce una sonrisa de estrellas en tus ojos azules...» *(N. del T.)*

2. «Háblame de amor, Mariù. Mi vida entera eres tú...» *(N. del T.)*

3. «Dime que mera ilusión no es... Dime que eres toda para mí...» *(N. del T.)*

4. «Aquí sobre tu corazón no volveré a sufrir...» *(N. del T.)*

con un gesto de la cabeza; después la abrazó con más fuerza y se la llevó, rápidamente, lejos de los otros dos.

Se miraron. Dimmi che sei tutta per me.

–Nunca pensé que tendría que empezar desde tan pronto a sentir celos por mi hermanita –murmuró Gaspare. La miraba. La miraba–. Me recuerdas a nuestra madre; a medida que creces te pareces cada vez más a ella, Rachele mía... –y la abrazó contra su pecho.

El disco se había terminado. Se detuvieron en medio de la sala de baile, uno frente a la otra. Seguían mirándose. Él no se movía. Algunas parejas ya se habían separado y cada uno iba por su cuenta. Azorada, ella no sabía qué hacer.

–Concédeme otro baile. El primero no valía: ¡era de prueba! –Y Gaspare la cogió de la mano.

Bailaba, bailaba y seguía a su hermano sin pensar dónde ponía los pies. Él le hablaba pero ella no le escuchaba. Parlami d'amore Mariù... *Radiante y abandonada entre sus brazos, miraba arrobada a su hermano, tan guapo como su madre.*

Gaspare la acompañó al balcón e invitó a su amiga a bailar. La magia del baile había desaparecido, dejándola desolada y a merced de un agudo malestar del que no se daba cuenta plenamente. Los buscaba entre las parejas y no los perdía de vista después. Si se reían, se preguntaba qué estarían diciéndose; si le daban la espalda, se devanaba los sesos pensando en qué estarían haciendo. Era ella la que debía estar con su hermano, y sintió ganas de arrancárselo a mordiscos de los brazos, a ésa. Orgullosa, se tragó las lágrimas que le habían inundado los ojos.

Gaspare devolvió a su amiga al balcón. No se percató de su mirada herida, y con un «ya nos vemos luego» se marchó a bailar con otras muchachas.

–Pero ¡qué guapo es tu hermano! –le dijo su amiga.

Ella ni siquiera le contestó.

Durante el resto de la fiesta no hizo más que contar los bailes y las compañeras de Gaspare. Una muchacha de pelo corto y rizado parecía ser su preferida. La odiaba.

Durante la pausa del tentempié, su hermano se le acercó:

–Voy a quedarme en Roma hasta Navidad, ¿sabes? El domingo te sacaré de paseo: no debemos permitir nunca más que pasen meses enteros sin que nos veamos ni nos escribamos siquiera. ¿Prometido?

Ella asintió. Él la miró. Después le dijo en voz baja:

–¡Te estás volviendo preciosa!

42
Tito no está solo en la Habitación de Nuddu.
«¿Es de mi padre de quien estás hablando?»

–Está cansada, tal vez sea mejor que la dejes dormitar a solas. Con que esté Sonia será suficiente: se ha llevado ropa para planchar a la habitación de al lado –dijo Teresa.

–Ya me quedo yo aquí. Llévate a las niñas con su madre. –Tito estaba otra vez en la segunda planta, con la carpeta de cartas en la mano. Sin preocuparse ante la posible curiosidad de su hija, quería recuperar los años perdidos.

–Qué hermosa era Roma en aquellos tiempos... –susurraba ella en el duermevela.

Tito escuchaba muy atento, pero no se atrevía a preguntar nada. De vez en cuando, captaba alguna palabra.

–Las iglesias no me interesaban, prefería un chocolate caliente en Babington. Claro que fingía, no quería perderte... Era a ti a quien devoraba con los ojos, figúrate lo que me importaban los museos... Pero me gustaba ir contigo: apoyabas tu mano en mi hombro y me enseñabas a «mirar»...

»Yo prefería la tarta helada, pero pedía siempre un cucurucho... Tú nunca te lo tomabas (te parecía indecoroso que un oficial fuera por ahí dando lametazos a un helado), pero querías probar el mío. Yo chupaba donde había estado tu lengua, buscaba tu sabor...

»Me gustaban mucho las canciones... Cuando estábamos

solos, tú cantabas conmigo..., caminaba ligera como una pluma, era feliz...

»Algunas veces me tratabas como a una niña... y lo sentía mucho... Una vez una amiga me prestó unas medias de seda. Recorría todas las escalinatas para que las notaras... "¡Rachele, un poco de compostura, eres una señorita! ¡Que la gente te mira!"... ¡Pero si yo sólo quería que me miraras tú!

»A veces no entendía si me sacabas por deber o por gusto... Un día nos paró una hermosa señorita..., hablabais entre vosotros..., yo estaba de más... Ella te dijo: "Pues entonces hasta mañana...". Y yo me sentí fatal todo el día...

»Estábamos cruzando la calle y eché a correr. Un coche tuvo que parar bruscamente... En la acera me lo reprochaste, secamente. Yo me eché a llorar... Me acariciaste la barbilla y dijiste: "¿Es que no te das cuenta de que eres todo lo que tengo?". Yo me eché a llorar con más fuerza... Tú no entendías nada.

»Después el regimiento te llevó a otra parte... Nos veíamos poco, pero nos escribíamos... Yo copiaba poesías para ti... A Mademoiselle eso le gustaba mucho. Pero no me decías nada de las chicas a las que conocías..., yo sabía que había muchas... Papá decía que eras un mujeriego. Aquello me martirizaba..., pero ¡es que eras mucho mayor que yo!

–¿Es de mi padre de quien estás hablando? –Tito no supo contenerse.

Ella no contestó. De vez en cuando sonreía, suspiraba, enarcaba las cejas, pero ya no volvió a hablar; y después se fue deslizando en el sueño, serena. Tito permaneció con ella hasta la hora de cenar; él también suspiraba a veces, y otras sonreía.

La cena no estaba aún preparada. Mientras esperaba, Tito deambulaba por la casa; la sentía distinta, como distinto se sentía él también. Mariola lo estaba llamando desde la cocina para que la ayudase a poner la mesa: lo hacía por primera vez. No lo lamentaba, sentía un deseo urgente de hablar con ella –eso también era una novedad–, pero no sabía por dónde ni cómo empezar a explicarle que se sentía cambiado.

Se afanaba con buena voluntad, procuraba poner bien la mesa y hallar la manera de empezar su razonamiento, tareas ambas nuevas y difíciles. No sabía dónde colocar los cubiertos y llamaba a Mariola para que lo verificara.

–¡El cuchillo se pone a la derecha! ¿Es que te has vuelto zurdo?

La cucharilla de postre estaba al lado del cuchillo.

–¡Eso es para la macedonia, y se pone encima!

No encontraba la cesta del pan. A su lado, Mariola se lo señalaba sobre la cómoda –estaba tapado con una servilleta para que se mantuviera fresco y limpio–. Inspirándose en el pan, dispuesto a explicar sus nuevas prioridades, Tito le apoyó una mano en el hombro, con timidez.

–Te habrás dado cuenta de que aún no he ido a la fábrica... –empezó a decir.

–No te preocupes, mañana me quedo yo con la tía. Hoy también hubieras podido ir, si estaba Teresa... –dijo Mariola, interrumpiéndolo.

Desanimado, Tito bajó el brazo y no volvió a intentarlo. Derramaba el agua de los lavadedos. Se olvidaba de poner la aceitera en la mesa. Y se tomaba los reproches de su mujer con alivio e ironía: también suponían una distracción y una manera de sentirse cerca el uno de la otra.

Estaban a punto de sentarse a la mesa cuando llamó Santi: tenían que volver al hospital al día siguiente por la mañana y no iban a poder cumplir con su turno de vigilancia junto a la tía. Tito se ofreció para sustituirlos.

Marido y mujer no hablaron de Titino durante la cena, pero su preocupación por el niño estaba presente. Ella sólo aludió a ello de pasada, una vez que acabaron de comer. Mientras recogía los platos, dijo con un suspiro:

–¡Nunca habíamos tenido que lidiar tanto con médicos, y para tantos de nosotros! A propósito, ¿te ha llamado Ernesto, por lo de tus resultados?

–No, pero tampoco me sorprende: en los laboratorios las vacaciones empiezan a mediados de junio, antes que el resto de la gente..., ¡con lo que ganan! No te preocupes: estoy bien, no me sentía así desde hace años.

–Si estuviera en tu lugar, yo lo llamaría, ¡sería una preocupación menos, lo que no estaría mal! –suspiró Mariola.

–Nosotros dos tenemos muchas razones para estar contentos y agradecidos...

Tito había encontrado la manera de empezar su discurso; Mariola, en cambio, tomó aquellas palabras como una alusión a su recobrada intimidad:

–La tía se habrá quedado dormida y Sonia se va a la cama enseguida. ¿Por qué no te vienes a la habitación, a ver la televisión conmigo?

Tito iba tras ella, tranquilo. Y cuanto más la seguía por las escaleras, observando sus contoneos, más volvía a apoderarse de él la serena alegría que sentía ahora en compañía de su madre. Echaba de menos a su padre. De repente le entró la necesidad de subir a la Habitación de Nuddu para completar ese mosaico en el que cada pieza estaba volviendo a su sitio. Y recordó que le esperaba una tarea que le gustaba mucho: el torneado. Por lo general, nunca hablaba de lo que hacía allá arriba, pero le salió de forma natural contárselo a su mujer.

Lo poco que sabía de relojes le bastó a Mariola para entender que Tito tardaría bastante en reunirse con ella; no le sentó muy bien, pero después se consoló pensando que tendría todo el tiempo del mundo para darse un baño caliente, aromático y relajante.

Arrebatado de nuevo por su pasión, Tito no se dignó ni a echar un vistazo a la habitación donde, según sabía ahora, había nacido. Sacó del armario el torno adecuado y cogió la caja en la que guardaba las piezas de recambio de los relojes de preguerra, una rareza. Las había obtenido gracias a un golpe de suerte. Un viejo relojero de Turín había cerrado su establecimiento y él pudo adquirirlas por una cifra ridículamente baja. Escogió con atención la pieza desbastada: tenía que sustituir un eje del balancín de un reloj de muñeca que había pertenecido a su padre.

Era uno de sus preferidos –correa de metal flexible, cuadrante redondo con un fino perfil de oro, encajado a su vez en un perfil de metal, ambos poligonales: una pieza clásica–. Aquel reloj tenía una particularidad: se recargaba automáticamente con los movimientos de la muñeca. Su padre se quejaba de que se le paraba a menudo y lo había mandado arreglar varias veces: al final habían llegado a la conclusión de que funcionaba perfectamente pero que el padre, ya muy enfermo, movía tan poco el brazo que impedía la recarga del mecanismo. Entonces se lo dio a su hijo. Aunque Tito cambiaba frecuentemente de reloj, tenía a gala el mantenerlo en perfectas condiciones: ahora iba unos cuantos segundos retrasado.

Se preparaba para tornear el eje del balancín. Cogió

el torno de relojero y colocó la pieza desbastada entre dos pequeñas conteras. Con la mano en posición de sostén, estaba listo para empezar. El desbarbado del material debía ser rápido: él tenía una mano experta y cuidadosa. Por lo general se concentraba completamente, sin la menor dificultad, pero esa noche no lo conseguía. Sus pensamientos no se despegaban de su padre. No le entendía. Tal vez Mariola, que tan cercana a su suegro había estado, pudiera serle de ayuda. Pero hubiera debido saberlo... Y eso –a Tito no le cabía la menor duda– jamás. Jamás.

Con un suspiro, se dispuso al trabajo. Empezó a tornear el cono posterior. El transportador estaba bien colocado sobre el cuerpo del eje. Tito comprobó que el hilo estuviera tenso y que la tensión fuera la adecuada para que pudiera deslizarse por el conducto de la polea transportadora. Le hizo dar una primera vuelta: algo no iba bien. Con paciencia, comprobó otra vez torno y transportador para asegurarse de que no hubiera error alguno de manejo. Sacó de la estantería su biblia, *El relojero reparador*, y se trasladó a la mesa de relojero: una balda apoyada sobre un viejo escritorio y rodeada de cristal por tres de sus lados, con dos rampas para apoyar los antebrazos. Encendió la lámpara y se sentó en el taburete, con el libro sobre las rodillas: hojeaba sus páginas consumidas para verificar sus propios cálculos.

La puerta chirrió: Mariola entraba titubeante; era la primera vez que lo hacía. Silenciosa, se sentó en la parte libre del diván –a sus pies había montoncitos de revistas mensuales de coches de época, uno por año–. Tito levantó los ojos y le hizo un guiño; después volvió a su manual, con el lápiz en la mano.

Había vuelto a hacer sus cálculos. Entonces levantó la mirada en dirección a Mariola. La entreveía en la penumbra; se había quitado los zapatos y estaba tumbada sobre la otomana, con la cabeza hundida en los grandes almohadones y los pies apoyados sobre las revistas. Le estaba siguiendo. Le sonrió, pero Tito no se daba cuenta de que ella no podía advertirlo, pues su boca y su nariz quedaban por debajo del nivel de la mesa.

Con tranquilidad, regresó a la mesa en la que estaba sujeto el torno. Comprobó torno y transportador: estaba listo para reemprender la operación.

–¿Quieres probar tú también? –le preguntó, volviéndose hacia ella.

Pero Mariola, sintiéndose desatendida, se había marchado tan sigilosamente como había llegado. Tito miraba la otomana. La forma de ella había permanecido en la colcha arrugada y en los almohadones ahuecados. Le complació pensar que su mujer se había reclinado sobre el diván en el que su padre y su madre habían consumado su pasión, y se sintió en paz con ellos. Aquel amor iba asumiendo la normalidad que no debiera pertenecerle. Tito experimentaba una sensación de bienestar desconocida hasta entonces.

Reemprendió la operación de torneo con rapidez. Volvió al taburete para empezar el montaje del eje del balancín. Se había reencontrado consigo mismo, o eso creía. Por el contrario, se sentía inquieto y le costaba concentrarse. Miraba a su alrededor, perplejo. Al final comprendió que echaba de menos a su mujer.

Mariola estaba en el cuarto de baño. Tito se quitó los zapatos y sin hacer el menor ruido se tumbó en la cama: aguardaba su propio turno, sin meterle prisa.

Ella no pensaba que Tito fuera a regresar tan pronto

y había dejado la puerta entreabierta; se estaba dando un baño con aceites esenciales y el aroma de la lavanda, transportado por el vapor, llenaba la habitación. Él lo inspiraba mientras escuchaba los ruidos que procedían de detrás de la puerta. Chapoteos, el choque del agua contra el hierro esmaltado a cada movimiento del cuerpo en la bañera, el chorro de más agua caliente. Después el fragor de la ducha. El restregar de la toalla, golpecitos ligeros en el rostro.

Mariola cogió el albornoz del gancho de la puerta y, al hacerlo, la abrió un poco más. Sentada sobre la tapa del váter, dándole la espalda, se estaba dando crema. Tito le veía la pantorrilla, cruzada sobre la otra pierna, y su minúsculo pie regordete; seguía los movimientos de ella, que ahora se le ofrecía de perfil. Había pasado a los brazos; el albornoz se había deslizado hasta el suelo. Los pliegues del vientre seguían casi en forma de anillo hasta la espalda: piel clara, tensa, sin arrugas.

Ahora se había levantado y se ungía con cuidado los senos, mirándose al espejo, aún de espaldas. Él se la imaginaba. Mariola tenía un no sé qué de ingenuo y casi adolescente: sus glúteos, brillantes también de crema, eran firmes; tenía la espalda arqueada, algunos mechones de su pelo castaño se escapaban por la nuca de la minúscula cola de caballo en la que los había recogido para que no se le mojaran.

Se había dado la vuelta y se masajeaba de nuevo los senos con otra crema que cogía de un recipiente violeta. Tito pensaba que eran suaves y mullidos. Desnuda y libre de la opresión del sujetador y del busto, era armoniosa: había conservado las proporciones del cuerpo redondeado que tanto placer le había proporcionado. Ahora se estaba ungiendo la espalda y los hombros cruzando los brazos sobre el pecho. Al igual que las mujeres de Rubens, tenía la piel tersa y luminosa, las carnes táctiles y la sólida pinguosidad que le había atraído en su juventud: era voluptuosa.

Tito se iba excitando, pero a medida que Mariola perdía tiempo preparándose para su marido, más mermaban sus esperanzas. Se lo encontró dormido.

Completamente perfumada, se metió entre las sábanas, resignada.

Pero, en plena noche, Tito la despertó.

43
Rachele recuerda y no añora.
«Es como si la naturaleza hubiera enloquecido.»

Ella seguía en la cama, esperando la bandeja con el desayuno. Parecía estar en duermevela, pero cuando abría los párpados, su mirada caía sobre Tito. Él estaba leyendo las cartas y de vez en cuando seguía la expresión de su rostro, en ocasiones le preguntaba algo. Aprendía a intuir y a imaginar con lo poco que ella le decía y con lo que ella había escrito. «¿Cómo es posible que te enamoraras de tu hermano?», era la pregunta que Tito no podía hacerle a su madre.

En el otoño romano de sus quince años se había abandonado a su inclinación por su hermano. Era su modelo de hombre –el príncipe azul inalcanzable– y soñaba con casarse con alguien como él. No se daba cuenta de las llamas que alimentaba. No consideraba que estuviera pecando, ni tampoco se preguntaba por la naturaleza de sus propios sentimientos hacia su hermano. Poco a poco, el amor empezaba a correr por su ladera y a transformarse en pasión. Lo comprendió a los dieciocho años: era a él a quien deseaba.

La magnitud del conjunto la desquició. Un día decidía tomar marido, otro se entregaba a una vida de casta soltería –le bastaba con vivir al lado de él y de la familia que él creara–, otro pensaba en huir muy lejos.

Otras veces se planteaba el suicidio; incluso entonces su pensamiento estaba centrado en su hermano; ella estaba tumbada en la cama, ya compuesta, él se inclinaba para besarla, muerta, como un amante y no como un hermano.

Despierta, no consentía a su propio espíritu el que se abandonara a esperanzas obscenas. Pero de noche, tenía sueños eróticos. Se unían. Y experimentaban placer. Al despertar, apesadumbrada pero no domeñada, pensaba en la historia, en la mitología, en la Biblia. Pasaba revista a los faraones egipcios, a los dioses del Olimpo, a los hijos de Adán y Eva incluso, y ni siquiera en ellos hallaba consuelo: estaba prohibido por la religión y por la ley. Se despreciaba. Pero no había nada que hacer: aquel amor era más fuerte que ella.

A su hermano lo enviaron a combatir a Grecia. Ella pasaba de la euforia al recibir cartas suyas a la desesperación cuando se quedaba sin noticias. Seguía los boletines ansiosa, como muchas otras mujeres, pero a diferencia de las demás, ocultaba sus propios sentimientos por miedo a revelarlos. Se veía con sus amigas, acudía a las reuniones y se comportaba como una muchacha normal –tenía incluso un pretendiente–, pero, cada vez con más frecuencia, caía en la melancolía. La combatía ayudando a los demás; fue entonces cuando hizo amistad con sor Maria Assunta.

Aguardaba con ansia el permiso que devolvería a casa a su hermano. Le encontró maduro, pensativo: la guerra le había convertido en un hombre. Su inmutable afecto por ella tenía ahora una acendrada dimensión protectora, y ella lo amó con más fuerza aún. Pero no osaba hacer nada para revelarle la naturaleza del amor que sentía por él.

Era una tarde de baile, en casa de una amiga. Estaba bailando un tango con su pretendiente. Apareció él, con algunos amigos; con las piernas abiertas, los brazos en jarras, el gesto serio, la miraba. Contestó a su sonrisa con un ademán de la cabeza.

Otro tango. Gaspare la cogió por un brazo y se la llevó a bailar, sin pedírselo siquiera. La empujaba hacia el suelo al doblarle la espalda arqueada hasta provocarle vértigo; en los pa-

sos lentos, inexorable, apretaba los muslos contra los suyos, después la alejaba de él –con el brazo tenso, los dedos entrelazados– como si quisiera arrojarla al suelo; cuando la pareja se abría, su mano le aferraba la cintura como si tuviese garras. Ella sentía su aliento pesado, miraba consternada sus ojos impenetrables y respondía como él quería. No había alegría en aquel tango: Gaspare estaba furioso.

–¡Extraordinario! –dijeron los demás.

A continuación, él se reunió con el grupo de los hombres y no volvió a bailar.

Iban de regreso a casa.

–¿Ése te gusta? –le preguntó a quemarropa.

–Es simpático...

–Papá me ha hablado de él: le tiene aprecio. Es de buena familia.

–¡Pero yo no le amo! –le interrumpió ella.

–¡Pues díselo entonces! –gritó Gaspare, y apresuró el paso.

Al día siguiente, él se fue a la fábrica con su padre. A su regreso algo había cambiado: toda ocasión le parecía buena para salir. Ella se sentía desatendida. Lo habló con Mademoiselle.

–Tiene el mismo temperamento que tu padre. Es un hombre, y tiene que desahogarse. Los hermanos de tus amigas se comportan de la misma forma: es lo normal. Debes acostumbrarte, ya no eres su hermanita pequeña –le dijo ella.

Rachele rumió durante largo rato aquella palabra, «desahogarse», y le dio un significado preciso: irse a un burdel. Imaginárselo con aquellas mujeres le provocaba náuseas. Era peor que los celos por las chicas con las que se veía su hermano.

Le acompañaba a coger el tren: salían de casa anticipadamente y en el bar de la estación se tomaban algo de beber, aguardando el momento de la despedida: era una costumbre que tenían.

Estaban delante del Jardín Botánico.

–La verja está abierta. Entremos –dijo él.

Ella había ido allí de niña con su padre, quien conocía al director. Las vitrinas del herbolario contenían tubérculos, raíces y semillas inmersos en parafina y conservados en recipientes de cristal. Le habían dado la impresión de momias vegetales. La visita a los jardines –bajo la guía del director– la había llevado a la conclusión de que prefería la Villa Giulia, bastante más amena, allí al lado.

Gaspare enarcó la frente:

–Ya veremos qué te parece en esta ocasión –y la cogió del brazo.

No había ni un alma. Bordeaban el pabellón neoclásico. Ella contenía el llanto con su pañuelo bordado, como todas las veces que él se marchaba, y levantó la mirada hacia su hermano. Siguiendo sus ojos, hallaba las cimas de los árboles, altos y en semicírculo alrededor del pabellón: dos inmensos pinos, con las agujas brillantes, la cúpula oscura contra el cielo apenas azul; a su lado, y ligeramente más bajas, las copas de las palmeras, muchas y distintas las unas de las otras, algunas en abanico, otras como con plumas; después, dos ficus, en ambos extremos.

Desde allí arrancaba un paseo flanqueado por otros ficus maduros, con las ramas entrelazadas en una bóveda exuberante. Las hojas, grandes, oblongas y puntiagudas, eran de un verde oscuro y brillante; en medio destacaban, ambarinas, las ya amarilleadas aunque aún carnosas y otras más, marrones, ya secas, con el pedúnculo tenaz pegado a la rama, brillantes éstas también, como si las hubieran rociado de aceite. El fondo del paseo parecía una alfombra oriental, los rayos del sol que se filtraban a través de las ramas percutían sobre el empedrado y sobre las hojas caídas, creando un juego de luces y sombras.

Todo era un zumbido de cigarras y un chirriar de grillos; el canto de los mirlos ocultos por el tupido follaje se elevaba intermitente. Gaspare avanzaba a paso veloz. De vez en cuando se detenía y decía algo.

Un inmenso drago, achaparrado, rugoso, potente.

–Se llama sangre de dragón.

El gigantesco ficus magnolioides, *una columnata de raíces caulógenas indistinguibles, por espesor y corteza, de las ramas.*

–Es como si la naturaleza hubiera enloquecido.

El paseo de los árboles-botella, de corteza gris cubierta de dientes tupidos, irregulares y puntiagudos.

–¡Una coraza para defenderse de los enemigos!

Él alargó el paso; ella, impedida por la rigidez de la falda y los zapatos de tacón, avanzaba con breves tirones, pero no se separaba de su lado.

Estaban en la mitad del paseo. Gaspare miró el reloj.

–¡Qué tarde es! ¡Vuelve a casa, yo voy a echar a correr, porque, si no, perderé el tren!

Y le cogió el rostro entre sus manos. Pero esta vez no lo giraba para besarle en las mejillas: con la cabeza derecha se inclinaba y apoyaba los labios sobre los suyos en un trémulo beso con la boca cerrada y las pestañas húmedas, larguísimo. Ella cerró los ojos, deslumbrada. Cuando volvió a abrirlos, él había desaparecido.

Con los labios cerrados, avanzaba lenta, acompañada por aquellos troncos hirsutos y bulbosos. Le parecía como si a sus espaldas, los árboles se deslizaran sobre el vial y se cerraran a su paso en un denso bosque, donde descansaba, bien protegido, el secreto del beso del hermano, pero no como un hermano.

Estaba despierta. Tito leía y no se había dado cuenta; dejó la carta y levantó la mirada:

–¡No sabía que habías sido enfermera!

–Fue útil, cuando tu padre volvió herido de Grecia. –Y cerró de nuevo los ojos.

Las heridas se iban cicatrizando, pero él tenía que guardar reposo. Recibía muchas visitas: muchachas desconocidas para ella, mujeres jóvenes y desposadas y un sinfín de amigos. Mademoiselle meneaba la cabeza, pero no conseguía contenerlas. Ella hacía de todo: ayudaba en casa; cuidaba de él cuando la enfermera no estaba disponible; preparaba limonadas, horneaba galletas y pasteles, oficiaba como la dueña de la casa e iba a buscar lo que le hacía falta o le gustaba, a cualquier parte de la ciudad. Ya no se veía con sus amigas; había dejado de acudir a las reuniones. La gente la admiraba y notaba que, a pesar de todo, estaba radiante.

–¿Qué hacíais, cuando él estaba enfermo? –preguntó Tito.

–A veces me pedía que le leyera en voz alta, o que le pusiera un disco: le gustaba oírme canturrear por encima de la música. Pero casi siempre estábamos callados.

Rara vez estaban solos, pero no importaba. Ambos lo sabían. Y no tenían nada más que decirse. Se miraban. En sus relaciones se había instaurado un púdico recato, que adquiría forma en la manera en la que él se refería a ella: no ya como «Rachele», sino como «mi hermana». Un signo de lo muy reprobables que eran sus sentimientos. Ella lo entendía y se consumía.

Mademoiselle la espoleaba para que saliera. Sus amigas iban a buscarla; pero ella, nada. Su pretendiente era un huésped asiduo y bien recibido en la casa; ella aborrecía esas visitas.

–Tu vida debe continuar, eres joven. Yo no tardaré en volver al regimiento –le dijo un día Gaspare.

–Yo soy feliz así.

–Eso tampoco es justo. Me sentiría más aliviado al saberte con tus amigas, cuando vuelva a la guerra.

Ella obedecía. Salía con el corazón encogido, convencida de que su hermano, al igual que su padre, quería verla casada. En cuanto regresaba, corría a estar con él. Entonces era feliz.

Más tarde, también Gaspare empezó a salir de nuevo: la licencia de convalecencia estaba llegando a su fin.

Ella no quería ni pensar tan siquiera en que él tenía que volver al frente.

–Y al final, ¿volvieron a llamarlo a la guerra?

–Sí, pero duró poco. Tenía problemas con la vista y obtuvo una licencia definitiva.

–Y entonces, ¿qué hizo?

–Se sentía deprimido; a veces parecía desesperado. ¡Y pensar que muchos otros hubieran hecho de todo para dejar el ejército! Nos fuimos a Torrenuova y allí se recuperó. Más tarde, en la ciudad, él hacía su vida. Y yo la mía.

Sonia entró con la bandeja del desayuno. Rachele le hizo un gesto para que la dejara sobre la mesilla y volvió a sus recuerdos.

Gaspare regresó al regimiento. Ella había perdido las ganas de vivir: no comía y se estaba consumiendo. Leía una y otra vez los libros que le había leído, escuchaba las canciones que le gustaban a él y se iba aislando cada vez más. Mademoiselle se la llevó a ver a un médico. Estaba sana.

Después, la licencia. Le habían diagnosticado una enfermedad en los ojos. A sus veintisiete años, era un hombre amargado y derrotado: no quería salir de casa ni ver a sus amigos. Sólo se sentía a gusto con su hermana: leían, hablaban o simplemen-

te callaban. Ella no se alejaba de él y él no le pedía que se fuera. El padre y Mademoiselle estaban consternados. Cuando Gaspare expresó su intenso deseo de marcharse a Torrenuova, el padre, pese a desaprobarlo, dio su consentimiento. Mademoiselle y él se quedaron en la ciudad.

La soledad de Torrenuova los intimidaba: evitaban incluso darse un beso de buenas noches. La tensión de los sentidos era palpable, y cuanto más lo advertían, más se rehuían. Por la mañana, él se encargaba del jardín y ella cocinaba. Pasaban las tardes paseando por el campo o por la playa, y leyendo. Por las noches, sentados lejos el uno de la otra, hablaban de todo, excepto de ellos dos. A menudo permanecían callados y contemplaban la puesta de sol y el cielo estrellado después. Precisamente aquellos silencios la convencieron de que sus sentimientos eran correspondidos. Pero él nada decía. Fue entonces cuando le entró el deseo de tener un hijo, un hijo suyo. Se sentía desconcertada.

Al regreso de Torrenuova, Gaspare parecía haberse restablecido. Salía con sus amigos y se veía con sus compañeros militares. Se decía que había vuelto por sus fueros de mujeriego. Sacaba a pasear a sus amigas, como antes. Con ella, volvió a comportarse como un hermano mayor. La llevaba a tomar un helado; le compraba regalitos; hacía su aparición en las tardes de baile para acompañarla de vuelta a casa. Delante de los demás, la abrazaba y le ponía los brazos sobre los hombros, tal y como suele hacerse entre hermanos. Cuando estaban solos, la evitaba.

Ella no lo comprendía. Se sentía muy infeliz. Lloraba, a solas, en su habitación. Se confió a sor Maria Assunta.

–Ruégale al Señor que te lo quite de la cabeza, y que puedas hacer lo que es debido. Todo pasa.

–¿Y qué pasó después? –Tito aguardaba las pausas para plantear sus preguntas.

–Empezaron los bombardeos. No sabía dónde estaba tu padre; estaba muy preocupada.

Ocurrió durante un bombardeo. Ella estaba en casa, sola, a punto de irse a dormir. Mademoiselle pasaba la noche en casa de unos amigos, en la playa. Su padre estaba en el pueblo. Gaspare había salido. Los otros inquilinos bajaban al refugio y llamaban a su puerta. Ella no contestaba, aguardaba la muerte: era su destino, y se lo merecía. Vino la portera, que, voceando, llamaba y hasta daba golpes en la puerta: sabía que estaba en casa. Tampoco a ella le contestó.

Habían colocado tablas en las ventanas para protegerlas y mantener la oscuridad. Las desmontó para ver fuera: la plaza estaba desierta y reinaba la oscuridad. Los bombarderos retumbaban en el cielo. Las bombas caían repetidamente, luminosas como fuegos artificiales cuando se precipitan silbando. Explotaban en la ciudad vieja, hacia el puerto, al final de la calle que llevaba al mar: estruendo, humo y polvo. Estruendo, humo y polvo.

La silueta de los tejados de la ciudad iba cambiando: algunos edificios ya no existían, la cúpula de la Casa Profesa había desaparecido..., era el castigo de Dios. Volvió a cerrarlo todo y se arrojó sobre la cama: aguardaba.

–Rachele, ¿dónde estás?

Era él. No le había oído abrir la puerta de casa. La estaba llamando, pero ella no contestaba. Oyó sus pasos en el pasillo, después el chirriar de la puerta.

–Rachele, ¿estás aquí?

Contenía la respiración.

El estallido de una bomba, cerca. Después, silencio.

–Rachele, te estoy oyendo. Habla, ¿por qué no estás en el refugio?

En la cerrada oscuridad, Gaspare se iba acercando a tientas; tiró una silla. Estaba al lado de la cama. Ella se acurrucó al otro lado.

–¡Contesta!

Él tiraba de la manta y después de la sábana: se había enganchado en el hierro forjado del costado de la cama, estaba a punto de romperla. Después, una mano le cayó encima, en la espalda.

–¿Qué te ha pasado? Contesta.

La mano subía por el raso del camisón y alcanzó el arranque del brazo. Lo aferró: intentaba girarla hacia él. Ella era un peso muerto, sentía miedo, de todo. Gaspare tiraba y desgarraba el encaje. Ahora estaba boca arriba. Le sujetó los hombros y, entre tanto, con la otra mano, buscaba un apoyo; la levantaba, sosteniéndose sobre la cama con la rodilla. La incorporó, manteniéndose en equilibrio sobre la pierna doblada, y se la puso después de través sobre las piernas.

Buscaba la cabeza; palpó sobre la espalda los cabellos sueltos y abultados; metió las manos en ellos y sin retirarlos en ningún momento, subió hasta la frente. Le volvía la cabeza hacia él, le retiraba del rostro los mechones húmedos por el llanto, se los alisaba por detrás de las orejas, con los dedos como dientes de un peine ancho. Buscaba sus ojos, y después la nariz, la boca.

–¡Contesta! ¿Por qué no estás en el refugio?

–Quiero morir...

Y su boca anhelante penetró en la de ella, mientras las manos afanosas le bajaban los tirantes.

Con la cabeza entre las manos, Gaspare, desnudo, estaba sentado al borde de la cama, con la sábana húmeda y arrugada.

Ella le acariciaba la espalda.

–Yo te amo, ¿y tú?

Y se unieron de nuevo, más lentamente.

La tía miraba a Tito, cansada.

–¿Y después? –preguntó él.

–Después viniste tú.

Madre e hijo se miraban, sin osar tocarse. Sonia le sirvió el desayuno. Rachele partía el cruasán en trocitos, uno para ella y otro para Tito; ésa fue su manera de decirse que se querían.

44
Un amor equivocado.
«¡Jamás permitiré una sola mancha en tu honor, jamás!»

Tito se dirigía a su padre:

–*Y tú, ¿cómo pudiste hacer algo así?* –le preguntaba.

Se había enamorado de Rachele durante su convalecencia. Se sentía atraído por su hermana, que se había convertido en una hermosa muchacha, y eso añadía a sus relaciones un toque de sensualidad contenida que no le resultaba desagradable. La manifiesta atracción de ella le provocaba ternura y no le turbaba; por su parte, consideraba normal sus propios celos protectores. Convencido de que ella se le entregaría, resistía y confiaba en que, como todos los demás enamoramientos suyos, éste también habría de atenuar su intensidad por ambas partes. Tal vez acabaría instaurándose entre ellos una relación ambigua –como sucede a veces entre hermano y hermana–, que, con todo, no les impediría a ninguno de los dos casarse y formar sus propias familias, sin degeneraciones.

Antes de volver al frente, se había entregado con vehemencia a unos amoríos con la mujer de un capitán y había reconsiderado la situación: se trataba únicamente de una temporal gradación erótica.

Traumatizado por su licencia definitiva, Gaspare se sentía deprimido. Fue entonces cuando se dio cuenta de que su hermana se había convertido en el eje de su vida. Su recíproca atracción era poderosa y se avergonzaba de ello. En Torrenuova, el enamoramiento estalló en amor, correspondido sin necesidad de palabra alguna. Tenían numerosas oportunidades: estaban solos, por la noche. Ella se le ofrecía. Llena de deseo. Consciente. Apacible. Decidida. Y serena. Él no quiso tomarla, por respeto a su propio amor, que en su interior comparaba con un día de sol en Torrenuova, cuando el cielo está alto y sin nubes; al amanecer, por detrás de las colinas del interior, era rosado; después iba volviéndose gradualmente azul, luminoso y limpio. Así permanecía hasta la tarde, cuando se inflamaba sobre el mar. Y Gaspare no se atrevía a mancillarlo con la pasión.

No le cabía la menor duda de que sacar adelante una relación incestuosa y por lo tanto secreta suponía una locura, pero sin embargo se sentía incapaz de truncarla. Debía darle tiempo a aquel amor para que siguiera su propio curso ineluctable. Pero no osaba profetizarlo.

A su regreso a la ciudad reavivó su relación con la mujer del capitán. La tomaba, ebrio, pero sólo conseguía excitarse deseando ardientemente a su hermana, y sentía repugnancia hacia sí mismo. Evitaba la compañía de Rachele. Pero después, como un loco, acababa por buscarla por todas partes, para tratarla como si aún fuera una colegiala. Gaspare se afanaba en engañarse a sí mismo con las embusteras apariencias de un simple afecto fraternal.

Él estaba con sus amigos. Por detrás de las montañas apareció una formación de bombarderos enemigos. De tres en tres, en rombo después y, al final, muchos en fila. Espectaculares, amenazadores. Sabía que Rachele estaba sola en casa. Tuvo una visión: Rachele, trastornada, lo estaba llamando. Corrió por las calles de la ciudad, bordeando las zonas que los bombardeos ya habían alcanzado, esquivando los equipos de rescate, tapándose la boca y la nariz para no engullir el polvo y el humo. No respondía a los lamentos de los heridos, ni hacía caso de los gritos que pedían ayuda. Corría, corría hacia su Rachele.

El refugio estaba atiborrado. Extraños y familiares estaban apiñados los unos contra los otros.

–¡Rachele! –gritaba–. Rachele, ¿dónde estás?

Muchos –mujeres, sobre todo– se tapaban el rostro con chales y mantas; él se los arrancaba y las miraba a la luz de un mechero; después, desentendiéndose, volvía a echárselos encima y pasaba a otros. «¡Rachele! ¡Rachele!» Como un condenado daba empujones, se entremetía entre los grupos compactos, sin respeto hacia los ancianos, niños o enfermos. Indignados, hombres y mujeres protestaban. Algunos lo insultaban. Él no desistía. «¡Rachele!» Tenía que encontrarla.

–¡No está aquí! ¡Ha preferido quedarse en casa! –gritó la portera desde el boquete en el que se había refugiado.

Gaspare subía los escalones de dos en dos, casi sin tocar la barandilla; era como si viera en la oscuridad.

Pasó a tientas la mano por la puerta: no encontraba el ojo de la cerradura. Nunca le había ocurrido. Palpaba la madera, tocaba la mirilla, tiraba del cordón que, a través de la mirilla, ponía en acción la campanilla, tiraba de ella y ésta sonaba, pero no había respuesta. Daba golpes en el postigo, seguía buscando la cerradura. No la encontraba. Le invadía la certeza, horripilante, de que esa noche iba a poseerla.

El estallido de una bomba, cercana. Y otras, a lo lejos.

La llave entró por fin en la cerradura. Dio una vuelta.

–Rachele, ¿dónde estás?

Sentía su presencia desnuda.

Rachele se había quedado dormida, acurrucada entre los brazos de su hermano, con la espalda contra su pecho como lo hacía de pequeña cuando, después de comer, en verano, hundidos en el sillón de mimbre, le leía cuentos bajo la sombra fragante de los pinos –el cuerpo apenas adolescente de él bajo el de ella, inocentes–. Gaspare pensaba que aquella noche de bombardeos y de pasión, en vez de disipar la inocencia, la había sublimado en un amor profundo. Pasaba de la felicidad a la desesperación, aquel amor era portador de desgracias y de ignominia. Más estallidos: bombas que caían no muy lejos. Rachele, entre sueños, se abrazaba a él, y él le correspondía.

El alba estaba cerca y los bombardeos se iban espaciando. Gaspare se deslizó fuera de la cama sin despertarla y se vistió: la portera no tardaría en venir para supervisarlo todo. Le dejó una nota. «Volveré después de comer. Ceno en casa.»

Rachele estaba esperando, ansiosa, en el balcón. Gaspare le hizo un gesto para que bajara.

–¡Vamos! –le dijo.

Apretó el paso y no volvió a dirigirle la palabra. Corriendo, y tropezando a veces, ella no permitió que se distanciara.

Manteniéndose apartados el uno de la otra, se dirigían hacia las colinas, donde menos intensos habían sido los bombardeos. La ciudad permanecía en suspenso; la atmósfera estaba cargada. Las carreteras secundarias se habían convertido en senderos de campo. Atravesaron campos de cítricos, pasaban por veredas tortuosas, costeaban muros de villas dieciochescas abandonadas. Se cruzaban con muy poca gente, y desconocida.

Él se detuvo de repente, con el brazo tendido contra la tapia de un jardín de naranjos.

–Esto tiene que terminar. ¡Mejor dicho, se ha terminado ya!

–¿Qué mal hacemos?

Rachele inhalaba la fragancia del azahar y se le ofrecía, suplicante.

–Tiene que terminar. Que terminar.

Y reemprendieron el camino de regreso.

Habían enfilado la calle que cortaba la ciudad de una punta a la otra. Frente a ellos, en la lejanía, el sol, ya próximo al ocaso, había descendido por detrás de las montañas yermas y pedregosas que rodeaban en semicírculo la ciudad: una inútil protección contra los ataques desde el cielo. A la izquierda, hacia el mar, el Monte Pellegrino –todo él una piedra rosa y azul violáceo– se recortaba desnudo y humillado contra el cielo pálido.

Se cruzaban con escasos viandantes, afligidos y taciturnos ellos también. Una viejecilla sentada sobre el murete de una villa los llamó.

–¡Qué jóvenes y qué guapos sois, y hermano y hermana, ya se ve! Yo una plegaria voy a decírsela al Señor, por vosotros y por vuestros muertos. La vida debe ser esperanza para los jóvenes. Recobrad el ánimo, pues si no, ¡qué haremos nosotros, los viejecillos!

La miraron y no se atrevieron a mirarse: tenían un nudo en la garganta.

Decidido, Gaspare se distanció de ella. Rachele, cansada, le seguía a duras penas. La estaba esperando bajo un plátano, y detrás de él la corteza –manchada, hinchada y pútrida– empezaba a desprenderse del tronco.

–Una última cosa: ni media palabra. –Su mirada era dura.

–Yo tengo la boca sellada. –De la esquina de un ojo se le resbaló una lágrima.

–La boca sellada... Lo decía nuestra madre...

Y le pasó un dedo por la mejilla.

No hubo más bombardeos. La ciudad recobró su vida, al igual que ellos las suyas, separadas: se veían en casa y fuera, de refilón. Cada uno llevaba su propio secreto. Pero eran incapaces de fingir en la cotidianidad. Los gestos de siempre y las mismas palabras adquirían una intensidad nueva: una presión sobre el brazo con más fuerza, una caricia prolongada, un beso en la frente, enardecido.

Rachele estaba inmersa en la asistencia a los heridos. Se pasaba días enteros con las monjas y además se veía con sus amigas: no acusaba el cansancio y parecía reflorecida. Su porte rezumaba una sensualidad liberada; su tez y sus tupidas trenzas castañas, que seguía llevando recogidas sobre las orejas, tenían un brillo nuevo. Rachele, en el fulgor de su juventud, lo quería, de nuevo y para siempre.

Gaspare estaba tenso y parecía exhausto. Evitaba a su hermana; él también se había consagrado a las actividades de asistencia y volvía a casa agotado. Iba a la fábrica con su padre y se ocupaba de las propiedades heredadas de su madre. Salía a menudo con sus amigos y no perdía sus escasas oportunidades de divertirse, pero en el seno de la familia se mostraba sombrío. Mademoiselle lo observaba, perpleja: algo había cambiado en ellos.

Después de aquella noche de locura, Gaspare había hecho todo lo que estaba en su mano para evitar lo que consideraba la ruina de su hermana. Parecía, en cambio, como si su padre y Mademoiselle estuvieran convencidos de que la acechaba. Cuanto más apartado de Rachele se mantenía, más recaían las miradas de ellos sobre él, graves o acusatorias, cada vez que le dirigía la palabra o la miraba.

El padre hizo algo más: le dijo que se buscara mujer, y rápido, ocultando la enfermedad de sus ojos; le propuso algunas muchachas casaderas. Él contestó que aún no estaba preparado, pero que lo pensaría. El padre mantuvo una conversación parecida con Rachele, pero con la mira más ajustada: desde hacía tiempo tenía ya listo un posible marido para ella, el joven médico que la amaba hacía mucho. Ella se negó. Entonces, él impuso a su hijo que la persuadiera, en su presencia, para que aceptara al pretendiente. Gaspare no se echó atrás: el matrimonio le daría a Rachele la oportunidad de una vida normal y de hallar su propia felicidad.

Ante el seco rechazo de ella, Gaspare aceptó la condición ineluctable de su amor y se abandonó a él.

Una noche, el padre volvió del círculo antes de lo acostumbrado. Oyó ruido en la habitación de su hijo. Se detuvo a escuchar. Después enfiló el pasillo al que daban los dormitorios de Rachele y de Mademoiselle. Abrió con un golpe de hombro la puerta de su hija: Rachele no estaba allí. Deambuló por la habitación como una fiera enjaulada, después volvió a salir al pasillo.

–C'est toi, Tito?–Mademoiselle, sujetándose la bata contra el pecho, había entreabierto su puerta.

Hubo un cruce de miradas plenamente conscientes a la luz de la lámpara de aceite.

Al día siguiente el padre lo convocó en su despacho. Quería saberlo todo. Ante el silencio del hijo rebelde, hubo amenazas: lo desheredaría; conseguiría que ni siquiera la fábrica fuera suya: emplearía su amistad con los jerarcas del partido para impedirle cualquier otra ocupación. Esta vez Gaspare le reprochó a su padre la imperdonable violencia contra su madre y todo lo demás.

Tras aquel enfrentamiento, el padre abandonó Palermo y poco después halló la muerte en un accidente de caza.

Hermano y hermana eran inseparables en el luto. Ella estaba genuinamente dolorida; él, atormentado por los remordimientos. Del futuro no hablaban, ni tampoco de ellos: una suerte de deseo de expiación por la muerte de su padre los inducía a sofocar su pasión, aunque no su amor. Adquirieron la costumbre de dar paseos después de comer, cuando las calles estaban vacías. De vez en cuando, él le ponía una mano en un hombro, tal y como suelen hacer los hermanos con las hermanas. Si encontraban alguna iglesia abierta, entraban en ella: desierta también, a esas horas. Se detenían delante de las capillas barrocas y sus oratorios: ella murmuraba una oración y él, por detrás, contemplaba las figuras voluptuosas de las estatuas del siglo XVII, que hablaban a sus sentidos y, al mismo tiempo, lo ponían en guardia. Eran sus únicos momentos de intimidad: la tomaba por la cintura, le cogía la mano, le acariciaba el rostro, fugazmente.

Estaban delante de la representación de la Paz: una agraciada joven, dentro de uno de los nichos de la pared recubierta de estucos. Modelada con una mezcla de cal y polvo de mármol, era, como el resto de las estatuas de Serpotta, cándida, suave, luminosa.

Impúdicas vestiduras –vaporosas a veces, adherentes otras– adornaban su cuerpo flexuoso. Se deslizaban por el hombro y el brazo, dejándolos al desnudo; bajaban, sutiles como un velo, sobre los senos redondos y el vientre mullido y henchido, exaltándolos; modelaban la concavidad del ombligo. Después se ensanchaban en pliegues y bullones sobre las piernas y se anudaban por encima de las rodillas; otros pliegues, tupidos y voluminosos, rozaban los pies delicados y desnudos.

El rostro pensativo de la Paz estaba ligeramente inclinado hacia abajo, de perfil; sus rasgos menudos tenían un no sé qué de coquetón y los cabellos, recogidos en lo alto de la cabeza, estaban sujetos por una trenza enrollada a modo de cinta. Sus ojos inocentes estaban orientados hacia la mano que atenazaba la figura de un desnudo prisionero enemigo –oscuro, rígido, musculoso, con la cabeza gacha, manos y pies encadenados–, dirigiéndola contra su regazo. Como un puñal.

Fue delante de esa estatua cuando ella le susurró:

–Estoy embarazada.

Ellos también eran estatuas; con los ojos hacia arriba, fijos en el vientre de la estatua de la Paz. Atónitos y desolados los del uno, ansiosos y decididos los de la otra.

–Algo se podrá hacer, conozco a un buen médico de toda confianza.

Con la voz baja, carente de emociones:

–Yo lo quiero.

Después, silencio.

–Lo quiero –repitió ella, y añadió–: Lo tendré en otra parte, diremos que alguien me sedujo.

Hablaban quedos, sin apartar los ojos de la estatua; era como si estuvieran susurrando una plegaria, una oficiaba y el otro contestaba. El sacristán estaba esperando a que se marcharan para cerrar la capilla. Entre tanto, deambulaba por ahí, sin perderles de vista, indiferente.

–¡Jamás permitiré una sola mancha en tu honor, jamás!

–Pues piensa entonces en otra solución.

–No hay ninguna otra, ya lo sabes.

–Yo estoy dispuesta a todo, con tal de permanecer junto a ti y a nuestro hijo.

–Desvarías.

–A todo, ¿lo entiendes?

–No creas que no le he dado vueltas yo. Pero significaría un cambio brutal, para ti...

–Lo sé.

–Vivir en una mentira perenne...

–Lo conseguiré.

–Aislada de tus amigas y de la sociedad...

–No me importa.

–Cambiar de ciudad, cambiarte a ti misma... Incluso cuando yo ya no exista. ¿Crees que serás capaz?

–Yo sí. ¿Y tú?

–¡Lo que hay entre nosotros tendrá que acabar!

–Eso no, no seremos capaces. También para eso encontraremos alguna manera.

Rachele cogió a Gaspare de la mano. Le condujo hacia la nave central; hizo una genuflexión ante el altar desangelado y, sin soltarle la mano y sin mirarlo, como si fueran dos recién casados, se volvió hacia el portal. Estaba atrancado.

Al día siguiente, Gaspare tenía una cita con el notario: debían discutir sobre la herencia. Su hermano el médico se reunió con ellos y en pocas palabras le informó del cáncer de su padre y de su convencimiento de que se había suicidado.

–No quiero que pongan al corriente a mi hermana de nada de esto, es muy religiosa –dijo Gaspare, y se quitó un peso de la conciencia.

Esa noche, fue él quien entró en la habitación de Rachele.

45
La larga noche de Rachele.

«No quisiera tener que maldecirla, esa infausta felicidad tuya.»

Sonia le estaba sirviendo la cena a Rachele: la había sentado en el sillón y le había colocado delante la balda giratoria de la mesita.

–La compré yo, para mi hermano, cuando estaba herido... –decía ella, tomándose su sopita primavera, su preferida.

Un timbrazo: era Nadia, la hija de Sonia, que trabajaba en casa de Santi. Sonia se retiró junto a la ventana, pero no perdía a la tía de vista. Sin apartar el móvil del oído, era capaz de servirla al mismo tiempo: con el rabillo del ojo la vigilaba, le servía otro cacito de sopa, le ofrecía pan, le retiraba el plato vacío, le ponía las verduras, y una y otra vez regresaba a la ventana para seguir hablando ininterrumpidamente en su idioma.

La tía, ahora, había terminado de comer y aguardaba con paciencia. Tito lo sabía y lo aceptaba: nunca había esperado que aquel momento pudiera llegar.

–Nadia estaba llorando, he tenido que consolarla.

–¿Qué ha ocurrido?

–A ella nada; es Titino. ¡Pobre niño! Vosotros quizás os lo esperarais, ya sabíais que no veía muy bien. Pero a mi pobre Nadia le ha sentado como un tiro: el médico ha telefoneado justo cuando los estaba llamando a la mesa. Titino tiene la misma enfermedad que tu hermano...

Con un gesto decidido, Rachele apartó la copa de cerezas que Sonia le tendía.

–Quiero irme a la cama.

Desplomada sobre el sillón, con el rostro arrugado y agrisado como una lenteja, los labios cerrados, aguardaba a que la mujer le retirara la mesita de delante.

Cumplía veinte años. Celebraron una pequeña fiesta en casa. Por la noche, su padre le dijo:

–Ya es hora de que tomes marido. Ese joven médico me gusta, y su padre está dispuesto a dar el paso.

–No quiero desposarme. Nunca.

–No te entiendo, ¿es que quieres ser una solterona?

–¡He dicho que no quiero desposarme!

–¿Y si te lo ordena tu padre?

–En mi cuerpo y en mi alma sólo mando yo, papá.

–Ten cuidado, te arrepentirás. Piénsatelo bien.

Pocos días más tarde, su padre la convocó en su despacho. No estaba solo: con él estaba Gaspare. Con las piernas estiradas hacia delante, con aparente despreocupación, estaba sentado al borde de un anaquel de la librería, y se agarraba a él. Ella se dio cuenta, como se dio cuenta también de que hacía fuerza sobre los pies nerviosos para no resbalar.

–¿Has pensado en lo que te dije? Tengo que dar una respuesta. ¿Lo quieres?

–No.

–Escucha a tu hermano, por lo menos.

Gaspare apretaba con fuerza los dedos en torno al anaquel.

–Rachele, es un buen chico, somos amigos. Sería un cuñado estupendo para mí. Ya conoces sus sentimientos. Te daría una familia preciosa, hijos sanos...

–¿Quieres que me case con él?

–Sería una boda muy adecuada para ti. Debes decidirlo tú.

–¿Quieres que sea su mujer?

–Quiero que seas feliz.

–¡La mujer de nuddu *seré yo! –Y se marchó a la carrera, fuera de sí.*

Esa noche, ella lo estaba esperando, con la vela casi consumida. Oyó sus pasos en el vestíbulo, y después en el baño. A continuación, silencio. De puntillas, llamó a su puerta. Ésta se abrió muy, muy despacio, él salió y la puerta se cerró a sus espaldas. Se miraban.

–¿Sabes que acabaré por quedarme ciego? –le preguntó.

Ella no contestó.

–¿Y me quieres de todas formas?

Gaspare le soltó el lazo del cinturón de la bata; después apagó la vela de un soplo y la dejó entrar. Y así fue, siempre: a oscuras.

–Rachele, no me gusta tu relación con Gaspare. Estáis jugando con fuego, los dos. Escucha. Vámonos de aquí, a las Madonie; las montañas son muy bonitas, daremos largos paseos por los bosques... Tómate tu tiempo para distraerte, para reponerte de la muerte de tu padre... –le exhortaba Mademoiselle. Ella le había hecho mucha compañía: sabía que había habido algo entre Mademoiselle y su padre, y la veía muy triste.

–Somos dos huérfanos, y estamos a gusto juntos: ¿qué hay de malo en ello?

–Te equivocas, y mucho; te estás buscando tu propia infelicidad y la de los demás... ¿Entiendes lo que quiero decir?

–Yo me siento feliz. Usted también ha sabido construirse su propia forma de felicidad, aquí, en casa.

–No quisiera tener que maldecirla, esa infausta felicidad tuya.

Mademoiselle, entonces, la abandonó.

Titino. Mademoiselle tenía razón.

Era lo que siempre había temido: no por Tito –ella

estaba convencida de que sería un niño sano, aunque Gaspare era fatalista–, sino por los hijos de él.

Cada vez que le enseñaban a un recién nacido, vacilaba en cogerlo y temblaba, no de felicidad, sino de miedo a que esas pupilas desenfocadas desarrollaran, al crecer, la vista tubular y se hundieran más tarde en la oscuridad, como le había ocurrido a Gaspare. El miedo no la había abandonado nunca. Pero como le ocurrió con todo lo demás, se había acostumbrado a convivir con él.

Rachele encendió la luz y bebió un poco de agua. Echaba de menos a su hermano. Él sabía darle fuerzas, consolarla: habrían podido compartir también aquel dolor.

Tito deambulaba por la iglesia y ellos dos, en la capilla, estaban delante de La expulsión de Adán y Eva del Paraíso, *de Masaccio. Su desnudez era vergonzosa y sensual: el pecado. Él decía:*

–Yo me identificaba con ellos, y pensaba en las desgracias que cayeron sobre sus hijos, y sobre los hijos de éstos. Pero ahora ya no lo creo. Adán aceptó la manzana no por gula ni tampoco por ansia de poder, sino por amor. Amor hacia Eva. Y eso no es un pecado. El amor es grande, enorme, más que cualquier otra cosa.

Titino, Titino que saltaba por los senderos, que jugaba al fútbol, que quería aprender a conducir, que dibujaba tan bien, a quien tanto le gustaban los libros..., destinado a la oscuridad.

–¡Gaspare! Gaspare, ¿dónde estás? ¡Ayúdame!

Se levantó por sí sola; caminaba sujetándose aquí y allá en los muebles. Alcanzó la puerta que daba a la escalera de caracol. Aferrándose a la barandilla de hierro forjado, descalza, iba subiendo hacia la Habitación de Nuddu: allí, en la oscuridad, él la estaba esperando, como todas las tardes.

En las plantas de los pies desnudos sentía el frío del hierro; subía los escalones de uno en uno, subía, subía hacia él.

–*¡Gaspare! ¡Gaspare!*

Estaba delirando. La cabeza le daba vueltas. Impulsándose con la pierna sana, se sujetaba a la barandilla. Después la pierna cedió y se enganchó en los arabescos de hierro. Intentó soltarse. Una punta le desgarraba la carne. Cayó.

–*¡Gaspare, ven!*

Lo quería, como cuando era joven, lo quería. Impenitente. Desesperada.

El otro pie se le resbaló y, al moverse, consiguió soltar la pierna. Rodó hacia abajo y acabó contra la pared. Un borbotón de sangre. Enloquecida por el dolor, balbuceaba y lloraba:

> ¡Duerme! Duerme un poco, blanca perla,
> deja que me arrodille yo y que por ti rece,
> que las glorias del cielo invoque para tus ojos...

Y así, balbuciente y llorando se la encontraron, en un charco de sangre, ovillada sobre sí misma como una vaquita de san Antonio.

46
El amor brota cuando uno menos se lo espera.
«Me avergüenzo de decirlo, pero me siento feliz.»

Sonia se había levantado para ir al baño; en el salón y en el dormitorio de la tía las luces estaban encendidas. Recorrió todas las habitaciones de la planta: ni rastro de la tía. Se apresuró a despertar a Tito y a Mariola; juntos, volvieron a mirar por todas partes: abrieron las puertas de los armarios empotrados, rebuscaron en el cuartito de las escobas, hasta miraron debajo de las camas y de los sofás. Tito inspeccionó la escalera de servicio y dio una vuelta por la planta principal, incluyendo las salas nobles.

Fue Mariola quien sugirió el desván. A éste se accedía por el rellano de la escalera de servicio, al que daban dos puertas: una conducía a la segunda planta y la otra a la escalera de caracol. Sonia ya había ido a ver: la luz estaba apagada allí también, y de la tía no había rastro. Tito subió por la escalera, vacilante. Se la encontró a pocos escalones de la puerta de la Habitación de Nuddu.

La tía expiró entre los brazos de Tito, balbuceando, en voz cada vez más exánime, las mismas palabras:

–*¡Duerme! Duerme un poco, blanca perla.*

La limpiaron y la arreglaron sobre la cama, diciéndose sólo lo imprescindible.

Tito la miró por última vez: Sonia y Mariola la habían recompuesto. Tenía el rostro relajado y sin arrugas y sobre los labios un atisbo de sonrisa, como el de una muñeca de cera. Después cerraron la puerta y se fueron a su habitación a vestirse.

Estaban embadurnados de sangre. Tito se lavaba en el lavabo. La luz de la lámpara halógena por encima del espejo amortiguaba su intensidad con la llegada del alba: se había reducido a las dimensiones de un solecito mortecino y también la luz que se reflejaba en el espejo era mísera. Entre tanto, Mariola se estaba dando una ducha. Al socorrer a la tía se había ensuciado las manos; después se las había llevado al pelo y éste también se le había manchado de sangre.

A través del cristal empañado, Tito entreveía la forma de su cuerpo, y en la bañera, la espuma del champú, como la del mar sacudido por los vientos... Mariola guardaba silencio; de vez en cuando, un gemido, un «¡Dios mío!» apenas susurrado. Él escuchaba el chapoteo y el correr del agua, escandidos por esos suspiros. El aroma del gel de baño aleteaba por toda la habitación. El nudo de la garganta se le iba deshaciendo, al igual que la tensión del cuerpo. Contemplaba la silueta indefinida de su mujer, la escuchaba y sentía una nueva y tranquila dulzura en su interior.

–Pásame el albornoz. –Mariola asomó una mano por detrás del cristal.

Tito miró la mano con sus dedos regordetes, y esa visión fue suficiente para darle una sensación de plenitud que palabras y caricias no podían igualar.

Entonces, Tito comprendió que la amaba de forma absoluta.

Algo húmeda aún, sentada al borde de la cama, Mariola se secaba el pelo con el albornoz que habían tirado al suelo; después se lo pasó por entre las piernas.

Tito estaba tumbado en la cama. Le acariciaba la parte baja de la espalda, como si le diera un masaje; sonreía.

–¿Qué ocurre? –preguntó ella, dándose la vuelta.

–Me avergüenzo de decirlo, pero me siento feliz.

–Dichoso tú, nos aguarda un día tremendo.

Le hizo una caricia y se levantó, pensando en la ropa de luto.

47
Temores y esperanzas.
«¡Tenemos que tutelar nuestros derechos, tú y yo!»

La familia no se esperaba que tantos de los que acudieron a dar el pésame les acompañaran hasta el cementerio.

Después del sepelio, Tito y Mariola se vieron rodeados por viejos empleados de la fábrica: cada uno de ellos tenía su propia historia sobre la bondad de la tía. Tito se había olvidado de que la tía aprendió a conducir cuando su padre se vio obligado a renunciar a hacerlo, y que a veces le servía de chófer y le acompañaba a la fábrica. Santi recibía el pésame de colaboradores y amigos.

Teresa y Elisa se encontraron una junto a la otra, y a solas.

–Quién iba a imaginarse que vendría tanta gente, y ha sido con el boca a boca... La tía murió anoche y la esquela no saldrá hasta mañana en el periódico –dijo Teresa–. Con lo esquiva que era, no creo que le hubiera hecho demasiada gracia...

–Te equivocas, le habría gustado mucho, ¡te lo digo yo! En mi opinión, no era tan tímida en realidad –objetó Elisa.

–Papá y Santi se han portado muy bien, han resistido sin llorar.

Teresa se estaba secando la última lágrima y no se había percatado de que, en aquel momento, Dante se había acercado a Santi y le había abrazado, como habían hecho los demás. Y que justo en ese momento, su hermano había estallado en sollozos. Ahora Santi estaba llorando sobre el hombro de Vanna; ella no se había apartado en ningún momento de su lado. Pero Elisa lo había notado.

–¡Míralo! –Y le señalaba a su hermano. Después añadió–: Nosotras dos vamos a tener líos, Dante no nos dejará en paz hasta que obtenga lo que quiere. ¡Ahora ya entiendo lo que hay detrás de todo esto!

–Es simplemente un amigo de Santi, se ha ofrecido incluso para acompañarlos a...

Teresa se detuvo. La noche anterior, Santi le había contado lo del diagnóstico definitivo de Titino. Más tarde, al producirse la muerte de la tía, le había pedido que se guardara la noticia: no era el mejor momento para comunicárselo a sus padres ni a Elisa.

–¡Déjate de amistades!

Y Elisa le explicó a su hermana, que se quedó de una pieza, que mientras pintaba el blasón de la familia como adorno para los deberes de Titino –se lo había inventado de arriba abajo, con tejas de pasta, volantes con radios y ruedas de automóviles de época–, le había echado una ojeada al árbol genealógico. Llevaba los nombres de todos sus antepasados, incluida su bisabuela paterna: Marta Attanasio. Vanna le había explicado que Dante les había sugerido el nombre de su madre, y que le habían quedado muy agradecidos.

–Ese Dante bien que nos ha tomado por idiotas: se ha convertido oficialmente en hermanastro de papá.

Nadie iba a dudar de una cosa así: ¡si hasta estaba escrito en los deberes escolares de un chiquillo!

–Pero la cosa no termina ahí –añadió. Dante no tenía reparos en reconocer que desconocía el nombre de su padre: era fácil deducir que Tito y él tenían en común eso también–. Ése ha puesto sus ojos en la fábrica y ha sabido ganarse a quienes lo deciden todo: papá y Santi. Querrá él también algunas acciones. ¡Tenemos que tutelar nuestros derechos, tú y yo! –concluyó Elisa, triunfante. Teresa la había escuchado atentamente y estaba atónita.

–Pero si yo me voy a marchar en septiembre, ¿qué puedo hacer? –Le hablaba a su hermana con un respeto nuevo–. Tienes que indagar, estar atenta... y tenerme al tanto.

–¡Pero si en cuanto abro la boca me tratas como a una imbécil!

–Cuando nació Santi a mí me apartaron de todo, y tenía ocho años cuando naciste tú. Mamá te mimaba. Para mí sólo quedaba la tía, y nada más, pero ella también prefería a Santi. Tú eras el centro de atención, yo era la hija diligente, feúcha, empollona, esa que no daba preocupaciones... –murmuraba Teresa. Después añadió, reacia–: Sentía celos de ti, guapa, vivaz, inteligente...

–Bueno, no volvamos a pensar en eso –Elisa hablaba ahora con autoridad–. Recuerda que en nuestra familia la fábrica es lo que más cuenta, ¡y a los varones ha de ir a parar, según ellos! Por eso el abuelo no le permitió a la tía que tomara marido.

–¡La tía nunca quiso casarse!

–Déjalo correr, ya sé yo cosas de la tía... Era el plan del abuelo para dejárselo todo a papá. En lo que se refiere a nuestro padre, es un bobo: se conmoverá ante su hermano recién recobrado; querrá tratarlo como tal. Y no te fíes de Santi: él es como ellos, basta con que Dante adopte a Titino, lo mismo que le obligaron a hacer a la tía, ¡y nosotras dos estaremos listas! ¡Santi no piensa más que en la fábrica y en dejársela a su hijo! Lo mismito que papá. –Elisa contuvo una lágrima y continuó después–: Juntas y de acuerdo, tenemos mucha fuerza. Por separado, somos un cero a la izquierda.

Sus padres los estaban llamando: estaban listos para irse. Las hijas se les acercaron, ambas con los ojos hinchados.

48
El granizado de café.
«Como una madre se ha comportado con él. ¡Y él para ella ha sido más que un hijo!»

Tito había insistido para ir a ver al notario: la tía era la accionista minoritaria de la fábrica y había que poner en marcha sin demora los expedientes de la sucesión.

Mariola se ofreció a acompañarlo:

–Así me paso yo a ver a Ernesto, y que me dé una buena dieta para adelgazar –le dijo a su marido con una sonrisilla de complicidad.

Ya estaban allí los primeros pacientes. La enfermera la reconoció de inmediato y le dio el pésame; después la invitó a que se sentara y se fue a llamar al doctor. Poco después, Ernesto apareció en el umbral y le hizo un gesto tácito; Mariola lo siguió, algo avergonzada, pero los demás, en la sala de espera, estaban discutiendo y hasta diagnosticándose sus recíprocos achaques y no le hicieron caso.

Ernesto estaba abochornado y se disculpó de nuevo, personalmente esta vez, por no haber asistido al entierro de la tía el día anterior: le había surgido una emergencia. Antes incluso de sentarse, ordenó a toda prisa los papeles de encima del escritorio: entre medias ocultó, furtivamente, el resultado de los análisis de Tito.

–Veamos, Mariola, ¿qué tal estás? –le preguntó, recobrando la flema del médico.

Ella le contó el entierro con mal disimulado gusto y justificado orgullo. Creían que sería una ceremonia íntima, para pocas personas, como le hubiera gustado a la tía. Por el contrario, hubo muchísima gente, y no solamente como muestra de respeto hacia la familia: acudieron precisamente por la tía.

–En confianza, yo me quedé sorprendida, dado el trato que ella dispensaba, cortés pero distante con la gente...

No dijo nada más, pero a ella la tía nunca le había caído demasiado bien. Después, sintiéndose en falta, empezó a ponerla por las nubes. Generosísima, no sólo había adoptado a Tito, sino que le había nombrado su heredero universal. Había hecho muy bien él, al definirse como hijo, en vez de sobrino, en la esquela del periódico.

–Tito no lo demuestra, pero está muy apenado. Como una madre se ha comportado con él. ¡Y él para ella ha sido más que un hijo!

Ernesto no intervino para remachar sus palabras, como Mariola se hubiera esperado precisamente de él, su médico de cabecera. Ella continuó, con un suspiro:

–Tanto es así que, para no dejarla sola, renunciamos a nuestros viajes y a las vacaciones con los chicos... Esta mañana le decía a Tito que ahora podremos viajar, conocer el mundo, disfrutar de la vida... –y añadió, no sin sonrojo–: Aún nos divertimos juntos, nosotros dos...

Ernesto la escuchaba, pálido, serio. Mariola se detuvo, avergonzada: creyó haberle causado una pésima impresión. Víctima de la confusión, empezó a hablar sin freno. En el entierro estaba también la madre superiora de las monjas de San Vincenzo –parece ser que la tía estuvo en otros tiempos muy unida a esas monjas–, y también Dante Attanasio, que había aplazado su marcha para asistir al entierro. Un verdadero amigo de la familia, convino en reconocer. De Dana, ni rastro, ni siquiera una llamada de pésame.

–Hay que ver cómo son esas eslavas, ¡siempre dispuestas a arramblar con todo y a huir después! –suspiró Mariola por segunda vez; después dijo, yendo al grano–: Ayer tu mujer me dijo que estabas buscando a Tito. ¿Tienes ya los resultados?

–Aún no, van con bastante retraso... –farfulló Ernesto.

–Me gustaría hacer una buena dieta de adelgazamiento, ¿qué me aconsejas? –prorrumpió Mariola, casi sin respirar.

Mariola bajó a la portería apretando entre sus dedos las listas de los alimentos permitidos y de los prohibidos, y se sentía ya más esbelta. Tito la estaba esperando.

–Se me ha ocurrido que deberíamos hablar y pensar en nuestro futuro, un futuro estupendo... –le dijo. Y después añadió–: Te llevo a tomar un granizado de café con nata, como cuando te cortejaba, ¿te acuerdas?

–Pero si tiene que venir Santi...

–Pues esperará un rato..., ¡venga, vámonos!

Ella le metió la mano por debajo del brazo y cruzaron la calle cogidos del brazo.

Ernesto los seguía desde la ventana, con los resultados de los análisis en la mano.

El Picadilly Bar estaba vacío a esas horas de la mañana. Sentados en un rincón, Tito y Mariola saboreaban la montaña de nata que coronaba el granizado. Igual que los niños, empleaban a modo de cucharilla la galleta crujiente que remataba la copa.

–Qué dirá la gente, si nos ve en el bar al día siguiente

del entierro de la tía... –decía ahora Mariola, picoteando el barquillo. Disfrutaba de su último pecado de gula antes de ponerse a dieta.

–Déjales que hablen, si no saben nada de nada...

–¿De qué? ¡Pero si todo el pueblo sabrá ya que la tía ha muerto!

–No, no me refiero a eso. De nosotros dos. Que nos queremos mucho...

–Me pregunto si no habrá ocurrido por esa caída de la tía...

–Explícate mejor, no te entiendo.

–Quiero decir, cuando volviste del viaje con Dante... Entonces ya sabías que tu tía no se encontraba bien.

–Ah..., claro...

Santi y Titino estaban en la zona de los platos preparados. Mientras su padre pagaba, Titino miraba a su alrededor y localizó a los abuelos en su rincón.

Santi rechazó la invitación a un granizado, Vanna los estaba esperando en el coche; él había comprado *sfincione*[1] y unos pollos asados para que nadie tuviera que cocinar en el palacete ese día.

–Tenemos que hablar en familia, y por la tarde vendrán las visitas a dar el pésame. ¡Vámonos, Titino!

Estaba tenso y su rostro pálido estaba marcado por profundas ojeras. Tito lo comprendió todo y palideció él también.

Mientras le rozaba la mejilla en su beso de despedida, Titino susurró:

–No te preocupes, abuelo, las cosas siempre acaban por arreglarse. Me lo has dicho tú...

Mariola estaba dando buena cuenta del granizado. Chupaba la cucharilla y decía, con coquetería:

1. Una especie de pizza con mucha levadura, típicamente palermitana, con queso, tomate, anchoas y cebolla. *(N. del T.)*

–Quién sabe lo que diría la tía, con lo pudibunda que era ella, si supiera lo de nosotros dos...

–Estaría muy contenta, te lo garantizo, ¡era la mujer más transgresora que he conocido! –soltó Tito sin pensárselo.

–Si tú lo dices... –murmuró ella, meneando la cabeza.

ÍNDICE

Primera parte

Título de la edición original: *Boccamurata*
Traducción del italiano: Carlos Gumpert Melgosa
Diseño: Joaquín Monclús
Ilustración de la sobrecubierta:
Retrato de mujer joven. Museum of
the History of Photography-Malandrini Collection/
ALINARI Archives, Florence.
Foto de solapa: © Basso Cannarsa/Opale

Círculo de Lectores, S. A. (Sociedad Unipersonal)
Travessera de Gràcia, 47-49, 08021 Barcelona
www.circulo.es
1 3 5 7 9 8 0 0 6 8 6 4 2

Este libro ha sido impreso en papel Supersnowbright
suministrado por Hellefoss AS, de Noruega

Depósito legal: B. 17697-2008
Fotocomposición: PACMER, S. A., Barcelona
Impresión y encuadernación: Printer industria gráfica
N. II, Cuatro caminos s/n, 08620 Sant Vicenç dels Horts
Barcelona, 2008. Impreso en España
ISBN 978-84-672-2994-3
N.° 47423